Tucholsky   Wagner   Zola   Fonatne   Sydow   Freud   Schlegel
Turgenev   Wallace
Twain   Walther von der Vogelweide   Fouqué   Friedrich II. von Preußen
Weber   Freiligrath
Fechner   Weiße Rose   von Fallersleben   Kant   Ernst   Frey
Fichte   Richthofen   Frommel
Engels   Fielding   Hölderlin
Fehrs   Faber   Flaubert   Eichendorff   Tacitus   Dumas
Eliasberg   Ebner Eschenbach
Feuerbach   Maximilian I. von Habsburg   Fock   Eliot   Zweig
Ewald   Vergil
Goethe   Elisabeth von Österreich   London
Mendelssohn   Balzac   Shakespeare   Dostojewski   Ganghofer
Lichtenberg   Rathenau   Doyle   Gjellerup
Trackl   Stevenson   Tolstoi   Hambruch
Mommsen   Lenz   Droste-Hülshoff
Thoma   von Arnim   Hanrieder
Dach   Verne   Hägele   Hauff   Humboldt
Reuter   Hagen   Hauptmann   Gautier
Karrillon   Garschin   Rousseau
Defoe   Baudelaire
Damaschke   Hebbel
Descartes   Hegel   Kussmaul   Herder
Wolfram von Eschenbach   Schopenhauer
Darwin   Dickens   Rilke   George
Bronner   Melville   Grimm   Jerome
Campe   Horváth   Aristoteles   Bebel   Proust
Bismarck   Vigny   Voltaire   Federer   Herodot
Gengenbach   Barlach   Heine
Storm   Casanova   Tersteegen   Grillparzer   Georgy
Chamberlain   Lessing   Langbein   Gilm   Gryphius
Brentano   Lafontaine
Strachwitz   Claudius   Schiller   Kralik   Iffland   Sokrates
Katharina II. von Rußland   Bellamy   Schilling
Gerstäcker   Raabe   Gibbon   Tschechow
Löns   Hesse   Hoffmann   Gogol   Wilde   Vulpius
Luther   Heym   Hofmannsthal   Klee   Hölty   Morgenstern   Gleim
Roth   Heyse   Klopstock   Kleist   Goedicke
Luxemburg   Puschkin   Homer   Mörike
La Roche   Horaz   Musil
Machiavelli   Kierkegaard   Kraft   Kraus
Navarra   Aurel   Musset   Lamprecht   Kind   Kirchhoff   Hugo   Moltke
Nestroy   Marie de France   Laotse   Ipsen   Liebknecht
Nietzsche   Nansen   Ringelnatz
Marx   Lassalle   Gorki   Klett   Leibniz
von Ossietzky   May   vom Stein   Lawrence   Irving
Petalozzi   Knigge
Platon   Pückler   Michelangelo   Kafka
Sachs   Poe   Liebermann   Kock
de Sade   Praetorius   Mistral   Zetkin   Korolenko

Der Verlag tredition aus Hamburg veröffentlicht in der Reihe **TREDITION CLASSICS** Werke aus mehr als zwei Jahrtausenden. Diese waren zu einem Großteil vergriffen oder nur noch antiquarisch erhältlich.

Symbolfigur für **TREDITION CLASSICS** ist Johannes Gutenberg (1400 — 1468), der Erfinder des Buchdrucks mit Metalllettern und der Druckerpresse.

Mit der Buchreihe **TREDITION CLASSICS** verfolgt tredition das Ziel, tausende Klassiker der Weltliteratur verschiedener Sprachen wieder als gedruckte Bücher aufzulegen – und das weltweit!

Die Buchreihe dient zur Bewahrung der Literatur und Förderung der Kultur. Sie trägt so dazu bei, dass viele tausend Werke nicht in Vergessenheit geraten.

Der Deutsche Lausbub in Amerika - Teil 3

Erwin Rosen

Impressum

Autor: Erwin Rosen
Umschlagkonzept: toepferschumann, Berlin

Verlag: tradition GmbH, Hamburg
ISBN: 978-3-8424-9284-4
Printed in Germany

Ziel der TREDITION CLASSICS ist es, tausende deutsch- und
fremdsprachige Klassiker wieder in Buchform verfügbar zu
machen. Die Werke wurden eingescannt und digitalisiert. Dadurch
können etwaige Fehler nicht komplett ausgeschlossen werden.
Unsere Kooperationspartner und wir von tradition versuchen, die
Werke bestmöglich zu bearbeiten. Sollten Sie trotzdem einen Fehler
finden, bitten wir diesen zu entschuldigen. Die Rechtschreibung der
Originalausgabe wurde unverändert übernommen. Daher können
sich hinsichtlich der Schreibweise Widersprüche zu der heutigen
Rechtschreibung ergeben.

Vorwort

Ein Wörtchen der Entschuldigung:

Es tut mir leid, daß ich die absonderlich wahre Geschichte von dem, was in sechs amerikanischen Lausbubenjahren erlebt, gesehen und gearbeitet wurde, betrüblicherweise durchaus nicht in harmonischer Abrundung beschließen kann. Wie erfreulich wäre es zum Beispiel gewesen, wenn sich der Lausbub zu gigantischem Milliardärtum emporgeschwungen hätte; wie nett, würde er einen Goldklumpen gefunden haben und stolz nach Hause zurückgekehrt sein wie die glücklichen Menschen im Märchen; wie gut und schön, hätte er nach diesen gärenden Zeiten der Lebensjagd sich zu klugem, weisem Tun gefunden!

Doch nichts von alledem war zu berichten.

Nur ein drittes Stück wirklichen Lebens konnte ich geben – nur ganz einfach erzählen, wie es mir im amerikanischen Sergeantenrock ergangen ist, was ich als Reporter im Dollarland getan und gesehen habe, in welchen Formen Menschen und Dinge sich in meinem Sinn einst spiegelten. Wer aus dem Erleben des kleinen Reporters das Wesen der amerikanischen Zeitung herausklügeln wollte, der wäre gar närrisch ...

Wer ein unerhörtes Abenteuer mitzuerleben vermeint, wenn er von der Venezuelafahrt liest, die mich zum guten Schluß in die Eigentümlichkeiten exotischer Zustände auf gar närrische Weise ein wenig hineingucken ließ und beinahe ein unfröhliches Ende genommen hätte – der sieht sehr gegen meinen Willen diese Dinge in einem falschen Licht! Denn so fremdartig die Abenteuerlein in diesen Büchern manchmal erscheinen mögen, so winzig und unbedeutend sind sie, gemessen am Maßstab der großen Wirklichkeiten, die in Hunderten und Aberhunderten von Erdenwinkeln und in den Schicksalen von Tausenden und Abertausenden von Menschen die Romantik unserer Zeit verkörpern und aus jedem Zeitungsblatt herauszuahnen sind. Nein; die äußeren Ereignisse in meinem amerikanischen Leben sind unwichtig. Wer aber aus all dem Auf und Nieder, aus all der Tollheit, aus all dem Arbeiten die frohe Lebensbejahung, das Unbekümmertsein, das lustige Sichherumschlagen mit den Nöten der Wirklichkeit herauszulesen und sich zu freuen vermag über die kraftvolle Sorglosigkeit der Jugend – der mag mir Freund und Bruder sein!

Denn er ist ein Mensch nach meinem Herzen.

Hamburg im Sommer 1913

Erwin Carlé (Erwin Rosen)

Von der Zeltstadt zum Signalfort

Im Gesundheitslager. – Was Sergeant Souder als Engelein tun würde. – Die auf-neu lackierten Fahrräder. – Reiseorder! – Ahnungen von harter Arbeit. – Wie wir mit dem 21. Infanterieregiment pokerten. – Nachwirkungen des Kubakrieges. – Vom geruhigen Leben des amerikanischen Regulären. – Der bestbezahlte und am wenigsten arbeitende Soldat der Welt. – Vom verschwenderischen Onkel Sam. – Wie der Reguläre auf Staatskosten marschiert. – Vorzügliche Soldaten, aber keine Armee. – Major Stevens übernimmt das Signalfort.

»Ich möchte doch wieder einmal schlechten Kubaspeck aus dem Feldgeschirr futtern!« meinte Sergeant Souder nachdenklich, mit gelangweilter Miene das delikate Roastbeef auf der Porzellanplatte betrachtend. »Es ist ja sehr nett, dieses Montauk Point, außerordentlich nett, aber – hm – alles Schöne auf dieser Welt – na, wie soll ich sagen – alles Schöne darf nicht endlos schön sein! Es muß etwas anderes, weniger Schönes, dazwischen kommen. Dja. Wenn ich heute ein Engelein wäre, immer Harfe spielen, immer fromme Loblieder singen müßte, so würde zweifellos sehr bald das heiße Verlangen über mich kommen, dem alten Petrus zur Abwechslung 'mal die Zunge 'rauszustrecken! Ich finde Montauk Point sehr langweilig, *gentlemen*!«

»Mir hängt's zum Hals 'raus,« grinste ein neugebackener Korporal. »Wenn man wenigstens hier und da einen *Cubano* hauen könnte ...«

So gärt in Menschenkindern stets die Unzufriedenheit. Da fütterte der gute dankbare Onkel Sam seine Signalkorpssergeanten mit Delikatessen, erkundigte sich durch seine Oberstabsärzte zweimal täglich nach ihrer werten Gesundheit, spendete ungezählte Bierflaschen als leichte gesundheitliche Anregung – und wir Signalsergeanten schimpften zum Dank. Wir wollten sehen, erleben, uns rühren. Wir pfiffen auf die Oberstabsärzte. Wir waren schon so gesund, daß wir ganz gern auch wieder einmal krank gewesen wären. Wir langweilten uns schrecklich. Die Neuyorkerinnen kamen leider seit Wochen auch nicht mehr. Auch sie waren offenbar des Schönen überdrüssig geworden! Es war trübselig.

Da kam endlich eine kleine Abwechslung.

Ein gerissener Neuyorker Geschäftsmann hatte sich zwei und zwei zusammengerechnet und sehr richtig auskalkuliert, daß die Jungen in Blau im Gesundheitslager von Montauk Point mit all ihrer angesammelten Kriegslöhnung eine gewisse Kaufkraft besitzen mußten. Solch' eine wundervolle Gelegenheit, sein Lager von alten, rumpeligen, wertlosen, aber fein lackierten Fahrrädern loszuwerden, bot sich sicher niemals wieder! Der Geschäftsmann aus Neuyork setzte sich also mitsamt seinen Fahrrädern auf die Eisenbahn und dampfte gen Montauk Point. Der Zufall und unser Pech – oder vielmehr das Pech der 21. Infanterie, man wird später sehen! – wollte es, daß er auf seinem Raubgang zuerst in das Signalkorpslager kam, und kaum eine Stunde später waren sämtliche Signalkorpssergeanten glückliche Besitzer von angeblich nagelneuen Fahrrädern: Hastings, Souder, Ryan, Baldwin, ich – alle, einfach alle.

Worauf der Mann aus Neuyork verschwand und wir uns anschickten, radfahren zu lernen.

Leutnant Burnell, in Abwesenheit des beurlaubten Majors unser Kommandeur, lachte uns aus und gab uns den niederträchtigen Rat, man lerne radfahren am schnellsten und bequemsten, wenn man von einem steilen Hügel herabfahre. Es ginge dann ganz von selber. Man könne – könne! sagte er – natürlich fallen, aber das gehöre nun einmal dazu. Der Rat leuchtete uns auch ein. Wir waren gerade in der Laune zu Tollheiten. Am Lagerrand suchten wir uns einen passenden, hübsch steilen, sandigen Hügel aus, über den die Jerseystraße führte. Sie war nicht sehr breit, höchst krumm, und hatte eine Einfassung von großen Steinen. Oben angelangt, setzten wir uns auf unsere Räder, packten die Lenkstangen und –

Sieben Sekunden später wünschte ein etwas wirrer Knäuel von neun Signalkorpssergeanten einem kommandierenden Leutnant Gesundheit und langes Leben!

Einige Räder waren ein wenig verbogen, sonst aber noch ganz gut; einige Köpfe verbeult, einige Arme und Beine abgeschürft. Am schlimmsten derangiert waren die Steine am Wegrand. Wir überlegten uns nun die Sache, hielten ein vergnügtes Palaver, und kamen überein, daß nie mehr als einer zur gleichen Zeit fahren sollte, damit die anderen zusehen konnten und so wenigstens ein bißchen Lustigkeit bei der Geschichte war. Als Jüngster kam ich zuerst daran und – ein brüllendes Jubelgeschrei, ein Höllengelächter belehrten mich, daß das Zuschauen amüsant sein mußte.

Mir persönlich jedoch war zumute, als hätte mich der Teufel geholt und führe mit mir davon ...

Während ich den Sand ausspuckte und mein linkes Schienbein rieb, stand plötzlich ein Herr in Seidenhut, Gehrock, hellen Beinkleidern da – Major Stevens, vom Urlaub zurückgekehrt. Hastings wollte mechanisch melden: »Fünf Sergeanten erster Klasse und vier Sergeanten ...« als ihn der Major unterbrach:

»Weiß ich, lieber Hastings. Sehe ich! Sagen Sie 'mal – sollte das Detachement plötzlich verrückt geworden sein? Wo haben Sie denn die Fahrräder her? Weshalb fahren Sie denn gerade die niederträchtig schlechte Straße da herunter?«

»Gekauft. Major, und –«

»Gekauft? Das ist ja Unsinn, Hastings. In Fort Myer bekommt das ganze Detachement sowieso Fahrräder geliefert. Ich bitte mir aus, daß die alten Dinger da weggeschafft werden. Sie werden schon Mittel und Wege finden. Es freut mich übrigens, daß Sie alle so ausnehmend lebendig zu sein scheinen, denn es wird Ihnen demnächst an ausgiebiger Gelegenheit zur Betätigung nicht fehlen. Wir haben Reiseorder! Morgen früh sieben Uhr, Sergeant!«

*

Schleunigst sammelten wir die Fahrräder auf und eilten nach den Zelten, während der Major nachdenklich die Düne entlangschritt, das Spazierstöckchen schwingend. Uns alle plagte die Neugierde. Zwar wußten wir längst, daß in Fort Myer bei Washington das Hauptquartier des Signalkorps errichtet werden sollte und keiner von uns Aussicht hatte, in nächster Zeit wieder nach Kuba oder gar nach den Philippinen kommandiert zu werden: eine richtige Vorstellung aber, wie es in dem neuen Signalfort aussehen würde, konnte sich keiner von uns machen. Unsere Lage war bezeichnend für die Zustände nach dem Krieg. Verschiedene Sergeanten und alle Signalleute waren nach und nach von Montauk Point zum Stab der Philippinenarmee, die sich in San Franzisko bildete, beordert worden, bis schließlich nur wir übrig blieben: Ein Major, ein Leutnant, fünf Sergeanten erster Klasse und vier Sergeanten stellten den Mannschaftsbestand dar, aus dem sich das neue Signalfort zusammensetzen sollte! In Wirklichkeit freuten wir uns alle auf den Wechsel und das Neue, aber gebrummt mußte werden nach Soldatenart.

Der erfahrene Hastings schüttelte den Kopf. »Der Alte« – das war der Major – »macht mir ein viel zu energisches Gesicht,« sagte er. »Weiß der Teufel, was der während seines Urlaubs in Washington alles ausgeknobelt hat! Kann mir lebhaft vorstellen, wie er im Kriegsministerium herumgesaust ist! Ich habe so eine Ahnung, Jungens, als ob uns heidenmäßige Arbeit bevorstünde!«»Das können wir uns selber denken,« lachte Ryan. »Wenn neun Sergeanten ein ganzes Signalfort gründen sollen, so ist's mit dem Nachmittagsschlafen vorbei.«

»Donnerwetter, wer soll denn kochen?« rief Souder. »Ein Sergeant etwa?«

»Das ist mir egal,« erklärte Hastings. »Ich jedenfalls nicht.«

»Du tust dich leicht, als Rangältester,« knurrte Souder. »Du wirst natürlich erster Sergeant« – *first seargant,* so wird in der amerikanischen Armee der Wachtmeister genannt – »und drückst dich gemütlich im Büro herum. Dito Carlé. Es gibt doch immer Leute, die sich das richtige Plätzchen zum Hinlümmeln auszusuchen verstehen. Im übrigen wird es ganz nett werden, glaube ich. Was mich ärgert, ist nur, daß ich auf meine alten Tage« – Souder war kaum einundzwanzig – »noch den Rekrutenkorporal spielen soll! Von links und von rechts, von oben und von unten werden sie daherkommen, die Rekruten, und wenn es auch wahrscheinlich Berufstelegraphisten sein werden, so müssen wir ihnen doch erst die militärischen Töne beibringen. Was kein Vergnügen ist, *gentlemen!*«

Wir ließen jedoch bald von Erwägungen ab, die nur rein spekulativer Natur sein konnten, und beschäftigten uns praktischer damit, die kaum gekauften Fahrräder wieder zu verschachern. Die kurze Bemerkung des Majors, daß uns in Fort Myer Räder geliefert werden würden, hatte uns die Freude an dem neuen Spielzeug gründlich versalzen; wer wird sich auch ein Fahrrad kaufen, wenn er eins gratis bekommen kann! Wir wollten unser Geld wieder haben!

Zu diesem Zwecke begaben wir uns in die nächsten Zelte, in denen das 21. Infanterieregiment hauste, und erklärten den Unteroffizieren ausführlichst, daß wir Reiseorder hätten und die Fahrräder nicht mitnehmen dürften. Aus besonderer Liebe und Freundschaft würden wir sie ihnen furchtbar billig verkaufen. Sie wollten aber gar nicht anbeißen.

»Kinder, so billige Fahrräder kriegt ihr im Leben nicht wieder!« sagte Hastings bekümmert.

»Direkt geschenkt!« sekundierte ich.

Doch die 21. Infanterie machte gesucht gleichgültige Gesichter, und wir verfluchten innerlich unsere antiquarischen Fahrräder. Doppelt verfluchten wir den geschäftsklugen Mann aus Neuyork, der sie und uns lackiert hatte.

Da hatte Souder einen genialen Gedanken.

»Wißt ihr was?« sagte er. »Ihr seid nette Jungens, und wir wollen euch Gelegenheit geben, diese neuen, seinen, wertvollen Fahrräder umsonst zu bekommen. Wir spielen einfach ein bißchen Poker, und ein Fahrrad gilt immer zehn Dollars. Einverstanden?«

Natürlich waren sie einverstanden, wie Souder als feiner Psychologe vorausgesehen hatte; daß ein amerikanischer Regulärer der Verlockung eines Spielchens Poker widerstanden hätte, war seit Menschengedenken nicht dagewesen! Und als wir spät abends zu unseren eigenen Zelten zurückkehrten, waren wir unsere Fahrräder los, hatten den Infanteristen ein unmenschliches Geld abgenommen, und ihnen ihr sämtliches Bier ausgetrunken.

»Das wäre erledigt.« sagte Sergeant Souder.

Als wir am Offizierszelt vorbeikamen, rief uns der Major an. »Wollen Sie mir freundlichst auseinandersetzen, Sergeant Hastings,« sagte er, »weshalb ich seit drei Stunden keine Menschenseele im Lager auftreiben kann? Natürlich ist beim Einundzwanzigsten drüben wieder gepokert worden, ganz gegen Orders, nicht wahr?«

» *Yes, sir,*« antwortete der alte Sergeant mit einem seraphischen Lächeln. Er hatte sehr viel Bier getrunken. » *Yes, sir.* Die vom Einundzwanzigsten haben jetzt unsere Fahrräder und wir haben ihr Geld!«

»Bande!« knurrte der Major und drehte sich scharf um. Wir hörten ihn und Leutnant Burnell im Zelt laut lachen.

*

Die Order des Kriegsministers, die wir beim Appell am nächsten Morgen in den üblichen gedruckten Formularen erhielten, drückte sich sehr allgemein aus. Sie lautete ungefähr so: »Major G. W. S. Stevens, U. S. Volunteer Signalkorps, Leutnant John W. Burnell, die Sergeanten erster Klasse Soundso und die Sergeanten Soundso des U. S. Signalkorps haben sich sofort nach Eintreffen dieser Order nach Washington, Distrikt von Columbien, zu begeben, und von dort aus nach Fort Myer in Virginien. Major Stevens wird, den Anweisungen des Chief Signal Officer unterworfen, den Signalkorpsposten Fort Myer organisieren und zweihundertundfünfzig neu zu rekrutierende Signalmänner ausbilden. Die Sergeanten sind bis auf weiteres als auf detachiertem Dienst zu betrachten.«

»Hallelujah!« flüsterte Souder, der neben mir in Reih und Glied stand.

Denn detachierter Dienst bedeutete eine Löhnungszulage von über hundert Dollars im Monat, die Onkel Sam sonst nur denjenigen Sergeanten gewährte, die zu den Rekrutierungsstellen in den großen Städten abkommandiert waren.

*

Durch die Unabhängigkeitserklärung Kubas im Friedensschluß war die Lage auf der Insel keineswegs geklärt. Parteien und Parteichen, alte und neue Insurgentenführer, voran der alte Rebell Gomez, zankten sich um den Raub, und dem durch viele Jahre der Mißwirtschaft, der Revolution und des wirtschaftlichen Niedergangs ausgepreßten Land schien wiederum ein Bürgerkrieg bevorzustehen, als die Vereinigten Staaten abermals eingriffen und die Insel unter militärische Verwaltung nahmen. Das Programm der Washingtoner Regierung, stark beeinflußt zweifellos durch das amerikanische Kapital, war, Ruhe und Frieden auf der Insel herzustellen und die militärische Diktatur so lange auszuüben, bis die politischen Zustände das Bilden einer Regierung erlaubten, der Vertrauen entgegengebracht werden konnte. Dieser Beschluß der Vereinigten Staaten verursachte ihnen nicht geringe Schwierigkeiten, denn die Okkupation Kubas wurde allgemein nur als Vorläufer der Annexion betrachtet. Es ist auch sehr fraglich, ob Washington sein Programm damals wirklich in gutem Glauben aufstellte und sich nicht in naher Zukunft eine Lage auf der Insel erhoffte, die Anlaß zu endgültigem Besitzergreifen geben würde, tatsächlich aber spielten sich die Ereignisse programmgemäß ab: die Insel Kuba wurde, wenn auch nach Ablauf geraumer Zeit, der Selbstverwaltung einer republikanischen Regierung übergeben und ist frei und autonom geblieben bis auf den heutigen Tag. Sie wird es nicht bleiben. Sie ist eine reifende Frucht, die früher oder später von den Männern des Sternenbanners gepflückt werden wird. Das schöne Wort vom *Cuba libre*, vom freien Kuba, ist wie die Ueberschrift eines Märchens, das nur sehr kleine und sehr brave Kinder glauben. Denn über *Cuba libre* schwebt die harte Faust Onkel Sams. Die Inselrepublik wird in Wirklichkeit vom Standpunkt amerikanischer Interessen aus verwaltet. Es wird nicht lange dauern, und der Freiheitstraum der Kubaner ist ausgeträumt. Es bedarf dazu nur eines Schwankens der Weltlage, das der Monroedoktrin mehr Ellbogenraum gibt.

Die nächstliegende Aufgabe der amerikanischen Regierung inmitten dieser Schwierigkeiten war die Verstärkung der Armee.

Die Besetzung Kubas erforderte Truppen.

Portorico brauchte auch Truppen. Nach den Philippinen mußten ebenfalls Truppen geschickt werden.

Dort sahen sich die Amerikaner einer Bevölkerung von kriegerischen Eingeborenen unter ehrgeizigen Führern gegenüber, die jeden Fußbreit des Landes zähe verteidigten und dem Eroberer einen unendlich langwierigen Kleinkrieg in sumpfiger Wildnis aufnötigten.

Aus dem plötzlichen Mehrbedarf an Truppen ergaben sich neue und dauernde Ansprüche an die Leistungsfähigkeit und die Organisation der amerikanischen Armee, deren Verhältnisse sich nun fast über Nacht von Grund auf veränderten und verändern mußten. Wie mit einem Schlag.

Die schrecklichen Zeiten des Bürgerkrieges, die auf beiden Seiten brutalste militärische Diktatur brachten, hatten eine starke Reaktion gegen den Soldatenrock ausgelöst, trotz aller Begeisterung für die Kämpfer und die Kämpfe des Kriegs. Nach kurzer Uebergangsperiode sank die Effektivstärke der regulären Armee gewaltig und betrug viele Jahre hindurch kaum 25 000 Mann. Die freilich zahlreiche Miliz war völlig bedeutungslos. Die Freiwilligenregimenter der einzelnen Staaten hatten kaum militärische Ausbildung genug, halbwegs in Formation zu marschieren, und die in einzelnen Städten und Städtchen verstreuten Kompagnien waren wenig mehr als Vereine, Klubs, Gesellschaften, in denen man Milizbälle organisierte. Praktisch kam die Miliz nur bei den seltenen Streiks großen Umfangs und lokalen Unruhen zur Geltung. Der wirkliche Soldat aber, der Reguläre, war zum Polizisten der Zentralmacht in Washington geworden. Er übte im mittleren Westen und im Nordosten die Indianerpolizei aus. Es kam außerordentlich selten vor, daß die reguläre Armee sich zu größeren Verbänden zusammenfand, denn die Indianerkriege waren fast immer Polizeikämpfe mit einzelnen Banden. In Kompagnien, Schwadronen, Batterien, und häufig in Halbkompagnien sogar waren die 25 000 Mann über das Land verteilt, zur großen Mehrzahl in einsamen Forts im Westen, zur Minderzahl in Rekrutierungsforts in der Nähe von großen Städten. Der Brigadegeneral bekam seine Brigade niemals beisammen zu sehen. Militärische Ausbildung im europäischen Sinne wurde so zur Unmöglichkeit, und die Gesamtorganisation stand nur auf dem Papier. Die Armee löste sich in Polizeiwachen auf ... Eigentümliche militärische Zustände und ein eigenartiger Soldatentyp entstanden. Der amerikanische Soldat war – und er ist es noch – der am besten bezahlte, der am besten ernährte, der am besten gekleidete und am wenigsten arbeitende Soldat der Welt. Als Begriff geschätzt, wurde er von seinen Mitbürgern als Einzelperson wenig hochgeachtet. Goldbeknöpfter Sohn eines Tagediebs – faulenzender Dreizehndollarmann – Schießprügelspazierenführer – das waren so die Beinamen, wie sie die liebe Oeffentlichkeit ihm gab, und sie wurden immer zahlreicher und bissiger, als die Indianerunruhen völlig aufhörten, und die reguläre Armee nach dem Ermessen des amerikanischen Bürgers gar keine Existenzberechtigung mehr hatte. Der Reguläre scherte sich den Kuckuck darum.

Er lebte ein geruhiges Leben, voll der schönsten Gemütlichkeit und führte ein ungemein beschauliches Dasein in den kleinen Forts, fast immer in wundervoller landschaftlicher Lage. Am Rande einer wohlgepflegten Wiese, dem Paradegrund, standen hübsche Holzhäuschen mit breiten Veranden und Gärten. Dort hauste der Reguläre in blitzblanken Stuben. Auf der anderen Seite des Paradegrunds waren die schmucken Offiziershäuschen, denn in diesem Sybaritenland des Soldaten war jedem einzelnen Offizier, sei er nun Unterleutnant nur oder Oberst und Kommandeur des Forts, ein eigenes Häuschen samt Einrichtung auf Staatskosten zur Verfügung gestellt. Des Morgens früh rief ein Signal den Regulären zu gymnastischen Uebungen, damit er gesund und im Training bleibe, nachdem das Tagewerk mit einem ausgiebigen Frühstück von Kaffee, gebratenem Speck, Eiern und Hafergrütze begonnen hatte. Vielleicht schoß er dann ein bißchen oder die halbe Kompagnie führte gar eine Gefechtsübung in Feuerlinie aus, aber um 1 Uhr nachmittags war nach unverbrüchlicher Gepflogenheit die saure Arbeit beendet. Das *dinner* um 1 Uhr ungefähr, die nach amerikanischer Sitte sehr reichliche Hauptmahlzeit des Tages, bedeutete praktisch Abschluß des Dienstes. Nur ein winziger Teil der Mannschaften hatte allnachmittäglich die Routinearbeit des Forts zu leisten und dabei überanstrengte man sich so wenig, daß zehn Mann einen ganzen Nachmittag angenehm damit verbrachten, dreißig Papierschnitzel von der Paradewiese aufzulesen. Hier strichen drei oder vier Mann eines der Holzhäuschen neu an, denn blitzblanke Sauberkeit war das Alfa und das Omega des Lebens in den Forts; dort geleiteten zwei Mann im Schneckentempo ein Mauleselgefährt, das Proviant nach dem Büro des Quartiermeisters brachte. Solch schwere Arbeit wurde dem amerikanischen Soldaten höchstens zweimal in der Woche zugemutet und einmal oder zweimal nur zog er auf Wache. An den übrigen Nachmittagen war er ein freier Mann, der sich nach eigenem Ermessen vergnügte. Auf weiten Wiesen hinter den Linien – der Paradegrund war geheiligt und durfte außerdienstlich nur von dem Fuß eines Offiziers betreten werden – wurde Ball geschlagen und Fußball gespielt. Die Kompagniekammer lieferte jederzeit Jagdgewehre und Munition zu Jagden in der Umgebung, und Jagdurlaub auf längere Dauer wurde mit Vergnügen gewährt und sogar durch kleine Geldhilfen unterstützt. Nur um 7 Uhr abends unterbrach noch einmal eine militärische Zeremonie das Leben der Beschaulichkeit. Dann wurde unter den Klängen des *star spangled banner*, von der Kapelle gespielt, feierlich die Flagge vor dem Hause des Kommandeurs niedergeholt, während die Mannschaften auf dem Paradegrund angetreten waren und weißbehandschuht die amerikanischen Farben salutierten. Des Abends dann standen dem müden Mann zwei Kantinen zur Verfügung, allwo er sich von den Strapazen des Tages erholen konnte; eine offizielle Fortkantine in den Linien und eine höchst unoffizielle Kantinenkneipe außerhalb der Linien, die im Verborgenen blühte. In der Fortkantine gab es leichtes Bier, unschuldige Brettspiele, allerlei Wochenschriften und sogar gelegentlich fromme Traktätchen, die aber sehr bald zu verschwinden pflegten: die heimliche Kantine wartete mit stärkeren Genüssen auf. Denn Mr. Regulärer hatte auch seine kleinen Laster, deren vornehmlichstes es war, daß er sich mit Haut und Haaren dem Spielteufel verschrieben hatte. So fein, so ausdauernd, und so bodenlos leichtsinnig wie er spielte niemand Poker, und wenn der Zahlmeister gekommen war mit den 13 Dollars, so ließ es ihm sicher keine Ruhe, bis sie sich entweder sehr vermehrt hatten oder gänzlich heidi waren. So fanden sich die Regulären und die Spielratten der Umgebung in trautem Verein in der heimlichen Kantine zusammen, um sich bei schlechtem Whisky gegenseitig die Hälse abzuspielen. Die Umgebung kam übrigens gewöhnlich sehr schlecht dabei weg.

Ein militärisches Idyll.

Mehr Sport und Training, als militärische Ausbildung. Ein oberflächlicher Beobachter konnte den Eindruck gewinnen, daß Onkel Sam nutzlos Unsummen von Geld für dieses Spielzeug einer Armee ausgab. Denn der Mann, der so beschaulich dahinlebte, bezog eine monatliche Löhnung von dreizehn Dollars, die obendrein von Jahr zu Jahr stieg: er erhielt ein so reichliches Kleidergeld, daß er sich noch manchen Dollar ersparen konnte im Jahr: er wurde beherbergt und beköstigt wie kein anderer Soldat der Welt. Onkel Sam sorgte für ihn in jeder Weise. Nach Ablauf einer gewissen Dienstzeit durfte er sich verheiraten und hatte Anspruch auf ein Häuschen hinter den Linien und auf doppelte Rationen – er war pensionsberechtigt – er bekam sogar ein hübsches Sümmchen in bar, wenn seine jeweilige Dienstzeit von drei Jahren abgelaufen war. Freilich mußte er dabei Glück haben. Eine eigentümliche Gepflogenheit der Armee nämlich schrieb vor, daß der Soldat nach Ablauf seiner Dienstzeit auf Staatskosten nach dem Orte zurückbefördert werden mußte, wo er sich hatte anwerben lassen, und zwar durfte er sich die Art dieser Beförderung selber aussuchen. Er durfte Eisenbahn fahren – konnte aber auch marschieren. Zog er den Weg zu Fuß vor, so verlangte der gute Onkel Sam nur einen Marsch von 15 englischen Meilen an jedem Tag von ihm und zahlte ihm für jeden Tag Löhnung, Menagegeld, Kleidergeld und so weiter. War nun ein Soldat so glücklich gewesen, sich in Neuyork anwerben zu lassen und in das Presidio von San Franzisko versetzt zu werden, so hatte er für den Rückmarsch die Kleinigkeit von 4500 englischen Meilen zurückzulegen, wozu ihm nach der militärischen Berechnungsformel 300 Tage gewährt werden mußten – was auf eine Geldentschädigung von ungefähr 450 Dollars in bar hinauslief. Das Unikum aber war, daß natürlich kein entlassener Soldat jemals marschierte! Die ganze Sache war eine Fiktion. Wenn der Zahlmeister einem Mann nach Ablauf seiner drei Jahre die restliche Löhnung und das aufgesammelte Kleidergeld ausbezahlte, so machte er ihn pflichtgemäß darauf aufmerksam, daß ihm freie Rückbeförderung zustehe:

»Wünschen Sie zu marschieren?«

»Jawohl. Herr Zahlmeister!«

Worauf eine amtliche Karte hervorgeholt, umständlich ausgerechnet, wie lange der Weg sei, und das entsprechende Geld in bar ausbezahlt wurde.

Der entlassene Mann aber salutierte, grinste, und ging sofort ins Nebenzimmer zum Adjutanten, um sich auf der Stelle neu anwerben zu lassen und in fünf Minuten von neuem wieder Soldat zu sein!

War der Entlassene nun gar Unteroffizier mit höherer Löhnung, so konnte diese niedliche Wegzehrung für einen Weg, der niemals marschiert wurde, weit über tausend Dollars betragen! Und in jeder Beziehung hatte Onkel Sam einen offenen Geldbeutel für seine Berufssoldaten. Es klingt humoristisch, ist aber absolute Tatsache, daß vom Korporal aufwärts sämtliche Chargen bei Dienstreisen nicht nur Anspruch auf Beförderung erster Klasse, sondern auch auf einen Platz im *Pullman-Car*, im Schlafwagen haben!

Doch der gute, reiche, verschwenderische Onkel Sam wußte sehr wohl, was er tat.

Für ihn bedeuteten die Männer des geruhigen Lebens in den kleinen Forts eine stets schlagbereite Polizeitruppe von alten Soldaten, die ihre besonderen Aufgaben bis ins kleinste hinein kannte. Die Vereinigten Staaten brauchten gar keine Armee im europäischen Sinn. Was sie brauchten, waren Männer, die in ganz kleinen Verbänden unter der Führung eines Sergeanten oder gar eines Korporals vollkommen selbständig handeln konnten – die beschwerliche Märsche von Hunderten von Meilen hinter Indianern her ohne lange Vorbereitung wagten – die Waldbrände eindämmten – die, in einem Wort, in den ungeheuren einsamen Gebieten des Westens die Ordnung und die Macht des Staates verkörperten. Dazu und zu nichts anderem war der Reguläre da, und er mochte immerhin faulenzen in den Zeiten des Friedens, wenn er nur sein Handwerk verstand und stets bereit war, in fünf Minuten auszurücken. Daraus erklärte sich der Mangel an intensiver militärischer Arbeit. War der *rooky*, der Rekrut, einmal ausgebildet, ein Schütze, trainiert, praktisch, so verlangte man nichts mehr von ihm. Obendrein bestand die reguläre Armee zu sieben Zehnteln aus alten Soldaten mit mehr als sechs Dienstjahren, die ihren Beruf genau so kannten und liebten wie der Offizier.

Die Vereinigten Staaten hatten also vorzügliche Soldaten, aber eigentlich keine Armee, so sonderbar das klingen mag.

Allgemeine militärische Dinge wurden gänzlich vernachlässigt auf Kosten der Einzelausbildung. Die Kavallerie betrieb Reiten als Sport und erzielte Höchstleistungen besonders im Voltigieren und in Dressur. Die Infanterie arbeitete auf Schießleistungen und Training hin und pflegte nebenbei Marotten, wie das Polieren der Gewehrschäfte und eine peinliche persönliche Sauberkeit, wenn man das eine Marotte nennen kann. Andere Waffen spezialisierten sich weit über die militärischen Grenzen hinaus. Das Signalkorps zerstreute seine fünfzig Sergeanten über das ganze Land und verwendete sie zum Telegraphendienst und Wetterdienst in unzugänglichen Gegenden. Die Pioniere waren kaum mehr Soldaten, sondern Angestellte des Staates, für öffentliche Arbeiten wie Flußregulierungen des Mississippi, Hafenbauten, Entwässern von Sümpfen; eine Doppelstellung, die beibehalten worden ist bis auf den heutigen Tag: Pionieroffiziere der regulären amerikanischen Armee sind die leitenden Ingenieure des Panamakanalbaues.

*

Unter derartigen Verhältnissen hatten schon die Organisierung, der Transport, die Verpflegung, und die Führung der kleinen kubanischen Armee von 20 000 Mann ungeheure Schwierigkeiten gemacht: Schwierigkeiten, die nur durch einen Aufwand von Millionen und Abermillionen an Geld und eine gewisse Dezentralisation zu überwinden gewesen waren. Das Kriegsministerium hatte auf eine einheitliche Leitung der militärischen Affären verzichten und einzelne befähigte Männer mit großer Machtvollkommenheit ausstatten müssen. Die jungen Offiziere der regulären Armee, um viele Grade befördert, organisierten die von ihnen kommandierten Truppenabteilungen völlig selbständig.

Aehnlich war die Lage nach dem Kriege. Das Freiwilligensystem hatte trotz der Erfolge im Santiagotal doch im großen und ganzen auf längere Dauer versagt und mußte für die Besetzung der Inseln und die Kämpfe in den Philippinen völlig umgewandelt werden. Man entschloß sich in Washington wiederum zur Dezentralisation und vertraute die Neuorganisierung einzelnen der befähigsten Köpfe unter den höheren Offizieren selbständig an.

Die ungeheure Arbeit, die nun folgte, erlebte ich unter Major Stevens in engem Rahmen bei der Neubildung des Signalkorps mit.

Signalfort bei Washington

Orville Wright in Fort Myer. – Eine Erinnerung. – Der amerikanische Nationalfriedhof. – Unser Einzug ins Fort. – Hastings und der Kavalleriewachtmeister. – Major Stevens und sein Oho! – Die erste Paroleausgabe. – Im Materialdepot zu Washington. Amerikanische Wirtschaft aus dem Vollen. – Wie der Major zauberte. – Hastings will verdammt sein ...

Nie wieder im späteren Leben standen die Wiesen, die Wälder, die kleinen Holzhäuser, der sonnige Hügel mit dem weiten Blick auf Washington, die den Militärposten von Fort Myer in Virginien bilden, so deutlich vor meinem geistigen Auge als an jenem Abend vor einigen Jahren, da ich in meinem Hamburger Heim die Zeitungsmeldung las, die damals ein Weltereignis bedeutete: Orville Wright, der eine der beiden geheimnisvollen Brüder Wright, von denen immer wieder behauptet wurde, sie seien auf dem unzugänglichen Gebiet ihrer einsamen Farm zum erstenmal in der Geschichte der Menschheit wirklich geflogen, hatte sein Wunder von einer Maschine, das erste Flugzeug der Welt, in Fort Myer einer Kommission von Signaloffizieren der amerikanischen Armee vorgeführt und war geflogen! Die Luft war erobert. Aber das wahrgewordene Traumbild von fliegenden Menschen machte kaum stärkeren Eindruck auf mich als die Beschreibungen meines alten Signalforts, die nun die großen Blätter brachten, denn auf den Namen Fort Myer horchte damals die Welt. Die drei Ballonhallen wurden geschildert, die unten am Wiesengrund erbaut worden waren, – die Einrichtungen für drahtlose Telegraphie, die einen gewaltigen Komplex umfaßte; die Laboratorien, in denen technische Offiziere Tag und Nacht daran arbeiteten, die neuen Entdeckungen auf dem Gebiete des Verkehrswesen für das amerikanische Signalkorps nutzbar zu machen.

Und es mutete mich sonderbar und unheimlich fast an, daß mir der liebe alte Ort da drüben, seine Menschen, seine Dinge, seine Art nun so fremd waren, als hätte ich nie die schwarzsilbernen Streifen und die bunten Flaggen auf den Aermeln getragen – niemals im Funkendonnern des drahtlosen Sendeapparats gesessen – nie mitgearbeitet am Taster, bei den Flaggen, in den photographischen Dunkelkammern, in den Ballonwerkstätten...

So verschwommen, so weit entfernt war all das, als sei es ein unwirkliches Märchen. Ich stellte mir vor, ich trüge noch Sergeantenuniform, und lachte, und widmete eine lange Nacht alten Erinnerungen. Jetzt wurden dort Flugzeugschuppen gebaut, – Wissenschaftler arbeiteten in Laboratorien – – – Den Grund aber zu diesem Bau hatten ein simpler Major, ein simpler Leutnant, und noch simplere neun Sergeanten gelegt, und wir hatten gearbeitet wie Verrückte, und der Major wäre beinahe vor ein Kriegsgericht gekommen, weil ihm jeder Weg gerecht gewesen war, dem Widerspenstigen Kriegsministerium das nötige Geld abzulocken...

Die alten Bilder schwebten mir vor in jener Nacht. Wie köstlich war die Arbeitswut gewesen, die uns alle damals gepackt hatte – wie hatten sie geklappert und spektakelt überall, die Instrumente! Wie pilzartig schnell war die Ballonhülle unten im Wiesental in die Höhe geschossen; wie rasend eilig hatten wir sie zurechtgeknetet, die Signalrekruten; wie wundersam verändert waren wir neun Sergeanten über Nacht fast aus einem untätigen Häuflein von geruhsamen Zeltbewohnern zu machtbesitzenden Führern des neuen Signalnachwuchses geworden, zu Organisatoren, zu fieberhetzenden Arbeitern voller Verantwortlichkeit!

Dort am Waldrand hatten einst die drahtlosen Funken gesprüht, über jenen Hügel hatte ich den Draht nach Washington legen lassen, in diesem Bürozimmer die geldheischenden Berichte an das Kriegsministerium verfaßt... Ach, was waren das für schöne Zeiten gewesen! Ein deutscher Hauptmann und Kompagniechef besitzt nicht die Machtvollkommenheit, die damals in unseren Händen war! Und ich dachte an die Aberhunderte von Befehlen, die ich signiert hatte: » Ca Sgt« Carlé – Sergeant. Sergeant Carlé! Wie sonderbar das heute klingt...

Im Erinnern ist es wirklich ein Märchen!

*

An einem Spätherbstnachmittag des Jahres 1898 marschierten wir durch die stille Ringstraße der Bundesstadt Washington; still im Vergleich zu dem lärmenden Hasten und Dröhnen des Arbeitstages in anderen amerikanischen Großstädten. Dort im Hintergrunde wölbte sich die gewaltige Kuppel des Repräsentantenhauses; hier, hervorleuchtend zwischen herbstfarbenem Gebüsch stand in einer weiten Rasenfläche das Weiße Haus. Durch kleinere Straßen ging es dann, alle still und friedlich, in eine Vorstadt und dem Potomac zu, dessen schlammige gelbe Fluten träge dahinflossen. Drüben über der Brücke begann schon das Gebiet des Staates Virginien. Denn der Distrikt von Columbien umfaßt nur die Stadt Washington selbst, wurde er doch einst herausgeschnitten aus zwei Staaten, Virginia und Maryland, als die begeisterten Freiheitsmänner der jungen amerikanischen Republik beschlossen, daß die Bundeshauptstadt allen gehören müsse und keinem, auf daß kein einzelner Staat sich des Vorzugs rühmen könne, der Sitz der Regierung zu sein.

Vor uns lag buschiges Hügelland, und bald besagte eine Tafel in der einfachen amerikanischen Art *U. S. military territory* – Militärland der Vereinigten Staaten. Es mußten Männer weiser Voraussicht gewesen sein, die einst diesen wundervollen Flecken Landes, stundenbreit und stundenlang, für die Regierung angekauft hatten. In bunter Reihenfolge wechselten weite Wiesenflächen, tiefe Wälder, und hügeliger Busch. Die Straße selbst stieg in leichter Krümmung stetig aufwärts, dem Fort entgegen. Als wir an einem Wiesengrund vorbeikamen, blieb Major Stevens plötzlich stehen und rief, wie im Impuls des Augenblicks:

»Dorthin bauen wir die Ballonhalle!«

Und nach vier Monaten stand auch die Halle genau auf dem bezeichneten Fleck.

Häuschen in langer Reihe tauchten auf, die Offizierslinien, und im Rechteck schloß sich ein langer niedriger Holzbau mit breiten Veranden an, das Mannschaftsquartier. Dann kamen auf der anderen Seite des Paradegrunds die Adjutantur und Quartiermeistergebäude und weit drüben über einer großen Wiese Backsteinbauten; kleine Häuser und Ställe. Die Gebäude, die wir zuerst gesehen hatten, waren das alte Fort Myer, das nun vorläufiges Hauptquartier des Signalkorps werden sollte, bis die neuen Quartiere unten im Wald gebaut waren. Die 6. Kavallerie, die hier mit drei Schwadronen garnisonierte, hatte die alten Holzbauten schon vor Jahren ver-

lassen und war in das neue Fort beim Arlington-Friedhof hinüber-
gezogen. »Forts« im üblichen Sinne des Worts waren freilich weder
das alte Fort Myer noch das neue. Denn heutzutage und damals
schon besaß Onkel Sam wirkliche Befestigungen nur an wenigen
Küstenorten, und den Namen Fort für einen militärischen Garni-
sonsort hatte nur alte Tradition aus den Zeiten gerettet, wo die militärischen Punkte im Indianergebiet tatsächlich kleine wohlgeschütz-
te Festungen waren und sein mußten.

Die drei Kavallerieschwadronen waren die ständige Ehrenwache
von Arlington Höhe, dem großartigen Nationalfriedhof der Vereinigten Staaten. Drüben zwischen den beiden Forts schlummerten in
langen Reihen unter Zypressen, Trauerweiden, Rosengesträuch die
amerikanischen Präsidenten, die großen Generale des Bürgerkriegs,
und Tausende und Abertausende von Soldaten, gefallen auf dem
Felde der Ehre. Wenige Wochen später reihte sich an die Toten aus
dem Bürgerkrieg und den Indianerscharmützeln ein neues weites
Totenfeld, denn die in Kuba gefallenen und begrabenen Offiziere
und Soldaten wurden in Zinksärgen nach der Heimat gebracht und
feierlich im Nationalfriedhof von Arlington bestattet.

»Halt! Wer da?« rief schallend die Kavalleriewache an.

»Bewaffnetes Militär der Vereinigten Staaten,« antwortete der
Major zurück.

Nach den ein wenig altmodischen und ganz unamerikanisch stei-
fen Vorschriften mußte nun die Wache den Korporal herbeirufen,
der wiederum den Offizier *du jour* herbeiholte, und endlich wurde
uns nach dem üblichen feierlichen Säbelpräsentieren vor der Flagge
der Zutritt gestattet und die Quartiere uns übergeben.

»Signalkorps – abtreten!«

Kavallerieoffiziere legten Beschlag auf Major Stevens und Leutnant Burnell, während die Wachtmeister, Sergeanten und Korporale
uns umringten. Der alte schnauzbärtige *first sergeant* von F-
Schwadron stellte sich breitspurig vor uns hin, stemmte die Fäuste
in die Hüften und sah uns von oben bis unten an.

»Reizende Gesellschaft!« rief er.

»Imponierend, nich'?« erwiderte Hastings trocken und todernst.

»Famose Kerle seid ihr ja!«

»Daran hat noch nie jemand gezweifelt.« knurrte Sergeant Hastings. »Mir scheint, Mc. Gafferty, daß du bescheidener gewesen bist, als du noch in Fort Lexington als kleiner Lancekorporal bei den Dreiern standest. Vergiß nicht, mein Sohn, daß mein Rang höher ist als der deine und ich dich in vorläufigen Stubenarrest schicken kann.« Schallendes Gelächter bei den Kavalleristen. »Was, zum Teufel, willst du denn eigentlich?«

»Ich will nur wissen, was dabei herausspringt!«

»Wobei?«

»Dabei, daß die ganze gesegnete *F*-Schwadron geschlagene acht Tage für euch Flaggenwedelgesellschaft sauer gearbeitet hat. Könnt ihr eure verdammte Arbeit nicht selber besorgen?«

»Nich', wenn wir Kavalleristen kriegen können!« grinste Hastings.

»Fünfzigmal zum Quartiermeister gerannt und fünfzigmal zurück – die alte Bude gefegt, geputzt, gespült, gestrichen – die Betten geholt, aufgeschlagen, bezogen – Küche eingerichtet – weiß der Teufel, was sonst alles noch – alles für die Herren Signalisten, die uns den Kuckuck 'was angehen – nette Arbeit für 'n alten Kavalleristen; niedliche Arbeit; muß ich sagen. Lieber will ich noch einmal zwei Zentner Kubaspeck futtern un' mein altes Fell von kleinen Espagnoles noch mehr vollschießen lassen. Hast du was abgekriegt da drunten im Santiagotal, *old boy*?«

» *No – nix,*« brummte Hastings.

»Kann ich mir denken! Habt euch in' Boden eingekratzt, ihr alten Signalmaulwürfe, eh? Ich hab' 'n Schuh in den rechten Arm und 'ne Kugel in den Bauch gehabt. Klettern wir da den Hügel 'rauf – ich vorne – ein Spanier legt links auf mich an, einer rechts, ein langer Kerl sticht mit dem Bajonett auf mich los – un' ...«

»Das genügt. Mc. Gafferty!« sagte der alte Signalsergeant entsetzt. »Ich geb's auf. Ich bin derjenige, welcher! Bier sollst du trinken, bis die alte Kantine leergepumpt ist, und wenn's mich zehn Dollars kostet, aber deine verdammten Geschichten erzähl' deiner verstorbenen Großmutter! 's ist doch gut, daß anständige Leute nach Fort Myer kommen, die euch Lügenpack von Kavalleristen – – –«

Mc. Gafferty hielt seine gewaltige braune Tatze wie einen Schallbecher vors Ohr und tat mächtig erstaunt.

»Anständige Leute?« wiederholte er grinsend. »Wer könnte das sein?«

Und diesmal hatte der alte Kavallerist die Lacher auf seiner Seite. Wir begannen schon enorme Wetten abzuschließen – Signalkorps gegen Kavallerie, in Flaschenbier und Zigarren – welcher der beiden zungenfertigen alten Kampfhähne Sieger bleiben würde in diesem Wortgeplänkel echter, zeitgeheiligter, regulärer Bosheit, als Major Stevens auf uns zukam und so dem edlen Wettstreit ein plötzliches Ende bereitet wurde. Es stand in den Sternen geschrieben, daß der gute alte Mc. Gafferty an diesem Abend kein Signalkorpsbier trinken sollte!

Die Kavalleristen trollten sich. Der Major betrachtete uns lange und nachdenklich, als erwäge er, was mit jedem einzelnen von uns im besonderen anzufangen sei, kaute nervös auf seinem Schnurrbart wie immer, und erklärte dann schlicht und gemütlich:

» *I am going to work you like the devil*!«

»Arbeiten sollt ihr mir, daß ihr glaubt, der Teufel sei hinter euch!«

Und dabei schmunzelte er vergnügt und selbstgefällig vor sich hin, als sei es etwas Wunderschönes, uns teufelsmäßig arbeiten zu lassen! Aus dem Schmunzeln wurde ein Lachen.

»Dja ...« fuhr er fort, immer noch lachend; »wir befinden uns alle miteinander in der traurigen Lage, arbeiten zu müssen! Mir fällt da ein kleiner Irländer ein, der auf Governor's Island in meiner Batterie diente. Giftiges kleines Kerlchen. Prügelte sich fortwährend. Sah ihn einer nur schief an, so krempelte er sich die Aermel auf und sagte: »Willst du was? Meinst wohl, ich sei nur 'n Kleiner, heh? Komm her, du! Ich bin zwar klein, aber oho!« Na, nehmen Sie sich 'n Beispiel an Mr. Klein-Aber-Oho! Sagen Sie sich: Wir sind zwar neun, aber – oho! Meinetwegen dürfen Sie auch ruhig sagen: Der Major ist verrückt, aber wir wollen's ihm schon zeigen – oho! Es kommt mir nur auf das Oho an – ich bitte mir massenhaftes Oho aus!«

Der Witz schien uns gut, und wir grinsten.

» *Well* – was ich sagen wollte: Morgen treffen achtzig Mann Signalkorpsrekruten hier ein, die im Staat Neuyork angeworben worden sind.«

»Jetzt – will – ich aber – verdammt sein!« fuhr es dem alten Hastings überlaut heraus. Gleich darauf stellte er sich, wie entschuldigend, stramm in Positur.

» *Allright – allright, – Sergeant Hastings*! Ich kann mir lebhaft vorstellen, daß Sie überrascht sind. Hilft aber nichts. Ist eiskalte Tatsache, daß wir morgen achtzig Mann Rekruten haben. Müssen 'n bißchen Oho spielen!« Und als wollte er gleich einen guten Anfang machen, war es auf einmal mit Lachen und Gemütlichkeit vorbei. Kurz, klar, und scharf kamen die Befehle:

»Hastings ist *first sergeant*.

Souder – Telegraphen-Instrukteur und Quartiermeister-Sergeant.

Ogilvy – Flaggenarbeit und optischen Dienst. Baldwin und Ryan – Ballonabteilung.

Carlé – Büro.

Smithers – Magazin und Reparaturwerkstatt.

Mears und Ellis – Linienbau und Konstruktion.

Sämtliche Sergeanten reichen mir bis morgen früh ihre Vorschläge für den Arbeitsplan der ersten Woche schriftlich ein. Der Instruktionsdienst beginnt übermorgen: die Einrichtung muß daher bis dahin erledigt sein. Das Quartieramt der 6. Kavallerie hat Uniformen und militärische Ausrüstung für uns auf Lager: technische Ausrüstungsgegenstände liegen im Hauptdepot des Korps bereit. Die müssen wir sofort haben. Gehen Sie zum Adjutanten der Kavallerie hinüber, Souder. Meine Komplimente, und ich ließe ihn ersuchen, mir drei bespannte Leiterwagen zur Verfügung zu stellen. Für mich ein Offizierspferd. In einer halben Stunde. Das wäre alles.«

Wir hatten gerade noch Zeit, unser neues Quartier zu beschauen, in dem es nichts zu beschauen gab als lange Reihen von Feldbetten mit neuen Bezügen und grauen Armeewolldecken, Tische, Stühle – und eine hastige Mahlzeit von Brot und gebratenem Speck und

Kaffee hinunterzuschlingen. Es war jämmerlich kahl in den frisch geweißten Räumen. Sergeant Hastings sah sich kopfschüttelnd um.

»Fragt mich nur nicht, was wir alles brauchen!« sagte er.

»Fragt dich ja auch niemand,« grinste Souder.

»Wird schon noch kommen. Mann, wir haben nichts, gar nichts, überhaupt nichts, als die Uniform, die wir auf dem Leibe tragen und 'n Hemd oder zwei, und wie da die Einrichtung binnen vierundzwanzig Stunden erledigt sein soll, weiß ich nicht. Verdammt will ich sein, wenn ich's weiß. Achtzig Rekruten einkleiden – Telegraphensaal herrichten – Kompagnie formieren – Büro in Gang setzen – mit Rekruten arbeiten, die von nichts 'ne Ahnung haben... well, well! Ich hätte gesagt, wir brauchten einen ganzen Tag allein dazu, die Bedarfslisten aufzustellen. Ich weiß überhaupt nicht, was wir alles brauchen. Lieber Gott, lass' uns wenigstens drunten im Depot 'was Anständiges kriegen!«

»Amen!« sagte Souder. »Im übrigen mach' ich's einfach wie der Major: Meine Rekruten sollen arbeiten, daß sie glauben, der Teufel sei hinter ihnen!«

Da fuhren auch schon die Leiterwagen vor.

In flottem Trab ging es hinunter nach Washington und in einer Viertelstunde hielten die Wagen in einem muffigen Seitengäßchen beim Kriegsministerium vor einem alten dunklen Lagerhaus mit vergitterten Fenstern und breiten Rolltüren. Arbeiter schoben die Türen auf, und ein hagerer, bebrillter Herr, der Materialverwalter, begrüßte den Major mit knappen Worten, um sich dann mit Bleistift und Notizblock kontrollbereit hinzustellen. Das aufflammende elektrische Licht zeigte einen riesigen Raum, mit gitterigen Holzfächern vom Boden bis zur Decke an den Wänden entlang. In der Mitte standen Wagen, elektrische Automobile, schwere Drahtrollenkarren, Fahrräder, Telegraphenlanzen aus leichten dünnen Stahlrohren, Schreibtische, in wirrem Durcheinander. Aus den Holzfächern glitzerten gelbmetallisch neue Telegrapheninstrumente, leuchteten seidenumsponnener Draht, rote und weiße Flaggen, funkelnde Werkzeuge, Signallaternen, Akkumulatorengläser. Wir standen täppisch da und gafften und trauten uns nicht recht, uns zu rühren, und warteten fast atemlos auf Befehle. Ich dachte an das armselige Häuflein verrosteter Telegrapheninstrumente und beschmutzter Flaggen, die wir in Montauk Point aus Kuba eingeliefert hatten...

Major Stevens winkte den Materialverwalter herbei.

»Notieren Sie, bitte. Vier Rollschreibtische –«

»Jawohl.«

»Zwei Schreibmaschinen fürs Büro; eine für Sie. Hastings, und eine für Carlé; das genügt doch vorläufig? Dann: Sechs Uebungsmaschinen!«

» Y–es, Sir,« stotterte Hastings.

Dem alten Sergeanten traten die Augen beinahe aus dem Kopf. Er kniff mich in den Arm, daß ich zusammenfuhr. »Hol' mich der Teufel,« flüsterte er, »der – der Major hat Blankovollmacht! Er nimmt, was ihm paßt! Sch–schreibmaschinen! Vier – verdammt noch mal, vier Rollschreibtische – *well, I'll be damned*! So 'was ist mir noch nicht vorgekommen! 's ist auch gar nicht wahr!« Er war an ein Regime gewöhnt, bei dem für jedes neue Flaggentuch besondere Anträge durch alle möglichen Instanzen hindurch gestellt werden mußten, und dann bekam man es gewöhnlich erst recht nicht und dann falsch.

»Das Lastautomobil und das Sechssitzige!«

»Beide Wagen lassen Sie noch heute durch einen Mechaniker der Firma ins Fort fahren. –«

»Jawohl!«

Hastings trat mir den linken Fuß fast weg.

»Automobile!« zischte er.

»Die Sergeanten können sich übrigens umsehen,« fuhr Major Stevens fort, »und mir ihre Wünsche mitteilen. Wir nehmen alles, was wir gebrauchen können.«

»So 'was gibt's nicht,« stöhnte Hastings und blieb wie angenagelt stehen. »Ich will dir 'mal 'was sagen: Er hat den Kriegsminister besoffen gemacht und den General Greeley hat er hypnotisiert. Nee – er hat die Vollmacht direkt gefälscht. Nee – er hat 'n bißchen zu viel

Whisky erwischt und tut nur so. Pass' mal auf – gleich kommt jemand und schmeißt uns alle 'raus – – –«

»9 Fahrräder!«

»12 Telephone, die neue Konstruktion.«

»50 Telegrapheninstrumente, komplett.«

»15 Feldstecher mit Entfernungssuchern.«

»100 Flaggen, halb rot, halb weiß.«

»10 photographische Apparate.«

»Dunkelkammereinrichtung, komplett –«

Hastings packte mich und deutete auf die Gitterfächer an der Wand. »Ich – ich weiß nicht, wie er's gemacht hat.« sagte er. »Ich weiß nur, daß der Kerl zaubern kann – richtig, reelle Wunder zaubern – un' meine Frau soll mich mit 'm Besen totschlagen, wenn ich die Fächer da nich' krank aussehen mache vor lauter Leerigkeit! Alles nehm' ich!«

Und wir stürzten uns auf die Reichtümer. Der alte Sergeant erschnüffelte vor allem die Ecke, in der Bürobedarf, Papier und Formulare aufbewahrt waren, denn ein gut Teil vom Bürokraten steckte in ihm, und sein Büro lag ihm arg am Herzen. Er suchte und wählte.

»1000 Briefbogen?« fragte er endlich den Major fast zaghaft. »Und da sind famose Befehlsformulare und –«

»Nehmen Sie alles!« war die gleichgültige Antwort. »Alles, was wir nur irgendwie brauchen können!«

Da begriffen wir endlich. Der Himmel mochte wissen, wie der Major es angestellt hatte, den bürokratischen Herren im Kriegsministerium diese unerhörten Vollmachten abzuringen – aber uns ging das jedenfalls nichts an. Es war jetzt an der Zeit, nicht nachzudenken, sondern zuzupacken, und wir packten zu! Hastings und ich räuberten eine Büroeinrichtung zusammen, wie sie ganz gewiß in keinem einzigen Fort der regulären Armee zu finden war: Schreibtische und Schreibmaschinen, Regale, Schränke, ledergebundene Befehlsbücher, elegantes Schreibzeug, das für das Ministerium bestimmt gewesen sein mochte, Briefkörbchen, Bleistiftpakete, Großes und Kleines – alles, was uns nur in die Hände kam. Es war beinahe ein Leiterwagen voll. Dann, als wir unser spezielles Schäflein im Trockenen hatten, wandten wir uns helfend den anderen zu, die in Telegrapheninstrumenten wühlten und über kostbaren neumodischen Trockenbatterien wie Kinder krähten vor Vergnügen. Der Materialverwalter machte große Augen, sagte aber nichts. Lange Nachmittagsstunden krochen wir zwischen den Regalen umher und ließen uns Extrakammern aufsperren und prüften und betasteten – und nahmen!

Werte von Hunderttausenden waren hier aufgespeichert. Man sah, wie guter Wille und reichgefüllter Beutel verschwenderisch und fast planlos gewirtschaftet hatten, um neues Handwerkszeug für neue Arbeit zu schaffen, und so bunt der Wirrwarr schien, so ließ er doch ahnen, wie mannigfaltig und wie interessant die Arbeit der Männer vom neuen Signalfort sein sollte. Hier war alles Signalhandwerkszeug. Vom riesigen elektrischen Automobil, das damals eine vielbestaunte Neuigkeit war und den Unternehmungsgeist des Signalkorps bewies, bis zum winzigen Taschentelephon stellte alles in diesen Räumen modernstes Handwerkszeug zur raschen Uebermittlung von Nachrichten dar. Der Telegraph, die Flagge, die Laterne genügten nicht mehr; man hatte gelernt in den Tagen des Santiagotals. Jetzt sollten unten in Kuba oder drüben auf den Philippinen nicht mehr einzelne Männer mühselig schwere Drahtrollen schleppen, sondern rasche Automobile mußten das Material zur Feuerlinie befördern; die langsam schreibende Hand erhielt ein schnelles Hilfsmittel in Gestalt der Schreibmaschine; tragbare elektrische Akkumulatoren und Azetylenapparate verdrängten die simple Signallaterne. So deutlich, als sprächen sie lebendige Sprache, erzählten die Dinge aus Eisen und Stahl und Messing, daß das Elend in Kuba ein neues Signalkorps gezeitigt hatte. Das verschwenderische Material hier bedeutete den ersten Anfang; das Fort droben auf dem Arlington-Hügel sollte die Kinderstube werden. Noch tappte man freilich unsicher und suchend in der modernen Technik.

Es war, als seien Hals über Kopf die Preislisten der großen technischen Firmen bestellt worden und als habe man blindlings gewählt und gekauft, nur um zu haben. In Hetze und Eile. Oft paßten die Teile der Telegrapheninstrummte nicht zusammen, weil verschiedene Firmen sie geliefert hatten, und der kostbare Kupferdraht war nicht von einheitlichem Durchmesser, und bei den Automobilen sollte es sich herausstellen, daß die Akkumulatoren explodierten, wenn man über holperigen Boden fuhr. Doch das waren Kleinigkeiten. Dem Signalkorps, das in Kuba zusammen nur eine einzige, rechtswidrig angeeignete Zange besaß und sich eine Transportkarre von seinem Major hatte stehlen lassen müssen, schien das Washingtoner Depot eine unerschöpfliche Wunderhöhle Aladdins.

Den Männern, die im philantropischen Gesundheitslager von Montauk Point viele Wochen lang nach allen Regeln der Kunst gefaulenzt hatten, kam auf einmal wieder der Appetit zur Arbeit. Noch begriffen sie es zwar nicht ganz, daß sie auf einmal Elektriker, Photographen, Techniker, Chauffeure, Installateure sein sollten, aber schon gleißten und lockten all die neuen Dinge. Der Geist der Arbeit steckte in ihnen.

Wir verbrannten uns die Hände im Säurengemisch von Akkumulatoren und zankten uns über die Einrichtung des Azetylengenerators und ellbogten ungeniert und unmilitärisch den Major, der genau so herumkroch und genau so aufgeregt und genau so neugierig war wie wir, und zählten und notierten und verpackten und hetzten die Zivilarbeiter vom einen Ende des Depots zum anderen. Gegen Abend waren nicht nur unsere drei Leiterwagen vollbepackt, sondern das Depot mußte uns auch noch einen riesigen Blockwagen leihen.

»Na, was sagen Sie, Hastings?« meinte der Major vergnügt, während er sich die Hände wusch.

»M–m–mm,« murmelte der alte Sergeant.

»'raus damit!«

»Wenn der Herr Major gestatten – aber ich gäb' einen Monat Löhnung darum, wenn ich müßte –«

»Na?«

»– wie der Herr Major das gemacht haben!«

Der Offizier brach in ein schallendes Gelächter aus: »Frag' mich nichts, und ich lüg' dir auch nichts vor!« zitierte er. »Sie verstehen doch, Sergeant Hastings?«

» *Yes, Sir*. Aber 's ist wunderbar, 's fehlt nur noch eine Dampfmaschine und ein Piano!«

»Die kriegen wir das nächstemal!« lachte der Major. »Na, Hastings, nun schaffen Sie die Sachen ins Fort. Sie sind verantwortlich. Ich muß zu Mrs. Stevens. Sollte heute abend noch etwas vorliegen, so können Sie mich im Kongreßhotel telephonisch erreichen.«

Hastings sah dem Major mit verdutztem Gesicht nach. »Mrs. Stevens?« brummte er höchlichst erstaunt. »Hol' mich der Teufel, wann hat sich der Major eigentlich verheiratet? Sollte die Frau ebenfalls neu sein?«

Wir bestiegen die Leiterwagen, unseren Raub nach Hause zu fahren. Der Materialverwalter sah betrübt zu. Die Pferde zogen an. Der Major ging mit raschen Schritten citywärts. Hastings umfaßte die Wagen und die aufgestapelten Schätze mit einem langen, liebevollen Blick. Und sagte:

»'s ist nur ein kleiner Major, – aber oho! Er – kann – wirklich – zaubern! Jetzt will ich aber verdammt sein!«

Arbeit und Allotria

Die gemütlichen Plakatrekruten. – Wie wir sie müde machten. – Ein verrückter Tag. – Hastings sammelt den Honig des Fleißes.– Wie uns der Major müde machte. – Die neue Arbeit. – Automobilversuche. – Immer noch ein verrückter Tag. – Die Majorin mit der Silberstimme. – Das geheime Liebestelephon. – Sonstige Allotria. – Die ersten amerikanischen Versuche mit drahtloser Telegraphie. – Die Wunderröhre des Kohärers. – Das Wunder spricht.

Im Depot hatten mir zum ersten Male die neuen Werbeplakate des Signalkorps gesehen, die an die Rekrutierungsstellen der großen Städte versandt wurden, und Berufstelegraphisten und Elektriker verlocken sollten, Onkel Sam als Signalisten zu dienen. Sie waren sehr schön. Bunter Farbendruck zeigte einen Adonis in eleganter Uniform an einem pompösen Instrumententisch. Die rechte Hand des Jünglings ruhte lässig auf einem zierlichen Taster und sein Arm war so abkonterfeit, daß die bunten Seidenflaggen am Aermel ja recht farbig und schön zur Geltung kamen. Auf einem Nebentischchen glitzerte stählern eine Schreibmaschine. Der Text des Plakates besagte, daß im amerikanischen Signalkorps Berufstelegraphisten eine vorzügliche Gelegenheit zu rascher Beförderung geboten sei. Das war unter den Umständen ganz richtig. Auch die kurzen Angaben über Löhnung und Verpflegung stimmten vollkommen. Aber das Bild! Die elegante Uniform, die lackigen Stiefel, die lässig telegraphierenden Hände, die ganze geruhsame Behäbigkeit, das Mollige, das Zeithaben, das in allem lag – dieses Bild sah wahrlich aus, als gebe es kein schöneres und fetteres Aemtchen, als Signalmann zu sein ...

Herrgott, unsere Rekruten müssen sich niederträchtig beschwindelt vorgekommen sein!

Sie sollten vorderhand aber auch keine Spur von wohliger Gemütlichkeit zu verspüren bekommen!

Frühmorgens schon kamen die achtzig Mann unter Führung eines Infanteriesergeanten von Neuyork auf dem Washingtoner Bahnhof an, wurden von Souder empfangen, und in beschleunigtem Tempo nach Fort Myer geführt. Gerade eine Viertelstunde ließen wir ihnen Zeit zum Frühstücken. Dann waren sie uns verfallen!

Den Kuckuck kümmerten wir uns darum, wie sie hießen, und eine Kompagnieliste aufzustellen, fiel uns schon nicht im Traum ein. Die Vorschrift besagte, daß einem Rekruten sofort nach Eintreffen bei der Truppe die Kriegsartikel vorgelesen werden mußten – wir pfiffen darauf.

Jeder von uns packte sieben, acht, zehn Mann, wies ihnen eilig sieben, acht, zehn Bettplätze an, ermahnte sie, sie möchten lieber die Röcke ausziehen, und schleppte sie von dannen. Ins Quartieramt, ins Büro, in die Schuppen, in die einzelnen Zimmer, in die Keller. Kisten und Kasten wurden umhergeschleppt, Möbel transportiert, Uniformen und Waffen herbeigetragen, mit dem Legen der Telegraphenlinien im Fort begonnen. Es ist verwunderlich, welche Arbeitskraft in achtzig Mann steckt, wenn neun Mann hinter ihnen her sind, die der Ehrgeiz reitet!

Als gegen fünf Uhr nachmittags der Major erschien – er hatte sich klugerweise den ganzen Tag über nicht blicken lassen, denn er wäre ja doch nur im Wege gewesen – saßen unsere Rekruten halbtot und sehr übellaunig bei einem höchst verspäteten Mittagessen und erhoben sich recht unmilitärisch langsam, als Hastings scharf kommandierte: »Achtung! Der kommandierende Offizier!«

Wir aber strahlten. Das Amtszimmer des Kommandeurs war eingerichtet, das Büro fertig, die Quartiere in Ordnung, die Schuppen eingeräumt, die Rekruten eingekleidet, die telegraphische Verbindung mit Washington hergestellt, die Innenlinien begonnen. Wir hatten geschafft wie die Wilden.

»Gut!« sagte der Major.

Er ging rasch durch die Quartiere, sah sich flüchtig um, nahm die schriftlichen Vorschläge der Sergeanten entgegen, betrachtete sich die Schuppen, und winkte dann Hastings und mir, ihm ins Büro zu folgen. Auf dem Wege begegneten wir Mc. Gafferty. Der Kavallerist salutierte stramm den voranschreitenden Major. Uns aber flüsterte er im Vorbeigehen heiser zu:

»Verdammt – wie steht's mit dem Bier?«

»Nix!« antwortete Hastings ebenso leise mit einem freundlichen Lächeln. »Wir arbeiten, Mac. Wir sind fleißige kleine Bienchen. Wir sammeln den Honig des Fleißes und nicht das Bier des Müßiggangs. Nimm dir 'n Beispiel!«

Sergeant Mc. Gafferty schnitt eine Fratze. »Geht zum Teufel!« flüsterte er innig.

Im Kommandeurzimmer wartete Leutnant Burnell.

»Setzen – setzen!« befahl Major Stevens. »Nun wollen wir energisch arbeiten!«

E–energisch arbeiten!! Nach diesem Tag!

Ich wünschte ihn ins Pfefferland. Es ist eine schöne Sache um die Arbeit, aber heute hatte ich genug von ihr! Doch der Major verstand es gründlich, einem die Müdigkeit auszutreiben. Scharf beleuchtet von dem grellen Licht der ungeschützten elektrischen Hängelampe saß er weit zurückgelehnt da, hastig an seiner Zigarre paffend, und seine harten grauen Augen schienen einen packen zu wollen. Bald wandte er sich an den Leutnant, bald an Hastings, bald an mich, in abgerissenen Sätzen. Aber die Gedanken, die die kurzen Worte verkörperten, waren so klar, so zierlich geordnet, so einfach und übersichtlich, daß man mitgerissen wurde und mitarbeiten mußte. Wie ein Gemälde wuchs aus den kurzen Fragen, den knappen Befehlen, den diktierten Anordnungen im Telegrammstil die Organisation, die Arbeit, der Zweck des Signalforts empor. Man sah es, wie hier ein einziger Mann die Fäden spannte, die ein kompliziertes Getriebe lenken sollten. Abteilung für Abteilung wurde rasch durchbesprochen und für jeden Sergeanten eine kurze Dienstanweisung diktiert, die ihm nur sagte, was er zu erzielen habe. Wie er das machte, darüber mochte er sich selber den Kopf zerbrechen. Jeder Einzelne sollte auf eigene Art die Fäden weiterspinnen, sich Hilfskräfte heranziehen, notwendige Neuanschaffungen fordern, über Erfolge oder Nichterfolge täglich berichten.

Um elf Uhr abends endlich gingen wir mit Stößen von Notizen, Befehlen, Diktaten in unser eigenes Büro hinüber und erwischten glücklich auf dem Gang den japanischen Diener des Majors, der uns Butterbrote und Flaschenbier aus der Kantine holen mußte. Hastings sah den Haufen von Papierblättchen fast hilflos an. Die kurzen Befehle mußten nicht nur ausgestaltet werden, sondern zu einem Wochenplan vereint, in dem es keine Kollisionen und keine Widersprüche geben durfte. Das war unsere Arbeit. Eine bösartige Aufgabe.

»Jetzt will ich aber – – –« begann Hastings...

»Sei still!« sagte ich. »Hast ja selbst gesagt, du seist 'n fleißiges kleines Bienchen!«

*

Es war sechs Uhr morgens, als vom Kavalleriefort herüber der langgezogene Trompetensingsang der Reveille schrillend ertönte, und gleich darauf donnerte über den Paradegrund hin der Kanonenschuß, der das morgendliche Hissen des Sternenbanners salutierte. Leise klirrten die Fensterscheiben. Die Wände schienen zu zittern und zu beben. Ich sprang entsetzt aus dem Bett, schimpfend, denn Kanonenschießerei um sechs Uhr morgens war ein gräßliches Weckmittel, wenn man bis in den jungen Morgen hinein an der Schreibmaschine gesessen war. Ta-ra-tara! Zweites Reveillesignal. Hol' dich der Teufel! War aber nichts zu wollen. – »Als Zeichen zum Wecken hat bis auf weiteres der im Kavalleriefort abgefeuerte Kanonenschuß zu gelten. Eine halbe Stunde später versammeln sich die Mannschaften zur Befehlsausgabe vor dem Quartier!«

Und den Befehl hatte ich auch noch selber ausgeschrieben! Wenn nur ein brühsiediges, klotzklobiges Sternhageldonnerwetter – – – schrumm! ...

Eine Viertelstunde später verlas Hastings die über Nacht fertiggestellte Kompagnieliste und die Tagesbefehle.

Das neue Signalkorps war im Betrieb.

Hastend, hetzend und doch planmäßig begann die Arbeit. Stammannschaften wurden gebildet, für die Ressorts, und die toten Schätze in den Schuppen erwuchsen zu lärmendem Leben. Von Zimmer zu Zimmer, von Quartier zu Quartier, von Haus zu Haus begannen die Drähte sich zu spannen. Auf dem schmalen Kiesweg zwischen Baracke und Paradegrund übten kleine Gruppen Marschtritte und Wendungen und erste Karabinergriffe; am Waldrand drüben leuchteten rote und weiße Signalflaggen; vom Arlingtonhügel blitzte ein Heliographenspiegel... Im Büro diktierte mir der Kommandeur einen langen Bericht an den kommandierenden General in die Schreibmaschine, während der Leutnant mit einem der neuen Photographenapparate die arbeitenden Gruppen aufnahm. Die Photographien sollten dem Bericht beigefügt werden.

»Sonst vergessen sie uns!« meinte der Major lächelnd; er war ein sehr kluger Mann und wußte wohl, daß das junge Signalkorps Reklame brauchte! Nicht nur gearbeitet mußte werden, sondern auch dafür gesorgt, daß die Leute, auf die es ankam, recht viel hörten von dieser Arbeit!

Während er diktierte, wurden Drähte gelegt an den Wänden, die telephonische Verbindung mit Washington hergestellt, Telegrapheninstrumente auf jedem Schreibtisch aufgestellt, und je größer der Lärm und Wirrwarr wurden, desto vergnügter wurde der Kommandeur. Er steckte einen förmlich an mit seiner quecksilbrigen Art, seinem Schaffensdrang. –

»Müssen arbeiten!«

Das sagte er nun zum elftenmal, und dabei war es erst zehn Uhr morgens.

Es war ein verrückter Tag und noch viele sollten folgen, die ihm glichen wie ein Ei dem anderen. Der Bericht an den Kommandierenden war fertig, als ein Mechaniker der Firma sich meldete, die die elektrischen Automobile geliefert hatte. Er sollte die technische Einrichtung erklären und einen Chauffeur ausbilden.

»Machen wir selber!« sagte der Major trocken.

Und schickte den Mann fort, schickte ihn eiskalt und seelenruhig wieder weg, obgleich weder er noch der Leutnant, noch irgend einer von uns auch nur die geringste Ahnung von Automobilen hatte! Hastings und mir nahm es beinahe den Atem weg! Der Major aber grinste, ging mit uns in den Schuppen, zog sich den Uniformrock aus, und erklärte den verblüfften Werkstattsergeanten, jetzt würde Auto gefahren. Mit dem Personenautomobil. Zuerst krochen wir alle miteinander unten drunter und dann oben drauf und dann in den Akkumulatorenkasten hinein, wobei meine Uniform zum Teufel ging, weil ich einen Säurebehälter umwarf. Dann schraubten wir die interessanten Teile los, um herauszubekommen, wie alles eigentlich zusammenhing. Kraftübersetzung, Steuerung, Stromleitung, alles. Daß wir die Bescherung wieder zusammen und in Ordnung brachten, war wohl einer jener Glückszufälle, die Major Stevens vom Signallorps zu seinem persönlichen Bedarf gepachtet zu haben schien. Dann wurden die Akkumulatoren an der elektrischen Leitung geladen.

»Einsteigen!« befahl der Major.

Und vier Sergeanten kletterten eilig und vergnügt in die Polstersitze, während er die Lenkstange packte, den Stromauslöser auf volle Kraft schob und vorwärtssauste. Haarscharf ging es um die Ecke beim Kommandeurhaus, am Kavallerieposten vorbei, der Mund und Augen aufsperrte, die Straße entlang.

»Das Ding steuert sich leichter wie 'n Fahrrad!« sagte der Major, vergnügt lächelnd. Aber auf einmal verschwand das Lachen von seinem Gesicht. »– – –eh! – – –Teufel!! – – Hopla!!!– –«

Er hatte beim Sprechen nicht auf den Steuerhebel geachtet und das Auto sauste auf die Bäume beim Wegrand zu. Im letzten Augenblick riß er es seitwärts.

»So! Na, probieren Sie es einmal, Ellis!«

Sergeant Ellis probierte und warf uns auch wirklich nicht um, was meiner Ansicht nach hauptsächlich daran lag, daß die Arlingtoner Straße sehr wohlgepflegt, sehr eben, und außerordentlich breit war. Da mußte das Steuern ja kinderleicht sein! Es verwunderte mich daher sehr, daß Ellis krebsrot im Gesicht war, krampfhaft auf den zwanzig Meter breiten Weg stierte, als sei er gräßlich schwer zu sehen, und dabei die Zähne fletschte wie eine bösartige Bulldogge. Was hatte er nur?

Ich begriff jedoch sofort, als nach wenigen Minuten die Reihe an mir war!

Als ich den Steuerhebel in die Hand bekam und die Höchstgeschwindigkeit einstellte, war mein erster Gedanke der heiße Wunsch, die Straße möchte doch ungefähr fünfmal so breit sein als sie es war, und mein zweiter ein bitterer Vorwurf an den Schöpfer des Alls, dem Menschen nicht gleich einige Augen und einige Arme mehr in dieses irdische Jammertal mitgegeben zu haben, wenn er schon einmal dabei war und die Verwendung des neuen Geschöpfs auch für Automobilzwecke in Aussicht nahm. Vier Augen und etwa sechzehn Arme waren augenblicklich für mich das Minimum der Erfordernisse. Der – der Hebel da – Himmel, mußte der nun links oder rechts gerückt werden, wenn man stoppen wollte? Und – die Haare stiegen mir zu Berge – da – da vorne bog sich die Straße in scharfer Krümmung! Nicht ums liebe Leben wäre es mir möglich gewesen, auf irgend etwas anderes zu achten als den Steuerhebel. Denn ich hatte herausbekommen, daß dieses elektrische Automobil lebendig war und ein Gehirn besitzen mußte! Das boshafteste Trollgehirn, das je einem armen Menschenkind tückische Qualen ersann! Wie war es möglich sonst, daß dieser Satan augenblicklich nach rechts oder nach links hüpfte, den Bäumen zu, wenn ich an etwas anderes als den Steuerhebel auch nur dachte? Vorwärts? – Rückwärts? – Stopp? – – keine Ahnung hatte ich mehr! Da kam die Kurve – ich drehte krampfhaft – kam glücklich herum – und im nächsten Augenblick stöhnte, knarrte, ächzte irgend etwas und ich wurde nach vorwärts geschleudert.– –

In der Aufregung war ich auf die starke Fußbremse getreten, die das Automobil binnen wenigen Metern auch in schärfster Fahrt zum Stehen brachte!

Und auf einmal war ich ruhig und kalt, erkannte plötzlich, wie einfach der Regulierungsapparat war, stoppte ab, schob den Hebel wieder vor und fuhr darauf los. Ich hatte meinen Anfall von Automobilfieber glücklich überstanden, aber die etlichen siebzig oder achtzig Sekunden, die er gedauert hatte, waren ungewöhnlich reich an Empfindungen gewesen, ganz besonders lebhaft!

»Es handelt sich da nur um das Ueberwinden einer gewissen Nervosität,« meinte der Major. »Im Grunde ist es einfacher, ein Automobil zu lenken, als einen mit zwei Pferden bespannten Wagen!«

»Na, na!« dachte ich mir.

Jedenfalls aber schlug sich das Signalkorps wacker herum mit dem Automobilfieber und ließ sich nicht verblüffen, denn am gleichen Abend noch fuhr Sergeant Ellis den Major nach Washington ins Kriegsministerium. Freilich erzählte er uns nachher Geschichten von elektrischen Straßenbahnen, Menschenansammlungen an Straßenecken, und dem Wagenwirrwarr vor dem Kriegsministerium, die darauf schließen ließen, daß der Major seinen Hals außerordentlich riskiert hatte bei jener Fahrt.

Es war ein verrückter Tag!

Nach den Automobilversuchen hatte der Major in seinem hackigen Telegrammstil noch das Gerippe einer Dienstanweisung für die Behandlung der elektrischen Automobile diktiert, denn die Vorliebe für Geschriebenes war groß in ihm, und darauf die Abteilungen der Sergeanten bei der Arbeit inspiziert, und den inneren Telegraphendienst geordnet.

Er sah Souder verwundert an, als er im Telegraphensaal nur zwei oder drei Tische mit wenigen Instrumenten vorfand.

»Aber das genügt doch nicht!« sagte er.

»Es sind nur die Prüfungsinstrumente,« erklärte der Sergeant.

»Aber wo wird denn gearbeitet?«

»Unten im Quartier, *sir*! Ich dachte mir, es würde am besten sein, den Leuten recht günstige Gelegenheit zum freiwilligen Telegraphieren zu geben, damit wir die Uebungsstunden möglichst sparen.«

»Oho!« sagte der Major. »Großartig!«

Eigentlich war es niederträchtig. Decken und Wände unten in den Mannschaftsquartieren waren übersät von Leitungsdrähten, und an der Wand bei jedem Bett standen kleine Tische oder waren Brettchen angeschraubt. Die Berufstelegraphisten unter den Rekruten waren dabei, für jeden Bettinhaber ein Privat-Telegraphen-Instrument zu installieren, und schienen ordentlich zu wetteifern in geschickter Leitungsführung, raffinierten Umschaltungen, und elegantem Wickeln des seidenumsponnenen Drahtes. Da und dort aber klapperten schon die Klopfer, und darin lag der Witz der Idee, denn es war eigentlich – Freizeit! Die Leute merkten den Trick Souders gar nicht, sondern waren ihm augenscheinlich auch noch sehr dankbar für das wunderschöne Telegraphenspiel. Unsere Rekruten hatten keine Ahnung, daß ihnen ihre Freizeit gestohlen wurde.

»Sie merken's gar nicht!« grinste Souder.

Er hatte außerordentlich schnell begriffen, wie man es machen mußte, um aus Männern Arbeit herauszuholen!

»Glänzend!« sagte der Major und – bürdete ihm schleunigst noch einen Teil der Arbeit in der photographischen Dunkelkammer auf!

Ein verrückter Tag.– –

Es war in den frühen Nachmittagsstunden, als fast gleichzeitig zwei Wagen angefahren kamen, in deren einem Mrs. Stevens saß, in deren anderem Sergeant Hastings Frau.

»Donnerwetter!« sagte der Major. »Da kommt ja meine Frau; das hätte ich beinahe vergessen. Und das ist Mrs. Hastings? Ich bitte mir aus, Hastings, daß von den anderen Sergeanten keiner heiratet, denn erstens wäre das an und für sich schon eine Dummheit und zweitens haben wir keinen Platz mehr, wenn die *ladies* auf dem Paradegrund kampieren wollen.« Er fuhr sich mit den Händen durch die Haare. –

»Donnerwetter!«

Ein verrückter Tag! Nun hatten wir auch noch Frauen auf dem Halse!

Der Telegraph klickte, und in verblüffend kurzer Zeit kamen nicht etwa die Mannschaften, um die telegraphiert worden war, sondern sämtliche Sergeanten, um den Majors beim Umzug zu helfen. Das taten sie nicht etwa aus besonderer Liebenswürdigkeit, sondern sie platzten einfach beinahe vor Neugierde, die Frau des Majors zu sehen, und der Major wußte das recht gut. Lächelnd stand er da. –

»Die Sergeanten, Mary!«

»Ja, ich weiß. Dies ist Sergeant Souder, nicht wahr, und dies Mr. Ryan, und dies – –«

Die Stimme klang silbern hell und sie kam aus einem süßen schmalen Gesichtchen, und Seide rischeraschelte.

»Ich habe viel von Ihnen gehört!« sagte die silberne Stimme. »Ich bin so froh, daß Sie meinem Mann so viel geholfen haben. Sagen Sie doch, bitte, den Arbeitern dort beim Möbelwagen –«

Da sausten wir auch schon hinaus, daß wir beinahe die Treppenstufen hinuntergepurzelt wären, und stürzten auf den Möbelwagen los, der knarrend die Straße heraufgekarrt kam, und schrien die Arbeiter an, und packten Möbelstücke. Es ist ganz merkwürdig, was ein halbes Dutzend Worte einer silbern klingenden Stimme alles auszurichten vermögen. Wir schleppten Kisten und Kasten und Möbel in die Zimmer und halfen stellen und setzten den irischen Arbeitern leise aber nachdrücklich auseinander, was ihnen alles passieren würde, wenn sie ihre verehrlichen Beine nicht in rapideste Bewegung versetzten.

»So liebenswürdig ...« lächelte das Stimmchen.

Nun waren wir schon gar nicht mehr zu halten und rannten Hals über Kopf nach dem Materialschuppen, um Draht und Klingeln und Telephone herbeizuholen. Noch nie ist eine Wohnung so glänzend elektrisch ausgestattet worden, wie diejenige unserer jungen Majorin. Wir genierten uns zwar gegenseitig ein wenig über unseren Eifer, aber wir arbeiteten wie Besessene. Unten im Keller stellten wir die Batterien auf. In alle Zimmer wurden Klingeln gelegt, ein Telephon nach dem Kommandeursbüro eingerichtet, ein Nebentelephon vom Wohnzimmer nach der Küche, ein Klingelschaltapparat vom Schlafzimmer nach der Küche, so daß das silberne Stimmchen durch einen leisen Druck heißes Wasser bestellen konnte und Frühstück und was sonst ihm noch belieben mochte. Zehn Schaltklingeln richteten wir ein. Das Stimmchen durfte nur auf die Elfenbeintäfelchen in Schlafzimmer und Küche schreiben, was die Klingelzeichen bedeuten sollten.

»So liebenswürdig! Darf ich Ihnen eine Zigarette anbieten?«

Da hätten wir uns für das Stimmchen totschlagen lassen.

»Ich möchte gern telegraphieren lernen! Sie müssen mir später einen Uebungstelegraphen in mein Zimmer legen!«

Selbstverständlich errichteten wir das Instrument sofort und selbstverständlich hätte der Majorin nichts Gescheiteres einfallen können, um sich die unbegrenzte Verehrung ihrer Sergeanten zu sichern. Wir hätten uns nun zerreißen, rädern, vierteilen lassen für sie...

Und das Stimmchen ließ sich von Kuba erzählen und lud uns zu einer Tasse Tee ein und wir standen uns sehr gut mit ihr. Sie half später so manchem von uns aus der Klemme, als die Arbeit geregelter wurde und wir wieder Zeit zu Dummheiten fanden. Es war alles höchst irregulär damals!

Ein verrückter Tag!

Natürlich halfen wir nachher auch Mrs. Hastings beim Einzug, weil wir in guter Laune waren und die Frau des Kameraden ehren wollten, und wir mußten richtig noch einmal Tee trinken und legten noch einmal elektrische Leitungen und erzählten wiederum. Ich denke heute noch in dankbarer Erinnerung an die junge Sergeantenfrau, denn sie bewahrte mich später durch ein paar gescheite Worte davor, die kleine Irländerin zu heiraten, die drüben auf der elektrischen Bahnstation beim Arlingtonfriedhof Billette verkaufte – ich war ein kolossaler Esel damals... die Irländerin war übrigens reizend – Und dann ging's hinüber zu den Quartieren und die Rekruten wurden vorgestellt und wiederum kam das abgehackte Diktieren von kurzen Stichworten von Befehlen. Es war spät abends, als Sergeant Hastings und ich endlich zum erstenmal die Kantine von Fort Myer kennen lernten. Der alte Mc. Gafferty wartete schon.

*

Aber die nette kleine Kantine sollte die Leute mit den schwarzsilbernen Streifen und den bunten Flaggen am Aermel sehr selten sehen, denn der Himmel, der Major, die Verhältnisse, und unser eigenes Wollen sorgten alle zusammen dafür, daß die Zeit der neun Sergeanten gründlichst in Anspruch genommen war. Freilich sorgten wir unsererseits doch für ein gemütliches Glas Bier. Durch die Bierleitung. Wir hatten einfach im Telegraphenzimmer, in einem verschlossenen Schränkchen verborgen, ein geheimes Telephon aufgestellt, dessen Drähte nach der Kantine führten. Der Major wußte nichts davon. Er brauchte nicht alles zu wissen.

Wir kamen uns sehr schlau vor.

Der Herr Sergeant Souder aber schlug uns mit sechs Längen. Er war noch viel, viel schlauer als wir – – –

Eines Tages ging der Major durch das Quartier, von mir begleitet, und trat einen Augenblick in Souders Zimmer, um sich die Zeichnung eines neuen Umschalters anzusehen, den der Sergeant in Arbeit hatte. Er setzte sich an den Tisch, als plötzlich ein sonderbares, klopfendes, hölzern raschelndes Geräusch ertönte.

»R-r-sch ...« Der Major sah unwillig auf.

»R-rr-sch!« Lauter. Rasselnder. Ungeduldiger.

»Was haben Sie denn da?« fragte der Major, und Souder stotterte irgend etwas von Telegraphengeräuschen und Leitungabstellen. Dabei machte er aber ein so verlegenes Gesicht, daß ich neugierig nach der Ecke schielte, aus der das Geräusch zu kommen schien. Es kam mir auch so bekannt vor: es erinnerte mich lebhaft an das Klopfen des hölzernen Vibrators, den wir statt der lärmenden Klingel für unser Biertelephon ausgeklügelt hatten. Irgendwo mußte da ein Telephon stecken. In der Ecke dort stand ein Bücherbrett, ein einfaches Regal aus Leisten, auf einer hölzernen Kiste als Unterlage. Die Kiste hatte eine Türe und ein Schloß. Aha!

»R–rrtsch! R–rrrtsch!! R–rr–rrrrtsch!!!« Es war das reine Trommeln und es kam ganz entschieden aus der Kiste!

Major Stevens sprang auf.

»Was zum Teufel haben Sie denn da?« schrie er – der Major war ein sehr cholerischer Herr. Mit einem Satz war er bei der Kiste, riß die Türe auf, und hielt eines unserer schönsten neuen Tischtelephone in den Händen. Ein prachtvolles Instrument. Schallverstärkung. Platin-Resonanz. Verwundert – verdammt verwundert! – sah er Souder an, als plötzlich eine Stimme zu sprechen begann. Eine hellklingende, schrille, lachende Frauenstimme, die drei Meter weit weg vom Schallbecher zu verstehen war.

»Bist – du – da – mein – süßer – Frosch?« Frosch!

Frosch!! Ich hätte fromm die Hände falten mögen, den guten Göttern zu danken, die mich das miterleben ließen. Ich verspürte keine Spur von Mitleid mit Souder – keine Spur! Der Major kniff die Augen zusammen und mußte grinsen. Neben dem Grinsen aber stand in mindestens gleichem Maße heilloses Erstaunen auf seinem Gesicht geschrieben. Es war höchst interessant, ihn zu beobachten. Ich biß krampfhaft die Zähne zusammen, um nicht herauszuplatzen. Souder aber stand erstarrt da. Steif wie eine Telegraphenlanze.

»So antworte doch, Mäuschen! Wieder 'mal übler Laune? Wieder 'mal zu arbeiten? Packt euch der Major so viel auf?« Mäuschen!

Dieser Souder!

Wo zum Teufel war das andere Ende? Wer war das Mädelchen?

Der Major ließ sich in einen Stuhl fallen und krümmte sich vor Lachen. »S – Souder – ich – will nicht indiskret sein,« stöhnte er, »s – sagen Sie – der Dame – Sie hätten – Sie hätten Besuch oder – na. irgend was ...«

Und der arme Souder mußte (er schwitzte vor Entsetzen) in den Schallbecher sprechen, er würde später anrufen, und ließ dann das Instrument fallen, als sei es glühendheiß.

Major Stevens aber lachte wie toll.

»Menschenskind – 'n Privattelephon – Mädel am anderen Ende – verdammt schlau das mit dem Klopfer – Klingel macht zu viel Lärm, was?« – Teufel, da erntete Souder Lorbeeren, die ihm nicht gebührten! Der hölzerne Klopfer war unser Biertelephonpatent! – »Mann, seit wann sind in unserem Betrieb Telephonistinnen angestellt? – Sie – Sie – Sie süßer Frosch, Sie!«

Und wir lachten alle drei geschlagene fünf Minuten lang.

»Also, dieses Telephon mag ja riesig bequem sein, aber Sie müssen es abschaffen. Nun sagen Sie 'mal im Vertrauen, Carlé hier hält den Mund, wo geht denn das Dings hin? Ich möchte wirklich auch gern wissen, wo hier die netten Mädels sind!«

»In – ins Kavalleriefort,« stotterte Sergeant Souder.

»Was?«

»Ins Hospital!«

»A–ha–aa!« meinte der Major verständnisinnig. »Das haben Sie sich aber höllisch fein eingerichtet!«

In dem großen Kavalleriehospital drüben waren als Ueberbleibsel des Krieges noch viele Leichtkranke und ein Stab von Pflegerinnen. Wir kannten die lustigen Mädels alle. Hatten sie einmal getroffen auf dem Weg nach Washington, und es war ein fideles Diner in einem kleinen französischen Restaurant daraus geworden. Freilich, so schlau, wie dieser Souder – – hatte der in dunkler Nacht einen isolierten Leitungsdraht zum Hospital hinüber gelegt – geschlagene siebenhundert Meter – es mußte eine gräßliche Arbeit gewesen sein – in den Rasen hineingestochert, natürlich, mit dem Messer – na, Souder und ich waren beinahe Blutsfreunde, aber fast schien es mir ein zu großes Opfer der Freundschaft, diesmal den Mund halten zu müssen ...

»Unverständlich ist mir nur,« sagte der Major, »wie Sie bei all Ihrer Arbeit noch Zeit für dieses famose Privattelephon und so weiter übrig hatten!«

So spielten sich sogar unsere Allotria in der Welt der Signaltechnik ab, in der wir lebten ... Sie waren nicht gerade häufig, diese Allotria, aber dann und wann gab es doch etwas Lustiges bei all der Hetzarbeit.

An einem Winterabend saß ich im Büro des Signalforts. Ich hatte prachtvolle Photographien der neuen Ballonhülle aufgenommen heute, acht Stunden sauer im Büro gearbeitet, den Azetylenapparat ausprobiert, mit einem neuernannten Sergeanten Säbel gefochten, zum Nachteil des Kopfes dieses Sergeanten, und noch allerlei mehr. Doch mißvergnügt guckte ich in die glutlodernden Buchenscheite im Kamin und verfluchte den Major, der bis nach neun Uhr abends irgend einen Bericht diktiert hatte. Und um neun Uhr ging doch die letzte elektrische Bahn von der Arlington Höhe nach Washington! Dann ergriff ich den Taster, schaltete das Quartier ein, rief *S. U. 2* an, den Sergeanten Souder, und telegraphierte:

» *S. U. 2* – *S. U. 2?*«

»Jawohl!«

»Wollen wir uns das Auto nehmen, Souder, und ein bißchen nach Washington fahren?«

»Nein!« kam sachlich und klug die Antwort. »Der Hügel unten ist schneeverweht. Wir würden stecken bleiben und erwischt werden. Man muß eine gute Sache nicht übertreiben!«

»Richtig!«

Und mir ist, als hörte ich mein Spitzbubenlachen von damals, und als säße ich wieder in dem komischen Schreibmaschinensessel, mit dem schmalen Lehnenpolster, das einem wie eine Faust in den Rücken drückt – die Hand am Telegraphentaster – vergnügt vor mich hinkichernd über mein Schlausein … Denn ich war es doch gewesen, der den glänzenden Gedanken ausgeheckt hatte, die Automobile des Signalkorps den höchst privaten Zwecken der neun Sergeanten dienstbar zu machen. Wenn nächtlicherweile Offiziere und Mannschaften den Schlaf der Müdigkeit schliefen, huschten wir leise zum Schuppen und sausten wenige Minuten darauf im höchsten Tempo, das die Akkumulatoren nur hergeben wollten, gen Washington. Manchmal spielten wir die großen Herren in den kleinen Restaurants und öfter jagten wir nur planlos übers Land in schierer Freude an jenem Dahinhasten, für das eine spätere Zeit das Wort vom Kilometerfressen geprägt hat, und nie vergesse ich die Nacht auf einer Landstraße irgendwo tief in Virginien, als wir vier Stunden lang totunglücklich über einer Panne arbeiteten, um endlich zu entdecken, daß der Maschine gar nichts weiter fehlte als die Kraft! Wir hatten die Akkumulatoren völlig ausgepumpt. Und in mir ist ein großes Lachen, wenn ich daran denke, wie wir verzweifelt im Laufschritt den schweren Karren vorwärtsschoben, um ein Städtchen zu erreichen, und wie wir endlich dem virginischen Spitzbuben von Nachtaufseher des Elektrizitätswerks seinen Strom mit Gold aufwiegen mußten und wie wir gerade Sekunden noch vor der Reveille heimkehrten. Ach, was waren das doch für schöne Zeiten, in denen man noch hart arbeiten konnte zwölf Stunden lang, und darauf frisch und lustig genug war, die anderen zwölf Stunden in Dummheiten totzuschlagen, um dann seelenvergnügt das Tagewerk von neuem zu beginnen …

Auch jene Nacht, die mit dem Wunsch nach einer Automobilfahrt begann, sollte kein Ende finden. Ich sehe Souder vor mir, wie er vergnügt herangeschlichen kam, Bierflaschen fürsorglich unterm Arm, Karten in der Tasche, und weiß noch, wie wir behutsam pfiffen auf der Treppe, um den alten Hastings aus seinem ehelichen Schlafzimmer zu locken. Er kam. Auf leisen Sohlen. Im Nachthemd. Da lachten wir leise aber innig, und ein großes Pokern hub an. Die ganze Nacht hindurch. Es dauerte genau bis zur Reveille. Eine halbe Stunde später aber saß ich an der Schreibmaschine, frisch, hellhörig, spitzbübisch vergnügt, und nur meine Augen zwinkerten dann und wann ein bißchen, weil das grelle Licht des jungen Morgens ihnen nicht recht behagen wollte. Ich lächelte gerade im Erinnern an den wundervollen Bluff gegen drei Damen, der mir so um Mitternacht herum gelungen war – da schlug auf einmal die Laune um ...

Wie erbärmlich waren diese Vergnügungen! Wie klein und winzig das alles. Der verdammte Sergeantenrock! Er drückte – er tat weh – er schnürte ein. Da saß man nun an der Schreibmaschine und arbeitete die Befehle anderer Leute aus und war giftgrün neidisch im Grunde auf die Offiziersschulterstreifen dieser anderen Leute, wenn man sich's nur ehrlich eingestehen wollte. Unerhört – dieses Leben mit seinen Rekrutendummheiten, dem Pokern, dem einsamen Fort, dem Untergeordnetsein! Und zum zwanzigsten Male so ungefähr in zehn Wochen faßte ich den unabänderlichen Entschluß, eine Eingabe an den Signalchef der Armee zu richten, um meine Entlassung zu bitten, und sie durchzusetzen, und wenn ich bis zum Präsidenten gehen mußte. Diese wiederholten Entschlüsse waren immer ein prachtvolles Barometerzeichen dafür, ob es im Signalfort interessant herging oder nicht. Solange die Automobile neu waren und der Wirrwarr der Organisation groß – da war ich Signalsergeant mit Leib und Seele – als die Arbeitsleistung hübsch eingeteilt wurde und weniger anstrengend – da pfiff ich aufs Soldatenleben – dann kam wieder etwas Neues, und ich war abermals begeistert – –

Draußen fuhr das Automobil vor, das den Leutnant Burnell von Washington geholt hatte. (Der Hügel war also doch nicht schneeverweht!). Das war mir sehr gleichgültig – der Leutnant rutschte immer in Washington herum, zu irgendwelchen Versuchen zum Signalchef abkommandiert – aber ich fuhr entsetzt auf, als er ins Büro trat, anstatt in sein eigenes Quartier nebenan.

»Ach du lieber Gott ...«

Denn den Leutnant konnte ich wirklich nicht ausstehen, trotzdem er eigentlich viel liebenswürdiger war als der Major und nie grob hätte werden können wie dieser. Aber er schien mir solch ein langweiliger Geselle. Brutal, wie sehr junge Menschen in der Beurteilung der Menschen neben ihnen nun einmal sind, hielt ich seine Bedächtigkeit für Mangel an Geist, sein Schüchternsein für Trottelei. Er hatte Sommersprossen, die mir mißfielen, und eine Art, sein blondes Schnurrbärtchen zu streicheln, die ich nicht mochte. Dabei aber hatte er trotz aller Schüchternheit etwas Dozierendes, Professorales, und das konnte ich nun schon erst recht nicht leiden.

»Haben Sie viel zu tun, Sergeant?« fragte Leutnant Burnell liebenswürdig.

»No, Sir.«

»Wollen Sie dann so freundlich sein, mir beim Auspacken der Instrumente zu helfen, die ich im Wagen habe? Sie müssen sehr vorsichtig behandelt werden und ich möchte sie deshalb nicht Mannschaften anvertrauen. Es sind drahtlose Telegrapheninstrumente, die ich mit Souder und Ihnen ausprobieren möchte. Bitte, rufen Sie Sergeant Souder herbei.« Und der Leutnant lächelte ein wenig in seiner hilflosen Art. Ich aber war auf einmal wieder mit Wonne Sergeant des amerikanischen Signalkorps!

Draht–lose – Telegraphie!!

»Sofort beim Hauptquartier melden zu Experimenten mit drahtloser Telegraphie!« klickte das Instrument auf meinem Schreibtisch protzig zu Souder hinüber.

Der Sergeant kam gerannt wie aus der Pistole geschossen. Behutsam trugen wir die beiden Tische mit den messingglitzernden Instrumente auf die weite Schneefläche des Paradegrunds hinaus, und einen anderen Tisch dann, auf dem die Akkumulatoren in langen Reihen aufgestellt wurden. Das Laden der Batterien war uns längst vertraut. Der Leutnant saß steif, bolzengerade, verlegen auf dem Schreibmaschinenstuhl, den ich ihm hinausgetragen hatte.

»Es handelt sich hier um Versuchsinstrumente.« dozierte er, »die mit einigen Abänderungen dem Marconi-Apparat nachgebaut sind. Das Prinzip der Uebertragung telegraphischen Stroms basiert, wie Sie aus meinem neulichen Vortrag wissen, auf dem Aussenden sehr starker elektrischer Entladungen, die in wissenschaftlich noch nicht ganz aufgeklärten Vorgängen sich blitzartig oder vielmehr schallwellenartig durch die Luft fortpflanzen und von nackten Bronzedrähten zum Teil aufgefangen werden können. Das eigentliche Registrieren des Stromes jedoch geschieht durch den Kohärer, ein mit Metallstaub gefülltes luftleeres Glasröhrchen, das sehr fein auch auf schwächste elektrische Einwirkungen reagiert. Unsere Aufgabe nun ist – «

»Oh du langweiliger Geselle! Du – du Professor, du!« dachte ich.

Ich hörte schon gar nicht mehr zu.

Aha – Taster wie bei einem gewöhnlichen Telegraphenapparat. Der Draht dort war die Erdleitung. Hm, die riesigen Messingkugeln sind Induktoren natürlich, und jene Drähte führen ihnen negative und positive Elektrizität von den Drähten dort zu. Dja, das müssen wir uns doch 'mal ganz genau ansehen. Dieser Draht also – aha! A-ha! Kindereinfach! Wenn ich auf den Telegraphentaster hier drücke und damit die Verbindung zwischen den beiden Drähten herstelle, so verbinde ich eigentlich die beiden großen Messingkugeln, aus denen nun ein ungeheurer Funke überspringt. Dieser Funke klettert am Draht empor und – na ja, geht in die Luft spazieren. Wie er das macht, mag der Teufel wissen! Die gescheitesten Leute haben es noch nicht herausgekriegt. Dann stößt er sich den Kopf an den Draht, der da drüben an der Empfangsstation in die Luft hinaus-ragt, klettert daran hinunter und – – und somit – – gräßlich einfache Sache ...

Herrgott, wie wunderbar frech war ich damals!

»Vorsichtig!« befahl der Leutnant. »Das Senden ist bei diesem Versuchsapparat gefährlich. Sehen Sie mir genau zu. So setzen Sie sich hin! So wird die Hand an den Taster gelegt! Sie sehen, daß die Gummiplatte Hand und Arm von allen Metallteilchen isoliert. So! Vollkommen ruhig sitzen! Der Kopf darf nicht nach vorwärts ge-beugt werden. Nun drücke ich auf den Taster und –«

Unwillkürlich prallten Souder und ich zurück.

Von Messingkugel zu Messingkugel schoß über eine Strecke von einem halben Meter wohl unter furchtbarem Dröhnen, Knattern, Sausen ein Blitz. Er war armsdick. Das jähe Weiß, Gelb, Rot seiner glühenden Farben schien einem ins Gehirn zu dringen. Glutrot war der sausende Funkenstrom dort, wo er den glitzernden Kugelmas-sen entsprang, wurde grellgelb dann, und zu leuchtendem Weiß in der Mitte. Um seine Ränder schienen Funkenstäubchen zu zittern. Und in dieser glutströmenden Masse von fürchterlicher Kraft war donnerndes Sausen, als folge Explosion auf Explosion, so rasch, daß das Ohr nur ein einziges, stetes, dröhnendes Schwingen unter-schied. Meine Augen starrten wie gebannt auf den Blitzstrahl, und ich wurde ganz still. Wie feierliche Märchenstimmung kam es über mich, daß ich das Wunder miterleben durfte.

Der Leutnant ließ den Taster los und der Blitz verschwand. An den leuchtenden Messingkugeln waren zwei talergroße Stücke leicht gebräunt, wie verbrannt.

»Das ist die Kraft!« sagte er. »Haben Sie meine Manipulationen genau beobachtet, Souder?«

»Jawohl.«

»Sie begreifen, daß der Induktionsstrom gefährlich ist und jede Berührung von Metallteilen unbedingt vermieden werden muß?«

»Jawohl.« »Dann setzen Sie sich an den Apparat.«

*

»So, das ist richtig. Souder. Rühren Sie sich ja nicht. Ich werde nun den Empfangsapparat fünfzig Schritte entfernt aufstellen. Wenn Carlé Ihnen ein Flaggenzeichen gibt, dann telegraphieren Sie das Wort *wonder*!«

Das hieß – Wunder.

»Dann eine Minute Pause – dann wieder das Wort – und so weiter bis zum Flaggenzeichen! Die Instrumente sollten eigentlich in der Fünfzig-Schritt-Grenze betriebsfähig sein, aber es wird viel adjustiert werden müssen. Unsere Arbeit wird sich darauf beschränken, die Wiedergabe der Zeichen im Empfangsapparat genau aufzuzeichnen – wie sie auch sein mag. Also: Flaggenzeichen – Wunder – Pause – Wunder – Pause – nicht wahr? Kommen Sie, Sergeant!«

Wir trugen den Empfangstisch fünfzig Schritte weit weg.

Der blanke Antennendraht wurde einfach an einer in den Boden gestoßenen hölzernen Lanze befestigt, denn es war bei dieser kurzen Entfernung ganz gleichgültig, wie hoch er in die Luft ragte, wenn er sich nur über die Apparate selbst erhob. Von der Lanze führte der Draht auf den Tisch und wurde vom Kohärer unterbrochen. Dieser Zusammenhänger, Zusammenbringer, Verbinder war ein simples luftleeres Glasröhrchen, zu einem Viertel seines Inhalts mit winzigen Metallteilchen gefüllt, die ein Schlosser Feilspäne genannt hätte. In den winzigen Endöffnungen des Röhrchens war rechts der Luftdraht eingelötet, links der Instrumentendraht, der dann weiterführte zu dem verstärkenden Relais und dem Magneten des Morseklopfers, dem eigentlichen Empfänger. Der wieder war mit Ergänzungsbatterie, Erdleitung und selbsttätig aufzeichnendem Rollenapparat verbunden. Der Leutnant zeigte auf die verschiedenen Verbindungen, deutete die Drähte entlang und fragte:

»Verstehen Sie die Zusammenhänge?«

»Jawohl.«

»Dieses Röhrchen hier ist ein Wunderding,« sagte er langsam. Er schien mir mit einemmal gar nicht mehr langweilig ... »Man könnte es den elektrischen Sinn nennen. Oder das elektrische Auge. Oder das elektrische Gehirn. Sehen Sie, die Stromwelle, die der Luftdraht dort auffängt, hat in ihrem Wandern so viel Energie verloren, daß sie im Draht überhaupt kaum wahrgenommen werden kann durch den Strommesser, jedenfalls aber einen Morsemagneten nie in Bewegung setzen würde. Wir führen daher den Strom durch dieses Röhrchen mit Feilspänen. So schwach er auch sein mag, so spürt ihn das erste Metallteilchen am Röhrenende. Es erzittert, verspürt die Schwingungen, wird elektrisch. Es saugt den Strom in sich auf, bis es geladen ist in unerträglicher Spannung und wird ebenfalls elektrisch und auch überladen und lastet einem Nachbarstäubchen einen Teil der Bürde auf. Das wiederholt sich von Stäubchen zu Stäubchen, millionenmal in einem winzigen Bruchteil einer Sekunde, bis das letzte Stäubchen am anderen Ende seine Bürde aufgenommen und sie weitergegeben hat. Die Metallteilchen sind durch den Strom zu einer elektrisch leitenden Masse verbunden worden – bis das letzte Stäubchen seine Last abschüttelt an den Instrumentendraht und das Relais, das den schwachen Strom auffängt und ihn aus eigener Kraft verstärkt. Das war der erste Vorgang. In dem zweiten nun, der folgt, liegt das Wesen der drahtlosen Telegraphie: sobald die Schwingungen aufhören, muß es über die Metallstäubchen kommen wie Müdigkeit. Sie wollen nichts mehr wissen von einander, zerfallen – und unterbrechen damit die Leitung! Sie fügen sich zusammen, wenn sie Strom verspüren, zerfallen, wenn sie ihn nicht mehr verspüren. Aus diesem Zusammenfügen und Zerfallen werden die Punkte und Striche des elektrischen Alphabets ...«

Ich starrte auf das Wunderding mit den Stäubchen.

»Sie verstehen? Es ist ganz einfach, wenn man auch ja nicht viel darüber nachdenken darf, denn dann wird's unbegreiflich. Sehen Sie her: der Morsemagnet und das Relais haben ihre eigene Kraft aus unserer zweiten Batterie dort, nicht wahr? Sie sind aber eingeschaltet in den Luftdraht. Solange die Stäubchen nun zusammenhängen – *cohaerere* – Kohärer! – arbeitet unsere Kraft. Wenn sie zerfallen, ist unsere Kraft abgedreht. Strich – Punkt – Strich – Punkt ... Sie sind wie ein Zapfhahn: Hahn auf! Hahn zu! Die Wellen in der Luft sind nur stark genug, auf das bißchen Metallstaub einzuwirken – das übrige besorgt unser Empfangsinstrument selber. Aber der elektrische Strom in dem Röhrchen ist sehr eigensinnig. Manchmal will er, manchmal will er nicht. Es ist uns noch nie gelungen, ein ganzes Wort aufzufangen. Ja – – geben Sie das Zeichen!«

Grell und blendend zischte drüben der sausende Lichtbogen auf und deutlich unterschied ich es: Kurz, lang, lang ... kurz, kurz – lang, kurz ... W–u–n–der.

»Es ist nichts,« sagte der Leutnant leise. Er tippte mit einem Bleistift an das Röhrchen.

Pause.

Wieder dröhnte es: Kurz, lang, lang –

Und da rasselte der Klopfer eine Sekunde lang und auf dem Papierstreifen erschienen wirre Punkte, acht oder neun, in unregelmäßigen Abständen. Sie bedeuteten nichts.

»Laufen Sie zu Souder hinüber und sagen Sie ihm, er solle fortwährend langen Strich – Pause – langen Strich senden,« befahl der Leutnant.

Drüben knatterte es. Lang – Pause – lang. Und mit einem Male, als wir den Heimatstrom verstärkt und den Magneten auf größte Empfindlichkeit gestellt hatten, begann der Klopfer zu reden. Klick – Pause – Klick. Auf dem sich drehenden Papierstreifen erschienen in absoluter Regelmäßigkeit Striche. Fast gleich lange.

»Wir haben es!« flüsterte der Leutnant fast keuchend. »Carlé! Flagge hoch! – – Souder!!« brüllte er. »Telegraphieren Sie *wonder*!«

Atemlos beugte ich mich über das geheimnisvolle Glasröhrchen und – sah es wie ein Erzittern durch die Metallstäubchen gehen. Die gleichmäßige Lage von Metallteilchen schien an einer Stelle dünner zu werden, an einer anderen sich an der Glaswand zu erhöhen. Leise klickte der Klopfer:

»Kurz, lang, lang – kurz, kurz ... deutlich hörbar trotz des sausenden Gedröhnes im Gebeapparat drüben.

»Flagge hoch!«

Der Leutnant stand da und starrte auf den Papierstreifen. So klar und deutlich wie Schrift stand da in den Punkten und Strichen der telegraphischen Zeichen das Wort –

w–o–n–d–e–r.

»Meines Wissens ist das zum erstenmal, daß in Amerika die praktische Uebertragung eines Worts auf drahtlosem Wege gelungen ist,« sagte er.

Und dann streikte das Glasröhrchenwunder. Die Experimente dauerten fast ohne Unterbrechung zwei Tage lang, aber es gelang nicht ein einzigesmal, die Wiederholung auch nur eines einzigen Buchstabens zu erzielen. Irgend etwas arbeitete nicht im elektrischen Gehirn ...

So plötzlich wie er gekommen war, verschwand der Leutnant wieder in das Laboratorium in Washington, und ich habe nie wieder einen drahtlosen Apparat gesehen seitdem.

Ich nehme meinen Abschied

Acht Wochen der Macht. – Veränderungen im Korps. – Ich werde ins Kriegsministerium kommandiert. – General Adolphus W. Greely. – Mein Entlassungsgesuch. – Die weggeworfenen 1200 Dollars. – Von Beamtinnen Onkel Sams und Dampfaustern. – Ich bin entlassen. – Sergeant Souder wird Offizier. – Abschied von Major Stevens. – Nun fängt ein neues Leben an.

Prachtvolle Wochen heißer Arbeit waren es gewesen. Der bunte Wirrwarr, den jeder Tag brachte, die immer neuen Pflichten, die alle Kraft aufs äußerste anspannten, die Versuchsarbeit im Telegraphie-, Ballonwesen, Kriegsphotographie, die große Selbständigkeit, die jedem von uns ein freies Arbeitsfeld gab – all das viele Neue wirkt berauschend, begeisternd. Jeder von uns empfand es als hohe Ehre, sich halbtot schinden zu dürfen, und wachte von Anfang an eifersüchtig darüber, daß er auch ja Arbeit über Arbeit bekam ... Je mehr Arbeit, je mehr Ehre! Man verspürt die Wonnen des Schaffens und der Macht.

Aber sehr bald sollte sich Vieles verändern.

Leutnant Burnell war zum Kapitän ernannt worden, zwei neue Leutnants waren hinzugekommen in rascher Folge und über vierzig neue Sergeanten, die aus den besten Berufstelegraphisten und den Elektrikern ausgewählt wurden. Der Mannschaftsbestand stieg oft über zweihundert Mann. Die Organisation des Signalkorpsforts während kaum mehr als einem Vierteljahr war eine bewunderungswürdige Arbeitsleistung gewesen und ein großer Erfolg. Vom engen persönlichen Standpunkt aus aber schwand meine Freude am Signalkorps rasch. Ich war jetzt einer von vielen nur; die schöne Machtperiode der neun Sergeanten hatte kaum acht Wochen gedauert. Im Büro häufte sich die tägliche Routinearbeit so, daß ich schließlich nicht mehr war als ein Maschinenschreiber, der nur aus den Befehlen noch wußte, was draußen vorging. Das enge Verhältnis zum Kommandeur, das der Krieg geschaffen hatte, war langsam geschwunden, wie das sein mußte. In den Werkstätten drüben und in den Abteilungen arbeiteten fremde Menschen, mit den einen nichts verband als die gemeinsame Uniform. Soviel wußte ich: die allernächste Gelegenheit, die sich mir bot, das Entlassungsgesuch zu erneuern, wollte ich beim Schopfe nehmen!

In diesen ersten Zeiten der Arbeit hatte ich ja ganz vergessen, daß schon im Zeltlager von Montauk Point, sofort nach Beendigung des Krieges, das Ziel der nächsten Zukunft klar vor meinen Augen gestanden war:

Den Soldatenrock ausziehen! Zurück zur Zeitung!

Nur um den Krieg mitzumachen, war ich Soldat geworden. Nur darum. Und von Tag zu Tag wurde nun der Wunsch heißer in mir, ein Ende zu machen.

*

Im Anfang des Jahres 1899 wurde ich in das Büro des Signalchefs ins Kriegsministerium nach Washington kommandiert, als Sekretär des Majors. Es war eine ganz unwichtige Angelegenheit, um die es sich handelte – die Aufstellung der neuen Bedarfslisten, bei der ich mit unserem Büromaterial zur Hand sein mußte – und sie interessierte mich nur, weil sie einen Wechsel bedeutete. Sie sollte aber den Abschluß meines Militärdienstes bei Onkel Sam herbeiführen.

Der Major war in Zivil, als das Automobil uns frühmorgens nach Washington zum Kriegsministerium brachte, denn amerikanische Offiziere tragen außerhalb der Forts ungern Uniform, und auch ich hatte die Erlaubnis erhalten, Zivil anzulegen. Höchst erfreut war ich darüber; gab mir das doch Gelegenheit, in den Arbeitspausen ein Stück Washington anzusehen, ohne mich lange umziehen zu müssen. In Sergeantenuniform ein gutes Restaurant aufzusuchen, wäre mir nicht eingefallen, denn amerikanische Freiheit hat ihre Grenzen.

Durch die breiten Gänge des Kriegsministeriums, in denen es von Menschen wimmelte, ging es zum Lift, vier Treppen empor, und wenige Minuten darauf standen der Major und ich in dem kleinen Arbeitszimmer des Signalchefs der Armee. Ich hatte den General noch nie gesehen und etwas wie scheue Bewunderung war in mir. Der alte Herr am Schreibtisch dort im schlichten Gehrock mit dem wallenden weißen Patriarchenbart und den ein wenig unmilitärischen silbernen Hauptlocken, war einer der kühnen Männer, die mit Leib und Leben um den alten Menschheitstraum gekämpft hatten, den Nordpol zu erreichen. Vor siebzehn Jahren ungefähr hatte

Adolphus Washington Greely die internationale Expedition nach der Franklinbai geleitet und war drei Jahre lang in Schnee und Eis eingeschlossen gewesen. Seine Forschungen hatten ein neues Kapitel in der Geschichte der Arktik eingeleitet. Später war der berühmte Mann General und Leiter des Signalkorps geworden.

»Guten Morgen, Major.« sagte der alte Herr, über seine Brille hinwegblinzelnd. »Welcher Sergeant ist das?«

»Sergeant Carlé,« antwortete der Major.

»So?« Die hellen Augen funkelten mich an. »Einer von den Kubanern, hm. Sie sind sehr rasch Sergeant geworden!«

»Jawohl, General.«

»Km, ja. Haben Sie einen Wunsch, Sergeant?«

Ob – ich – einen – Wunsch – hätte? In militärischer Haltung stand ich da, unbeweglich wie eine Mauer, aber durch meinen Kopf rasten die Gedanken. Das war die Gelegenheit, die beim Schopfe gepackt werden mußte –

»Ich bitte, aus dem Militärdienst entlassen zu werden!«

»Weshalb, Sergeant? – –«. höchst erstaunt.

»Ich ließ mich eigentlich nur anwerben, um den Krieg mitzumachen, und möchte meine Zeitungsarbeit wieder aufnehmen.« »Eigentlich – eigentlich –« brummte der alte Herr unwillig. »Die Werbung erstreckt sich immer über eine Periode von drei Jahren. Das wußten Sie doch. Wo wurden Sie angeworben?«

»In San Franzisko, General.«

Der Major stand da, halb zur Seite gewandt, und biß sich lächelnd auf den Schnurrbart. Dann sagte er kurz:

»Ich befürworte das Ansuchen.«

»Nun,« sagte General Greely, »der Sergeant wird auf dem Dienstwege Bescheid erhalten. Vorher aber muß ich ihn darauf aufmerksam machen, daß auf Order des Kriegsministeriums neuerdings den Mannschaften, die vor der Zeit entlassen werden, die Reiseentschädigung nicht gewährt wird. Halten Sie Ihr Gesuch unter diesen Umständen aufrecht, Sergeant?«

»Jawohl, General!«

Da hatte ich mit einem Wörtchen so ungefähr eintausendzwei-hundert Dollars auf die Straße geworfen...

» Well,« sagte der Major, als wir nach einer Stunde Arbeit aus dem Zimmer des Generals auf den Korridor traten, »welche Entscheidung der Chef treffen wird, weiß ich nicht. Sie scheinen ja plötzlich eine verdammte Eile zu haben, sich von uns loszueisen –«

Und weg war er.

Ich mußte meine Akten in Ordnung bringen und ging ins Nebenzimmer, die Schreibstube des Hauptquartiers. Das war ein großer Raum mit gewaltigen Aktenschränken an den Wänden. An sechs Schreibmaschinen saßen sechs junge Damen, eifrig tippend, und einige junge Herren kletterten die Leitern zu den Aktenschränken hinauf und hinab. In der Ecke stand ein Tischchen für mich. Nach einigen kurzen Worten mit dem Bürovorsteher setzte ich mich und tat so, als ob ich arbeitete. Mir wirbelte der Kopf. Würde mein Gesuch genehmigt werden? Fing nun ein neues Leben an? Ich wollte nachdenken, versuchen mir vorzustellen, was ich anfangen würde, wenn ich frei war, aber in meinem Schädel jagte es wirr durcheinander vor lauter Aufregung. Sollte ich zurück nach San Franzisko fahren? Sollte ich – – sollte ich – – –

Ich dachte an alles. Und doch wieder an nichts Greifbares. Schließlich folgte ich wieder meinem schönen alten Instinkt, die Dinge der Zukunft dahin zu verweisen, wohin sie gehörten: in die Zukunft. Zum Teufel, noch war ich nicht entlassen. Es nützte gar nichts, sich den Kopf darüber zu zerbrechen. Das hatte Zeit. Und ich schob die Gedanken, die mich plagten, einfach weg.

Um ein Uhr ertönte ein schrilles Glockenzeichen, das die Lunchpause bedeutete, und ein guter Gedanke kam mir. Nur nicht allein sein müssen jetzt und sich mit Grübeln quälen!

»Ich bin Sergeant Carlé,« sagte ich zu Miß Tipp-Tipp, die mir am nächsten gesessen hatte, beim Hinausgehen.

»Das wissen wir! Lieber Mann, wir Mädels im Büro wissen alles!«

»So? Dann wissen Sie vielleicht auch, daß ich es abscheulich finde, allein zu lunchen. Wollen die Damen mir die Ehre erweisen, beim Lunch meine Gäste zu sein?«

»Was, wir alle?«

»Natürlich!«

»So 'was Nobles gibt's nicht wieder!« kicherten die Tipp-Tipp-Misses und erklärten einstimmig, man müßte Dampfaustern essen und es sei gar nicht weit. In dem weltberühmten kleinen Dampfaustern-Restaurant in der Nähe des Kapitols setzte der weißbefrackte Negerkellner sieben große Suppenteller vor uns hin, tat ein Stück Butter, Salz, Pfeffer, Paprika in jeden, und füllte sieben Drahtkörbchen mit Austern in den Schalen. Dann öffnete er sieben Türchen in den breiten schornsteinartigen Eisenröhren, die hinter der Bar die Wände entlangliefen, hängte die Drahtkörbe hinein, und drehte an einem Ventil. Die Eisenröhren waren Dampfleitungen. Heißer Dampf kochte die Austern in ihrer eigenen Schale. Nach einer halben Minute stellte er den Dampf ab, nahm die Körbe heraus, und öffnete Auster auf Auster über den Tellern, daß ja kein Tropfen des Safts verloren ging. Es entstand eine Art Suppe, so delikat, so kräftig, daß sie einen Toten hätte erwecken können. Ueber ihr und dem Geplauder meiner sechs Gäste vergaß ich völlig, daß in diesen Stunden ein Stück meines Geschicks sich entschied ...

Die Mädels schnabulierten tüchtig und schwatzten wie die Spatzen.

Sie waren allesamt festangestellte Beamtinnen, pensionsberechtigt und auf Lebenszeit versorgt. In früheren Zeiten kam Jammer und Elend über die Tausende von niederen Angestellten in den Büros der Washingtoner Ministerien, wenn nach neuer Wahl ein Präsident dem andern folgte. Das Heer von Wählern des neuen Mannes drängte nach Stellen. Der Erwählte mußte wohl oder übel die Mitarbeiter seines Vorgängers auf die Straße werfen, um seinen beutegierigen Anhängern Raum zu schaffen, und so bedeutete jeder Wechsel in der Präsidentschaft wie unter den einzelnen Ministern ein Brotloswerden von vielen Menschen in der Bundeshauptstadt bis hinunter zu den Portiers und Fensterputzern. Alle flogen sie! Wehe den Besiegten! hieß es auch im unblutigen Wahlkampf viele Jahrzehnte hindurch, bis sich endlich den gesetzgebenden Körperschaften die Erkenntnis aufdrängte, daß die Geschichte höchst unmoralisch war und vor allem, was ihnen vielleicht wichtiger schien, höchst unzweckmäßig. Denn an Stelle der eingearbeiteten Beamten trat so immer wieder ein Heer von ahnungslosen Neulingen, die mühsam angelernt werden mußten. Es wurde daher eine Art unabhängiger Beamtenschaft geschaffen, der *Civil Service*, der Zivildienst. Die kleinen und mittleren Staatsbeamten wurden nunmehr der Reihe nach aus einer Schar von Bewerbern ausgewählt, die schwierige Prüfungen bestanden haben mußten. Es gab eine Stenotypistenprüfung, eine Buchhalterprüfung, eine Sprachenprüfung, eine Postprüfung, wissenschaftliche Spezialprüfungen und so weiter. Männliche wie weibliche Beamte des Zivildienstes konnten nunmehr nur wegen Verfehlungen nach einem Gerichtsverfahren entlassen werden. Die hohen Beamten freilich »flogen« nach wie vor bei einem Wechsel der Regierung.

»Wieviel Gehalt bekommt ihr denn?« fragte ich vergnügt.

»Hundertundzwanzig Dollars im Monat.« lachten die Mädels.

Onkel Sam war doch immer nobel! Und sie erzählten, diese jungen Dinger, von ihren Klubs, von ihren Privathotels, in denen sie beisammen wohnten, von ihren Sparkassen, von ihrer Bank. Denn sogar eine Beamtinnen-Bank hatten sie sich gegründet. Ein Mädel aber mit Stumpfnäschen sagte:

»Noch lieber möchte ich verheiratet sein ...«

*

Die zwei Stunden waren wie im Fluge vergangen. Die Beamtinnen Onkel Sams setzten sich wieder an ihre Maschinen und ich wollte mir vom Bürovorsteher meine Akten zurückerbitten, als er schon auf mich zukam:

»Major Stevens erwartet Sie im Offizierszimmer,« sagte er. »Hat soeben nach Ihnen gefragt. Gegenüber – gleicher Korridor – vierte Türe links!«

Ich ging hinüber, klopfte an.

»Herein!« Das war des Majors Stimme.

Und ich trat ein – und muß im nächsten Augenblick ein so erstauntes, ein so dummes, ein so hilflos perplexes Gesicht gemacht haben, daß das unbändige Lachen der beiden Offiziere, die rauchend an dem runden Tischchen saßen, zweifellos gerechtfertigt war. Schallend lachten sie auf. Der Major war der eine, und der andere – Sergeant Souder! In Leutnantsuniform. Freiwilligen-Infanterie. In *Leutnantsuniform*!! Sekundenlang war ich sprachlos vor Erstaunen, dann aber mißfiel mir das Lachen.

»Sergeant Carlé,« meldete ich kurz.

Der Major winkte krampfhaft ab.

»Sie haben aber auch ein Gesicht gemacht,« lachte er, »als sähen Sie Ihre eigene Großmutter in indezenten kurzen Röckchen einen Cancan tanzen! Bitte, nehmen Sie Platz, Mr. Carlé – Zigarre, bitte, Mr. Carlé –

Und es überrieselte mich wie eine heiße Welle. Ein *Offizier sagte nicht* »Mister« *zu einem Sergeanten* in der amerikanischen Armee! Das bedeutete –

»– General Greely hat Ihr Gesuch genehmigt. Ich werde Ihnen nachher die nötigen Dokumente aushändigen und wünsche Ihnen jetzt Glück und Erfolg auf Ihrem Lebensweg. Souder – in dem Schränkchen dort muß eine Whiskykaraffe und ein Syphon sein. Danke. Meine Herren, wir trinken auf das Wohl des Sergeanten Souder und des Sergeanten Carlé. Mögen Sie ein tüchtiger Offizier werden, Souder, und Sie ein berühmter Zeitungsmann, Carlé. Vergeßt euren alten Kommandeur nicht, Kinder!«

Und wir tranken, und er zerschellte seinen Kelch an der Wand.

»Unser Major!« rief Souder mit leuchtenden Augen. Wieder klirrte zerbrochenes Glas. Es war nur eine Viertelstunde, die ich in dem winzigen Privatzimmerchen der Signaloffiziere im Washingtoner Kriegsministerium verlebte, doch die kurze Spanne Zeit war ein Männerzusammensein, voll tiefen Fühlens. Das Geplauder schien oberflächlich und klang lustig, aber in das Lachen hinein woben sich für jeden Bilder aus der kaum vergangenen Zeit, da wir Kameraden gewesen waren im Krieg, wir drei. Das kittet. Der Major meinte, es sei ja nett, daß er uns glücklich los sei, und schalt Souder einen Duckmäuser, und Souder berichtete von dem reichen Schmied in dem Indianiastädtchen, das seine Heimat war. Der war Mitglied des Kongresses und ein alter Freund Souders. Der Sergeant hatte ihn in Washington getroffen vor einigen Tagen, und der parlamentarische Schmied war eiligst zum Kriegsminister gelaufen, ein Leutnantspatent in der Freiwilligenarmee herauszuschinden für seinen Protegé – Der neuernannte Leutnant mußte heute noch nach San Franzisko abreisen, um sich zur Philippinenarmee einzuschiffen.

Und wir lachten und tranken.

»Kuba und das Signalkorps!« toastete Major Stevens. »Adieu Jungens!« Und er schüttelte Souder und mir die Hände, gab mir einen Briefumschlag, und dann gingen wir, ein jeder seinen Weg. Der Major zum General, Souder zum Infanteriestab unten, sich zu melden, ich nach dem Fort. Ich habe keinen einzigen von den Männern aus dem kubanischen Kriege jemals wiedergesehen. Mit einer Ausnahme – Billy! Den alten Billy vom Schienenstrang, den ein sonderbarer Zufall mir auf den letzten der Leichtsinnspfade stellen sollte.

*

Es gehörte zum guten Ton der Armee, daß einer, der ihr den Rücken kehrte, das rasch und unauffällig machte. Von der Sekunde an, in der man seine Entlassung in der Tasche hatte, paßte man nicht mehr in den militärischen Rahmen. So fuhr ich rasch nach Fort Myer, nachdem der Gang zum Zahlmeisteramt mit dem Entlassungsdokument in wenigen Minuten erledigt war. Sergeant Hastings war telegraphisch benachrichtigt worden und sagte wenig: der alte Reguläre begriff es nicht, daß man den Rock mit den wertvollen Sergeantenstreifen freiwillig ausziehen konnte. Er nickte, als ich ihn bat, meine militärischen Habseligkeiten, die Uniformen, die Mäntel, die Mützen für mich zu verkaufen, und war verwundert, weil ich wünschte, er möge meine Entlassung erst beim Abendappell den anderen Sergeanten mitteilen. Ich mochte das Gerede jetzt nicht. Keiner der anderen stand mir nahe. Und als ich die paar Sachen für mein Köfferchen zurechtgelegt hatte, zog ich noch einmal Sergeantenuniform an, um nicht aufzufallen, und ging durch die Quartiere und die Werkstätten. Ich sah den Leuten einige Augenblicke lang zu, betrachtete mir eine signalisierende Flaggenabteilung, sah ein Automobil davonsausen –

»Heidi, Kinder! Es ist wirklich etwas sehr Gleichgültiges, ob es unter euch einen Sergeanten gibt, der Carlé heißt, oder nicht. Lebt wohl. lieben Kinder ...«

Mechanisch griff ich noch einmal nach einem Taster.

Hei – oh!

Nun fing ein neues Leben an!

Nun fängt ein neues Leben an

Nur weg mit alten Dingen. – Das neue Ich im neuen Anzug. – Im Virginiahotel zu Washington. – *Mumm extra dry.* **– Das Filmbild der Erinnerung. – Was Rockefeller mit 600 Dollars anfinge. – Was ich damit unternahm! – Empfang beim Präsidenten McKinley, – Die idiotische Zeremonie. – Ein schneller Entschluß. – Ich fahre nach New York. – Das neue Leben hat begonnen ...**

Mit gewaltigen Sätzen sprang ich die steile Treppe zum Sergeantenzimmerchen empor und riß mir hastend die Uniform vom Leibe.

Rasch, eilig, nur fort!

Fast schien es mir Zeitverschwendung, mich noch einmal im Zimmerchen umzusehen. An der Wand hing der schmutzige Kubahut, mit Mühe und Not aus dem bakterienverzehrenden Feuer Montauk Points gerettet: in der blauen Soldatenkiste lagen unter den Uniformstücken spanische Patronen, Kopien von Kriegstelegrammen, alte Sergeantenstreifen, Briefe, Pfeifen, Tabak, ein Telegrapheninstrument, das mir gehörte, der schwere Armeerevolver eines spanischen Offiziers, ein Beutestück und eine Erinnerung; Kleinigkeiten über Kleinigkeiten, die ich vor vierundzwanzig Stunden noch hoch geschätzt hatte. Nun aber warf ich das Zeug achtlos auf den Boden, verbrannte die Papiere. Nicht einmal den lieben alten Hut nahm ich mit, nicht einmal eine Silbertresse zum Andenken – weg – fort mit den Dingen, die an das Soldatensein erinnerten. Die hatten ihren Dienst getan. Ihre Zeiten waren vorbei.

Weg damit!

Und der Kubahut flog in eine Ecke, mitsamt dem, was er bedeutete. Weg! Nur nicht sich beschweren mit Ballast. Schon allzulange hatte das Sergeantensein gedauert; viel zu lange. Nur keine Zeit jetzt verlieren. Denn ein neues Leben fing nun an.

Heimlich schlich ich mich an Baracken und Schuppen vorbei auf dem Weg zur Arlingtonstation und ärgerte mich, daß ich immerzu an Telegraphengeklapper und Flaggenschwingen denken mußte, sehnsüchtig fast. Wer würde wohl an meinem Platz sitzen am Schreibtisch im Büro da drüben ... Ryan wahrscheinlich. Ich hatte ihn dazu erzogen.

Aber – was – ging – das – mich – an!

Waren Sergeantenlitzen vielleicht etwas so Wichtiges, daß man sie nicht vergessen konnte? Und auf einmal hatte ich sie vergessen! Während die Straßenbahn hügelabwärts gen Washington rasselte auf ihrer langen Fahrt, dachte ich nur an das eine: Hatte ich auch noch Zeit heute, mir einen eleganten Abendanzug einzukaufen? Ueber alle Maßen wichtig schien mir das. Ich erwischte einen Wagen am Endpunkt der Linie in der Washingtoner Vorstadt, fuhr von Geschäft zu Geschäft, kaufte einen Koffer zuerst, schwarze Abendeleganz dann, Wäsche nun, Toilettesachen (über die der Sergeant von dereinst in den morastigen Schützengräben des Santiagotals sich totgelacht hätte) allerlei höchst überflüssige Kleinigkeiten, und endlich endete die Fahrt vor dem Virginia, einem der teuersten Hotels Washingtons.

Dreißig Minuten später lehnte ich lässig mit übergeschlagenen Beinen in einem weichen Klubsessel des Hotelvestibüls und betrachtete wohlgefällig die straffen Bügelfalten meiner neuen Smokingbeinkleider, wie sie in scharfer Kante über den schwarzglänzenden Lack der *patent leathers* fielen. Schielte wohl auch über die weiße Fülle der Hemdbrust nach den seidenen Aufschlägen und freute mich sehr, daß da in nächster Nähe an der Wand ein großer Spiegel mir mein Ebenbild unablässig vorkonterfeite – und siehe da, es war sehr gut, dieses Ebenbild, wie ich in wohliger Gedankenleere immer wieder vergnügt feststellte. Um nichts hätte ich in jenen Viertelstunden die bedeutungslosen schwarzen Fetzen am Leib, die dummen Lackstiefel, all die lächerliche Aeußerlichkeit hergegeben! Denn sie waren mir wohl, ohne daß ich mir auch nur die geringsten Gedanken darüber machte, einfach ein Symbol:

Ein äußeres Zeichen der neuen Zeiten!

Exit der Sergeant ...

Später einmal hat mir ein gescheiter Tierarzt bei einer Konsultation über meinen jungen Boxer gesagt:

»Sie ärgern sich, daß das Fräulein (mein Boxer Liundla ist eine Dame) sich mit jedem Vorübergehenden anfreundet, jeden Hausierer schweifwedelnd begrüßt, jeden gewöhnlichen gelben Köter demutsvoll umschwänzelt? Das ist nur die Unselbständigkeit der

Jugend und wird sich gewaltig ändern, wenn das Vieh 'mal feststehende Lebensanschauungen hat. Es wird sich ändern. So in einem halben Jahr etwa.«

Ein ähnlich wichtiger Lebensumschwung, wie er im Erdenwallen meines Sundes auch wirklich nach einigen Monaten eintrat, muß mir der Abend im Virginiahotel gewesen sein. Aus dem subalternen Stand hatte ich mich aus höchsteigener Machtvollkommenheit in die höhere Kaste zurückversetzt – und der Smoking war einfach das Kastenabzeichen. So ungefähr müssen die geheimen Triebfedern der Eitelkeitsgelüste ausgesehen haben, die mich immer wieder in den Spiegel gaffen ließen.

Der Gong erklang zum Souper.

Ein diskreter Kellner servierte mir Austern auf Eis an einem Tischchen, über das eine elektrische Stehlampe rosenrotes Licht goß, und rosenroter Schein leuchtete von anderen Tischen, und da war eine wohlige Atmosphäre von gedämpftem Geplauder und leisem Lachen, und schöne Frauenköpfe neigten sich zu scharfgeschnittenen Herrengesichtern, und Gläser klirrten glockenhell. Und ich schlürfte Austern, wählte außerordentlich sorgfältig meinen Wein, und widmete ernsthaftes Nachdenken der wichtigen Frage, ob ich als Zwischengericht gefüllten Puter oder junge Hähnchen bevorzugen sollte. Ich saß in einer Ecke. Der Speisesaal lag vor mir wie ein Bild, und bald beobachtete ich mit einer fast brutalen Neugier die Männer und die Frauen an den kleinen Tischchen; wie sie sprachen, wie sie sich bewegten, wie sie sich gaben, und es schien mir, als sei in jedem dieser harten und doch so frischen Männergesichter ein unbeschreiblicher herrischer Zug; ganz genau das, was ich mir selber wünschte. Ich ertappte mich darauf, wie ich zu den Wandspiegeln hinüberschielte, um Spuren von Herrentum im eigenen Konterfei zu entdecken –

»Chartreuse!« befahl ich.

Und freute mich über den wundervoll geschliffenen Kelch, dessen Wände glitzernd und gleißend den goldengelben Trank widerspiegelten, um dann zu entdecken, daß die wenigen schimmernden Tropfen eine wohlige Gleichgültigkeit bescherten. Was zum Teufel kümmerte es mich, wie die Männer da aussahen, was in ihren Gesichtern geschrieben stand, wie diese Frauen lachten und plauderten, auf welche Weise diese Leutchen sich durchs Leben schlugen! Sie trugen elegante Kleider am Leib? Ich auch! Sie hatten Geld? Ich auch! Lachend stand ich auf.

»Eine Flasche Sekt ins Rauchzimmer!«

» *Yes, sir.*«

» *Mumm extra dry..*«

» *Very well, sir.*«

Bequem in den weichen Sessel gekuschelt betrachtete ich vergnügt die sprühenden Schaumbläschen und sah den zarten blauen Rauchgebilden der Zigarette nach. In den immer wieder sich webenden und immer wieder vergehenden Dunstschleiern tauchten körperhafte Dinge auf, undeutlich wie in ewig weiter Ferne und doch bildhaft. Ein lümmeliger Gymnasiast, eine ganze Serie von deutschen Schulmeistern – Sprung – ein Professor des Griechischen in Burghausen, ein strenger Vater, ein lustiges Mädel – Sprung, Sprung – ein trüber Abend im Bremer Ratskeller ...

Ah, wie lebendig machte der perlende Wein alles Vergangene!

– Großer Sprung – eine Baumwollfarm in Texas, dahinrasende Eisenbahnzüge, sonnige San Franziskostraßen – Sprung – ein schmaler Schlammpfad nun im kubanischen Urwald, geisterhaftes Gewehrgeknatter – Sprung – ein sausendes Feuerrad im Kabelbüro – und wie beklemmenden Alpdruck die Gesichter von sterbenden Männern auf der Insel des gelben Fiebers ...

So jagten sich die Bilder.

Ich starrte in gebanntem Schauen und sah mich immer wieder selber in den Traumgebilden, in denen mein Leben vorbeihuschte. Und nun sollte das Leben ja wiederum neu beginnen. Da lachte ich vor mich hin, fand die Welt und die Dinge und die Menschen wunderschön, und zauberte flugs neue Bilder in die Nebel. Von tanzenden Traumgestalten – sie tanzten um meine Wenigkeit – und Strömen von Gold – sie gehörten mir – um dann mit scharfem Ruck zusammenzufahren und den Champagnerkelch zu packen.

Ruhig da! Eiskalt sein, mein Junge. In diesem Lande rechnete man mit Wirklichkeiten. Mit jenen Wirklichkeiten, wie sie da in der bedeutsamen Rolle in meiner Westentasche sich meinem Körper anschmiegten; mit Dollarscheinen. Sechshundert Dollars besaß ich, von denen einige hundert die letzte Zahlung Onkel Sams darstellten, einige hundert aus der üppigen Löhnung erspart waren. Es hätte mehr sein können, sagte ich mir grinsend, aber immerhin ...

Was machte man nun mit sechshundert Dollars, wenn man ein neues Leben anfangen wollte?

Das wohlige Gefühl des Geldhabens verdichtete sich zum Problem.

Behauptete nicht dieser salbungsvolle Spitzbube von Rockefeller, daß jeder tüchtige Mann, dem es einmal gelungen war, sich so etwa tausend Dollars zu erwerben, für alle Zukunft unbedingt geborgen sein müsse? Nur arbeiten mußte der tüchtige Mann und beten und weiterhin wahnwitzig sparen, Pfennig für Pfennig, und lauern wie eine Schlange, um mit seinem Geld zuzubeißen im richtigen Augenblick. Oh, sechshundert Dollars waren viel Geld. Sie konnten eine nette kleine Farm in Texas bedeuten, oder eine gutgehende Bierwirtschaft, oder einen Gemüseladen, oder – viele Hunderte von nahrhaften und beständigen Dingen im Sinne Rockefellers. Dja. Für mich aber waren die Dollarscheine dazu da – jawohl, selbstverständlich dazu da, den Weg zur Zeitung wiederzufinden.

Punkt eins erledigt.

Damit trank ich vergnügt meinen Sekt aus und ging fröhlich zu Bette. Mich mit unwichtigen Nebensächlichkeiten zu beschäftigen, hatte ich nicht die geringste Lust – damit zum Beispiel, wie das neue Zeitungsleben nun eigentlich beginnen sollte.

Ich wollte wieder zur Zeitung und damit holla!

Am nächsten Morgen wachte ich mit wohlverdienten Kopfschmerzen auf und schlenderte bald die breite Avenue hinab. Kopfschüttelnd betrachtete ich die Menschen, die hier weniger Eile hatten als anderswo, die vielen eleganten Wagen, die daran erinnerten, daß Washington eine Stadt der Politik, der Repräsentation, des gesellschaftlichen Lebens war und nicht eine Stadt der Arbeit. Nach wenigen Minuten war ich beim Weißen Haus angelangt, der bescheidenen Villa der amerikanischen Präsidenten. Zwischen Bäumen und Buschwerk hervor leuchteten durch den Park die schneeweiß getünchten Wände. Vor dem eisernen Gitter standen viele

Menschen, die langsam einer nach dem andern zwischen zwei hünenhaften Polizisten hindurch den Kiesweg zum Weißen Haus hinaufschritten.

Es war einer der öffentlichen Empfangstage heute, an denen jeder anständig gekleidete Mensch ohne vorherige Anmeldung sich im Weißen Haus einfinden und dem Repräsentanten des amerikanischen Volks die Hand schütteln durfte.

Neugierig schloß ich mich der Reihe an. Langsam ging es durch den Park hindurch, breite Stufen empor, durch ein Portal, ein einfaches Vorzimmer – immer im Gänsemarsch – und in einen Saal dann, der gedrängt voll Menschen war. An den Seiten war eine schmale Gasse für die wandelnden Reihen freigelassen. Ich bemerkte einige Offiziere, einen bekannten Minister, und viele Kongreßmitglieder. Während des langsamen Vorwärtsschreitens wurde man gründlich gemustert von scharfblickenden Herren, die offenbar Detektive des amerikanischen Geheimdienstes waren. So wandelte man und kam endlich zu einem Herrn im einfachen Gehrock, der mit lächelnder Miene bei einem Stuhl stand. Das war William McKinley, Präsident der Vereinigten Staaten. Mir schien, als sei auf dem bartlosen, außerordentlich scharfgeschnittenen Gesicht das Lächeln festgefroren. Man lächelte auch, denn die stereotype Liebenswürdigkeit wirkte ansteckend, streckte die Hand aus, das Beispiel des Vormannes nachahmend, und plötzlich schoß die Präsidentenhand hervor, gewaltig zupackend, eine Sekunde lang... Mir taten die Finger weh. In einer Sekunde war alles vorbei, der Händedruck, das Lächeln, die leichte Verbeugung. Im Weitergehen wandte ich den Kopf und sah drei- oder viermal die völlig gleiche Bewegung – die Präsidentenhand schoß immer im völlig gleichen Winkel hervor, packte, ließ los...

»Weshalb drückt er so fest?« fragte der Mann vor mir den riesigen Polizisten am Ausgang.

»Weil er sich seine Fingerchen nicht etwa von dir zerdrücken lassen will, mein Sohn.« grinste der Polizist, »sondern lieber selber zugreift!«

Da begriff ich, daß Holzhacken eine leichte Erholung war, verglichen mit der grauenhaften Arbeit, einigen Tausenden von Menschen die Hand drücken zu müssen, und stellte mir vor, daß neugewählte Präsidenten der Vereinigten Staaten wohl viel Kummer und Elend an ihrer rechten Hand erleben, bis sie den richtigen Trick des Händeschüttelns heraus haben. Die Veranstaltung selbst aber, die den Amerikanern ein großartiges Sinnbild amerikanischer Freiheit erscheint, kam mir außergewöhnlich idiotisch vor. Langsam ging ich die Avenue zurück.

Und im Dahinschlenkern nahmen die Zukunftsgedanken Form und Gestalt an. Zurück zur Zeitung also. Für jede Arbeit jedoch brauchte man einen günstigen Boden, und das war Washington keinesfalls. In Washington wurde politisch geschachert, gesellschaftelt, politisiert, bürokratisiert; alle Fäden seiner Bedeutung liefen zusammen im Weißen Haus, in den Ministerien, in den Repräsentantenhäusern des Senats und des Kongresses. Die Washingtoner Zeitungen beschäftigten sich übermäßig mit politischem Klatsch und ihr lokaler Teil war fast ausschließlich gesellschaftlichen Dingen gewidmet. Guter Boden für einen Politiker. Für mich nicht. Fort aus Washington.

Punkt zwei erledigt.

Augenblicklich rannte ich zu dem Hotel zurück, als sei es schade um jede Minute, die ich hier noch verbrachte. In den fünf Minuten, die ich zu dem kurzen Weg brauchte, war mein Entschluß gefaßt. So übermächtig das alte verräucherte Reporterzimmer in San Franzisko und seine lieben Menschen, seine frohe Hetzarbeit auch winkten und lockten, so sehr wehrte sich irgend etwas in mir gegen eine Rückkehr nach dort. Man soll nicht da Geselle sein wollen, wo man Lehrling war, weil die anderen den Lehrling von dereinst nur schwer vergessen. Und daß ich keiner mehr war als Zeitungsmann und mit dem Handwerkszeug so gut umgehen konnte wie einer, davon war ich höchlichst überzeugt. Was ich brauchte, war also eine große Stadt mit sehr großen Zeitungen – Neuyork!

Selbstverständlich Neuyork! Wie hatte ich mich auch nur einen Augenblick lang besinnen können!

Da waren die » World«, das » New York Journal« (das Hearst, dem Eigentümer des » San Francisko Examiner« gehörte), die » Times«, die » Sun«, der » American«, Gordon Bennetts » New York Herald« vor allem, die größten Zeitungen der Welt. Ein Arbeitsfeld, wie man es sich nicht besser wünschen konnte. Daß dieses Arbeitsfeld völlig überlaufen war mit Kräften allerersten Ranges – daß die Aussicht für mich, im Neuyorker Zeitungsgewühl mir Ellbogenraum zu schaffen, noch etwas schlechter war als etwa diejenige, auf ein mexikanisches Lotterielos auch wirklich Geld zu gewinnen – daran dachte ich in schönem Selbstvertrauen auch nicht einen Augenblick lang.

Aus meinem Laufen wurde fast Trab.

In zwei Minuten hatte ich mich aus dem Kursbuch des Hotelvestibüls vergewissert, daß der nächste Zug nach Neuyork um 12.39 ging (es war jetzt 12.10). In weiteren fünf Minuten hatte ich die Koffer gepackt, die bösartig gesalzene Hotelrechnung bezahlt und mir einen Wagen herbeipfeifen lassen. Um 12.39 schrieen die *conductors* ihr *all aboard*. Um 12.40 lehnte ich mich weit zurück in den weichen Polstersitz des dahinsausenden Zugs, lauschte sekundenlang, angenehm angeregt, dem Rädergetöse, entfaltete dann das auf dem Bahnhof gekaufte *New York Journal*, unsäglich zufrieden mit mir, Gott, und der Welt.

Das neue Leben hatte begonnen!

Wie mich Neuyork empfing

Ankunft in Neuyork. – Der Lichterwahnsinn in der Luft. – Der Wirrwarr der Riesenstadt. – Die elegante Pension. – Mrs. Bailey. – Ricky und Flossy. – Die eingeschneite Riesenstadt. – Der Humor auf der Straße. – Fünf Minuten in der Redaktion des *New York Journal*. – »Sie haben gar keine Aussichten!« – »Herrgott, war das ein süßer Anfang.«

Als der Zug in den Neuyorker Pennsylvania Bahnhof einbrauste, war ich einer der ersten, der auf den Bahnsteig sprang. Rücksichtslos drängte ich mich durch das Menschengewühl. Ich hatte es noch um eine Nuance eiliger als diese anderen eiligen Menschen. Mir war zumute, als käme ich nach Hause. Dorthin, wohin ich gehörte. Als wartete hier irgend etwas Schönes auf mich.

»Telephon?« fragte ich einen Gepäckträger im Vorbeigehen.

»Links!« antwortete der.

So war's recht. Brauchbare Leute, diese Neuyorker. Nur keine Zeit und keine Worte verschwenden! Mein Nickel glitt in den Schlot des öffentlichen Telephons –

» L 11327.« » *The Montgomery Private Hotel – helloh*,« meldete sich eine Stimme.

»Zimmer frei?« fragte ich kurz und präzise.

»Schlafzimmer und Wohnzimmer, volle Pension, mit Ausnahme von Lunch.«

»Auf wie lange?«

»Einen Monat fest.«

» *Very well*,« antwortete die Stimme. »Abgemacht. Name, bitte?«

»Carlé – C gleich *candy*, a gleich *America*, r gleich *rich*, l gleich *loving*, e gleich *election – got it?* Haben Sie 's?«

» *Yes, sir*«

»Ich sende mein Gepäck und komme später.«

» *Very well*.«

»Um welche Zeit ist *diner*?«

»Punkt acht!«

» Allright – thank you.«

Vergnügt hing ich das Hörrohr an den Haken, eilte mit langen Schritten, Neuyorker Schritten, zur Expreßoffice, und gab Auftrag, daß mein Gepäck sofort nach dem *Montgomery* geschickt werden sollte. Hexerei war keine dabei. Ich hatte einfach während der Fahrt im Anzeigenteil des *New York Herald* die *boardinghouse* Inserate durchgesehen. So ließ sich die Behausungsfrage in aller Geschwindigkeit durch ein kurzes Telephongespräch erledigen. Zeit hatte ich nämlich keine übrig, absolut keine. Brannte ich doch in fieberiger Ungeduld darauf, wieder einmal Menschenmassen zu sehen und Häusergewirr und tätiges Leben. Rasch in den Baderaum des Bahnhofs – gewaschen – gebürstet ...

*

Und ein sonderbares Gefühl kam über mich, als ich still und steif, der bitterlichen Kälte nicht achtend, an der Ecke des *flatiron* stand, des ungeheuren Wolkenkratzers, der ob seiner sonderbaren Form den Namen Bügeleisen trägt. Hier, wo Wolkenkratzer neben Wolkenkratzer in ihrer unsäglich brutalen Wucht gen Himmel ragten, war das Herz Neuyorks. Hier war ich einst gestanden vor fünf Jahren und dort in jenem Friseurladen war ich gewesen. Täppisch hatte ich mich zurechtgefragt und unbeholfen mich gewundert über die neue Welt und kindlich gelacht über die dahinrasenden Menschen und das laute grelle Schreien der Dinge. Und jetzt? Hatte nicht auch ich mitrasen müssen seitdem, mitschreien, brutal zupacken ums liebe Leben? Als Farmer, Apotheker, – ach, was! Nein, ein fröhliches Spiel war es gewesen, wenn auch der Einsatz ums Verhungern und Verkommen ging, und ein frohes Spiel sollte es bleiben.

Voll neuer Farben und neuem Schauen. Nur nicht verblüffen lassen!

Denn wie gebannt war ich gewesen in den ersten Minuten von der Gigantik der furchtbaren Stadt. Eingeschüchtert, verzagt. Schwer hingen winterliche Nebel und Rauch von hunderttausend Schornsteinen über den Häuserriesen. Wirkliches Dunkel jedoch, trübes dumpfes Grau und hartes Schwarz, zeigte die Dunstschicht nur an ihren seinen Rändern. Hier, über dem Herzen Neuyorks, war sie eine einzige Masse von rötlicher Glut und schmutzigweißen Lichtstreifen, dem Widerschein des Flammenmeers unter ihr. Denn die Häuser, die Straßen, die Dächer spien Fluten von Licht aus. Kaltes, blendendweißes Licht in weiten Bündeln, wärmere rötliche Strahlen, glitzernde Lichtpünktchen. Dort links zog bis in unübersehbare Ferne die Flammenstraße des Broadway hin, ein Glutmeer von Milliarden Lichtern zuerst, eine grellweiße schnurgerade Linie dann. Licht überall und blitzschnell aufhuschend auf Pflaster und Fahrweg tiefviolette Schlagschatten. Schneeflocken begannen zu fallen. Von drüben her leuchteten hoch aus den Himmeln lange schnurgerade Lichtstreifen, so hoch und fern, daß sie aus dem Nichts zu kommen schienen, und nur da und dort deutete ein dumpfer Schatten die Umrisse und die Fensterreihen der Wolkenkratzer an. Höher noch, dort, wo ein schwarzer Rand auf die obersten Lichtstreifen folgte, leuchteten in grellem Glühen gewaltige Flammenbuchstaben auf das Lichtmeer herab, von allen Himmelsrichtungen her. Von den Zeitungspalästen glühten – war's eine gute Vorbedeutung? – die Namen der *World*, des *New York Journal*, der *Times*, und ihre lodernden Buchstaben schienen das lichtspeiende Neuyork zu überschreien, zu beherrschen, zu regieren. Aber noch lauter, noch schreiender, noch wuchtiger war jenes sausende Feuerrad dort zwischen ihnen und es kündete doch nur von irgend einer jämmerlichen Zigarette. Und was hier auf und ab huschte in jähem blendendem Glühen an einer riesigen Häuserwand, verlöschend und wieder aufflammend, war gar nur ein Mundwasser.

Da oben in der Luft grassierte der Lichterwahnsinn.

Grüne Sterne, blaue Steine – Zacken – Figuren aus Licht – und sofort hinterdrein die lichtbrüllende Erklärung: Raucht nur Tabak der *American Tobacco Company – Carters Liver Pills – Pear's Soap – Quaker Oats* – sie sind alle da. Eine feuerspeiende Hölle ist es, in der es von sinnverwirrendem Lärm dröhnt und von gräßlichem Hasten geistert. Das einzelne Geräusch verliert sich. Da ist nur *ein* stetes Dröhnen, Schwingen, Brausen von Menschentritten und Menschenstimmen ohne Zahl und das Rollen von vielen Tausenden von Rädern. Jene schwarzen Massen aber, die da auf- und abfluten, ohne scheinbar je mehr zu werden oder weniger, sind die Herren dieser Hölle und ihre Knechte zugleich.

Dichter fiel der Schnee und kälter wurde es. Da fror ich vom langen Stehen, und fuhr zusammen, und der Zauberbann des Ungetüms war gelöst. Das blendendweiße Lichtergleißen ward zu vielen großen und kleinen Strahlen und Pünktchen und aus der schweren schwarzen Masse wurden ganz gewöhnliche hastende Menschen, höchst lebendig offenbar und gewaltig lebensfreudig. Und verflixt eilig hatten sie's.

Trippe – trappe – rannte es an mir vorbei.

Vergnügt rannte ich mit. angesteckt von der Eile und dem Drängen um mich, und aus alter Gewohnheit auch schon, denn wer in Neuyork langsam geht, hat entweder Rheumatismus in den Beinen oder ist ein Bummler niedrigster Sorte. Dem Broadway ging es zu. Plötzlich blieb ich stehen. *Confound it*, eigentlich hätte ich doch heute abend schon das *New York Journal* aufsuchen können! Hm, es war gegen sechs Uhr. Dumme Zeit; da waren die richtigen Leute entweder nicht da oder sie hatten Hals über Kopf zu arbeiten. Nein; machen wir morgen. Ich ging in einen Buchladen und kaufte einen Stadtplan. Ecke der Sechsten Avenue und der Vierzigsten Straße lag das Montgomery. Aha, drei Häusergevierte geradeaus, zwei rechts, eine geradeaus ...

Ein Dienstmädchen in Schwarz mit weißem Mützchen öffnete.

»Mein Gepäck da?«

» *Yes, sir.* Herr Carlé, nicht wahr? Hier ist das Büro, bitte!«

Sie öffnete eine Glastüre, und eine alte Dame mit silberweißem Haar und frischem jugendlichem Gesicht trat mir lächelnd entgegen.

»Mr. Carlé? Seien Sie willkommen! Ich bin Mrs. Bailey, die Eigentümerin dieses Hauses – Mr. Bailey ist augenblicklich nicht hier. Kommen Sie! Sie möchten doch Ihre Zimmer sehen, nicht wahr? Wir können ja oben plaudern!«

Und während die alte Dame (sie trug schwere violette Seide) vor mir her über die wohlig weichen Teppiche des Korridors schritt, schoß mir verstimmend der Eindruck durch den Kopf, daß die Dame des Hauses und die Teppiche des Korridors und das Dienstmädchen unten entschieden zu elegant waren für meine Verhältnisse. Das konnte ja nett werden. Bänglich folgte ich und bänglich stieg ich ins Lift. Blitzschnell schoß die Maschine vier Stockwerke empor.

Ein Türöffnen, ein Knipsen, ein Aufflammen elektrischen Lichts.

Die Bescherung war fertig.

»S – sehr hübsch!« stotterte ich in Heidenangst.

Da war ein kleines Schlafzimmer und in der Ecke stand eine Badewanne und in der anderen Ecke prangte ein weißglänzender Waschtisch, Marmor oder so was – ihr guten Götter – und von glitzernden Metall-Hähnen glänzte die Aufschrift: *Hot, cold.* Heißes und kaltes Wasser.

»S – sehr hübsch,« lobte ich betrübt.

Ein Wohnzimmer schloß sich an und da stand ein riesiger Klubsessel und in den Teppich sank man tief ein und da waren – so etwas Reizendes hatte ich noch nicht gesehen in meinen amerikanischen Zeiten ... Und die alte Dame war ja entzückend! Sie pries nicht laut an, sondern ihre lächelnden Augen führten die meinen von Gegenstand zu Gegenstand, zu dem Rauchtischchen, zu dem Klubsessel, zu dem Telephon neben der Tür, zu dem automatischen Telegraphenapparat, dessen Kurbel mit einer Umdrehung einen Messengerboy herbeirief, mit zwei Umdrehungen einen Wagen – zu der elektrischen Leselampe auf dem Schreibtisch, zur fellbedeckten Chaiselongue. Ich schaute und bewunderte, und mit einemmal war die Bänglichkeit verschwunden. Lächerlich, diese Anwandlung von Sparsamkeit! Hier war ich und hier blieb ich und was die ganze Geschichte kostete, konnte mir furchtbar gleichgültig sein. Knisterten doch noch viele Banknoten in meiner Tasche! Um so besser, wenn das neue Leben in wohliger Umgebung begann...

Und außerdem fing ja morgen schon die Zeitungsarbeit an! Heidi! So wie mir das vorschwebte – ganz klar, simpel, und greifbar nahe, begannen jetzt Zeiten gewaltigen Geldverdienens. Einige Dollars mehr oder weniger spielten da keine Rolle! Ich war sehr zufrieden mit mir und der neuen Pension.

»Sie dürfen rauchen.« lächelte Mrs. Bailey.

Ich verbeugte mich dankbar.

»Wir geben und verlangen Empfehlungen.« fuhr sie fort.

»Ich bin fremd in Neuyork,« sagte ich da schroff. »Wenn Sie so freundlich sein wollen, mich über Ihre Bedingungen zu informieren, so bin ich bereit, ein Depot in Höhe der Kosten meines Aufenthalts in Ihrem Hause für den Zeitraum eines Monats zu hinterlegen.«

» *Very well*,« meinte die alte Dame. »Wir berechnen mit Frühstück vierzig Dollars den Monat und nehmen vierzig Cents für Diner.« (Ich machte ein verblüfftes Gesicht. Mir, der ich an San Franziskoer Preise gewöhnt war, schien das spottbillig.)

Ich zählte rasch sechzig Dollars ab. »Darf ich bitten?«

»Danke schön. Mr. – Mr. – –. Und nun sagen Sie doch, bitte, einer alten Frau, die Ihre Großmutter sein könnte, wer Sie sind und was Sie sind. Vor allem aber: Heißt es »Kaohrl« oder »Dscharle«? Sehen Sie, Sie sind noch sehr jung, und ich mag gern Leute, die frische Gesichter haben, und vielleicht kann ich Ihnen nützlich sein. Frauen sind doch neugierig ...«

Prachtvoll! Selbstverständlich wurde ich weich wie Butter und erzählte eine halbe Stunde mit vollkommener Ehrlichkeit über mich selbst, in sehr schroffem Gegensatz zu der Verschlossenheit, die ich mir aus praktischen Gründen angelobt hatte. Von San Franzisko und von Kuba und vom Signalkorps und von Zeitungsträumen. Und die alte Dame lächelte und nickte.

»Wir werden gute Freunde sein!« sagte sie endlich.

Sie hielt, das sei gleich gesagt, ihr Wort. Mrs. Bailey ist mir eine meiner liebsten amerikanischen Erinnerungen. Der Lausbub hatte wiederum Glück gehabt! Bob Masters, der *stockbroker*, mit dem ich später befreundet wurde und der seit Jahren im Montgomery wohnte, behauptete zwar, Mrs. Bailey sei eine gerissene Menschenkennerin und könne höchst unliebenswürdig sein. Aber Bob war ein häßlicher Zyniker. Und die alte Dame plauderte und gab mir in stricheligem Schildern ein Bild von den Leuten, die im Montgomery wohnten. »Lauter junge Leute!« sagte sie stolz. »Sie sind alle meine Kinder und dumme Kinderstreiche machen sie wahrlich genug.« Da waren junge Anwälte und Kaufleute und viele Damen, die im Neuyorker Erwerbsleben ihre »Frau« standen. »Ich setze Sie vorläufig zwischen Miß O'Bryan und Miß Rafferty,« meinte sie vergnügt. »Miß O'Bryan ist Weißwarenchef bei Cummings & Co., Miß Rafferty leitet ein stenographisches Büro *downtown* – liebe Menschen und bösartige Flirts alle beide. Da können Sie gleich die Feuerprobe bestehen. Ja. Meine Herren dürfen sehr wohl flirten mit meinen Damen, denn Jugend bleibt Jugend, und sie dürfen sie auch mal mitnehmen ins Theater, aber wenn ich von dummen teuren Soupers bei Delmonico höre und so was, dann werde ich furchtbar energisch. Ja. Mr. Carlé – mögen Sie glücklich sein in meinem Haus!«

Ich verbeugte mich ehrfürchtig.

»So! Ich schicke Ihnen Lizzie, die Ihnen beim Auspacken behilflich sein wird.«

Und ein flinkes kleines Dienstmädchen legte geschickt Wäsche in Kommoden und hing Beinkleider auf Bügel und sortierte Krawatten. Wie Hans im Glück kam ich mir vor. Langsam begann ich die alte Wahrheit zu begreifen, daß ein Junggeselle nicht teuer genug wohnen kann, um – viel Geld zu sparen. Und ich badete und fand draußen im Wohnzimmer Beinkleider, die fix gebügelt worden waren von der kleinen Lizzie, und ich pries die guten Götter, die zum erstenmal in all den Jahren mir das Gefühl beschert hatten, ein Heim zu haben.

Hier war ich zu Hause!

Da klopfte es. Lizzie brachte Visitenkarten und Briefbogen – mit meinem Namen und der Adresse des Montgomery. Samt Telephonnummer und Telegrammadresse! Ich muß ein sehr dummes Gesicht gemacht haben. Langsam endlich begriff ich, daß dieses Neuyork eine eigentümliche Stadt war und der Montgomery etwas Besonderes. Entzückende alte Damen – Briefbogen binnen einer Stunde –

Mir wirbelte es im Kopf.

Kling-klang.

In sonorem Klingen ertönte der Gong.

Ein wenig befangen, eilte ich die Treppen hinunter, auf das Lift verzichtend, sah eine lächelnde alte Dame, ward am Arm gefaßt, und in Holtergepoltereile zwischen vielen Menschen hindurch an einen langen Tisch bugsiert.

» *Dears* – Mr. Carlé. Ich sagte euch ja schon. Miß Rafferty – Miß O'Bryan!«

Ich setzte mich dämlich hin und hielt den Mund.

Mädchen in Schwarz mit weißen Mützchen servierten mit amerikanischer Fixigkeit. Austern auf Eis, eine Muschelsuppe, Riesensteaks, von ganzen Lenden, handgerecht transchiert. Ich verbeugte mich links und rechts, murmelte Höflichkeitsfloskeln, und hätte um alles in der Welt nichts Gescheites reden können. Wo war nur meine gute Kinderstube geblieben, auf die ich so stolz war? ...

»Weshalb zum Kuckuck,« (ich versuche, den Neuyorker *slang* getreu wiederzugeben) – »weshalb zum Kuckuck reden Sie nicht?« sagte Miß Rafferty entrüstet.

»Wir beißen nicht.« erklärte Miß O'Bryan.

»Wirklich nicht?«, meinte ich zweifelnd. »Nehmen Sie noch mehr *french potatoes?*«

» *Yes, thanks,*« sagte Miß Rafferty. »Wie finden Sie meine neue Bluse?« »Ein Wunder – einen Märchentraum – ein – mir fehlen die Worte!«

»Das genügt für den Anfang!« erklärte Miß O'Bryan. »Nun passen Sie 'mal auf. Die da heißt Flossy und mich nennt man Nicky. Sie dürfen Miß Flossy und Miß Nicky sagen. Meinetwegen können Sie das Miß auch weglassen. Aber seien Sie ein guter Junge und erzählen sie uns was. Wir müssen den ganzen Tag arbeiten und möchten uns jetzt amüsieren!«

Ich nahm ein zweites Stück Steak und tappte behutsam unter dem Tisch nach jener Gegend, wo ich Nickys Füßchen vermutete ...

»Nein!« erklärte Nicky. »Das ist zu leicht! Reden sollen Sie!«

»Was ist zu leicht?« fragte Flossy.

»Er ist mir auf den Fuß getreten,« erläuterte Nicky seelenruhig – und mir traten die Augen beinahe aus dem Kopf. Diese Nicky fing an, mir zu imponieren –

»Nicky! Flossy!« erklärte ich weinerlich. »Ich bin ein Fremdling in dieser großen und schönen Stadt und unwert des Glücks, zwischen den beiden schönsten Frauen des größeren Neuyork meinen bescheidenen Imbiß einzunehmen. Sie sehen mich einfach sprachlos. Berückt! Zerschmolzen! Weg!«

»Sehr gut! Trinken Sie um Gotteswillen 'nen Cocktail, auf meine Kosten!« rief Flossy.

» *One cocktail – Manhattan – on Miss Rafferty*!« befahl ich laut und hörte drüben, einige Sitze weit weg, Mrs. Bailey lachen. –

»Sie sind 'n guter Junge.« erklärte Nicky. »Es muß ekelhaft sein, da hereingeschneit zu kommen wie 'n armer Waisenknabe und ausgerechnet zwischen zwei frechen Dingern, wie Flossy und Nicky es nun einmal sind, sitzen zu müssen – –«

» *Yes, too bad*. Einfach scheußlich für Sie, nicht wahr?«

» *Hold up*!« rief ich. »Einen Augenblick, bitte. Erstens möchte ich Sie bitten, Opernkarten von mir annehmen zu wollen für morgen abend –«

»Für uns alle beide?« fragte Nicky.

»Natürlich! Ich muß aber mitgenommen werden!!«

» *Nix*!« erklärte Nicky. »Nein. Geht nicht. Erst erzählen!«

Und da wurde ich richtig zum zweitenmal butterweich und jungenhaft an diesem verrückten Abend und erzählte und erzählte in einer Wahrhaftigkeit, die alles war, nur nicht klug. Eine halbe Stunde lang; über das Dessert hinaus und über den Kaffee.

» *You're allright*,« sagte Nicky endlich vergnügt. »Ich hätte Sie gern sehen mögen in Burghausen – und wie Sie dann mit ihrem letzten Dollar in Galveston saßen ...«

»Wir sitzen alle auf den Knien der Götter,« meinte Flossy. »Man darf nur nicht 'runterrutschen. Viel Glück, *old man*!«

Und es begab sich an jenem dreifach verrückten Abend, daß ein Mann und zwei Frauen (das war im Rauchzimmer bei Zigaretten) nach deutscher Art Arm über Arm ein Glas Bier tranken und lustig gelobten, gute Freunde zu sein. Und gute Freunde sind mir Nicky und Flossy gewesen, die bösartigen Flirts. Die Welt ist sonderbar und die verschrieenen Amerikanerinnen haben ihre Qualitäten.

Seelenvergnügt ging ich ins Bett. Mein letzter Gedanke vor dem Einschlafen war, daß meine fünfhundertundfünfzig Dollars zum mindesten drei Monate Montgomery bedeuteten und daß es schon mit dem Teufel zugehen mußte, wenn – Ach was, Unsinn! Hier in diesem Neuyork lag das Geld für mich auf der Straße. Morgen wollen wir damit beginnen, mein Junge, es aufzuheben ...

*

Ich war spät aufgestanden, und fast allein im Frühstückszimmer.

» *We are snowbound*,« sagte das Mädchen, das den Kaffee brachte.

»Was?«

» *Snowbound* – eingeschneit! Die Hochbahn verkehrt nicht, Herr – die Straßenbahnen fahren nicht – ist alles abgestoppt – müssen zu Fuß in die City gehen!« (*Daß* ich in die City ging, betrachtete sie als selbstverständlich! Ein männliches Wesen in Neuyork *hatte* eben Geschäfte zu haben und *mußte* in die City, und wenn es Kanonenkugeln schneite!)

Rasch sprang ich zum Fenster, schob die Vorhänge beiseite, und starrte verblüfft auf die Straße hinaus. Alles ringsum war in Schnee gehüllt. Schwer rieselten die Flocken herab. Am Haus hob sich eine Schneewand fast bis zur halben Höhe des Fensters, an dem ich stand, und noch höher türmten sich die weißen Hügel an den Straßenseiten. Nur auf dem Fußgängerweg war eine schmale Rinne freigeschaufelt worden. Die Riesenstadt war schneeverweht. Mir fiel ein, daß man ihr nachsagte, sie sei heiß wie die Hölle im Sommer und kalt wie der Nordpol im Winter ... Eilig verzehrte ich meine Hammelkotelettes, trank meinen Kaffee, und eilte hinaus auf die Straße, um sofort die untersten Stufen der eingeschneiten Treppe vor der Haustüre zu verfehlen und bis über die Knie in Schnee einzusinken.

Vorsichtig tappste ich zu der ausgeschaufelten Rinne.

So hoch waren die Schneehügel auf beiden Seiten, daß sie mir immer bis an die Schultern reichten und oft weit über Gesichtshöhe; so schmal der Weg, daß man beim Gehen mit den Armen an Schneewände anstreifte. In der Mitte der Straße hatte der nächtliche Schneesturm kleine Hügel und Täler von glattem Weiß gebildet.

Immer noch rieselte es herab. Die Nebenstraße, in der das Montgomery lag, war fast menschenleer, aber an der Ecke dort, wo die Sechste Avenue begann, bewegte sich inmitten der Schneemassen eine lange schwarze ununterbrochene Linie eilfertig citywärts. Das waren Hüte. Die Hüte von Menschen, deren Körper der Schneewall an der Ecke verdeckte. In der Sechsten Avenue wurde die Rinne im Schnee breiter, so, daß zwei Menschen zur Not nebeneinander gehen konnten. An der Ecke mußte ich minutenlang warten, bis es mir gelang, mich in die vorwärtshastende Menschenmenge einzudrängen. Dann wurde ich mitgeschoben.

Ein Spaßvogel warf einen Schneeball im Dahinhasten. Sein Beispiel steckte an. die weißen Bälle flogen, es wurde gelacht und geschimpft.

»Heut' gibt's keinen Strafnickel für Verspätung!« schrie ein Mädel vergnügt.

Zwei Herren, die vor mir gingen, unterhielten sich laut über die ungeheure Verkehrsstörung, die der Schneesturm bedeutete. »Mindestens drei Stunden Arbeitszeit verloren,« hörte ich – »Züge stecken geblieben – keine Frühpost – die Leute draußen in den *suburbs* kommen überhaupt nicht durch – Ladengeschäfte schwer geschädigt – gut aber für die Arbeitslosen – erinnern Sie sich an den Schnee vor drei Jahren, als...«

» *Mo–oorning papers* – Morgenzeitungen!« schrie es jetzt gellend, und alles lachte. Ein findiger Zeitungsjunge hatte sich aus Brettchen eine feste Unterlage auf dem Schneewall geschaffen und thronte hoch über den Köpfen der Passanten. Seine Zeitungen gingen reißend ab. » *Morning papers* – *World* – *Wo–oo–rld* großer Craven-Prozeß ...« Ein wenig weiter hockte ein anderer Gamin oben im Schnee. Er deutete auf seine kleine Kiste mit Wichszeug und schrie grinsend: » *Bootblack!* Schuhputzer! Lassen Sie sich die Stiefel putzen, *gents*!« Man lachte wiederum und schenkte dem Jungen gern einen Nicke! für seinen Witz. Dies war nicht die richtige Zeit zum Stiefelputzen!

Weiter, immer weiter. An allen Ecken gab es Drängen, Aufenthalt, Stockungen. Die wenigen Straßengevierte zum Broadway hin brauchte ich fast eine Stunde.

Da sah ich Stufen, die zu einem Zigarrenladen führten, sprang hinauf und faßte oben Posto. Unübersehbar dehnte sich links und rechts die ungeheure Verkehrsader Neuyorks, der Broadway. Doch wo gestern abend Tausende und Abertausende von Wagen und Gefährten unter ohrenbetäubendem Lärm in ununterbrochener Reihe den weiten Platz zwischen den Fußgängerwegen überflutet hatten, war es jetzt still und weiß. Wo sinnverwirrend Farbe über Farbe sprühte und blitzschnelle Bewegung sich jagte, breiteten sich starr gerade Linien – das Weiß der Straße, das dumpfe Graubraun der Häusermassen, die Schneelinie der Dächer. Nur Beiwerk waren heute die Menschen, die sonst in ihrer ungeheuren Masse das Bild beherrschten; die schwarze Linie da auf beiden Seiten sah sonderbar dünn und unbedeutend aus. Alles hatten sie erdrückt, die zarten Schneeflocken; die Menschen, den Wirrwarr des Riesenverkehrs, die grelleuchtenden Farben.

Aber schon gingen Tausende von Feinden dem sieghaften Weiß zu Leibe. Die langausgedehnten Arbeiterkolonnen sahen ärmlich und winzig aus auf der ungeheuren Strecke, doch unter ihren Schaufeln flog der Schnee aufspritzend zur Seite in großen Fetzen, und hier und dort fraß schon scharfes Laugensalz schwarze Flecke in die Straße. In wenigen Minuten änderte sich das Bild. Lebendiges Leben riß die stille Schneedecke fort. Wagen tauchten auf dort unten, Schneepflüge wühlten, dichter wurden die schwarzen Flecke, Arbeiterkolonnen ballten sich zusammen, stemmten sich an, schaufelten, schleuderten. Aus den Seitenstraßen arbeitete es ihnen entgegen. –

Und mit triumphierendem Gongklingeln kam über die befreiten Schienen der erste Straßenbahnwagen.

» 'morning!« sagte eine Stimme hinter mir. Sie gehörte dem Mann vom Zigarrenladen.

» 'morning,« antwortete ich.

»Viel Schnee!«

»Ziemlich.«

»Schlecht fürs Geschäft!«

»Ziemlich.«

»Gut für *business* in Gummiüberschuhen, nich'?«

» *Yes, no doubt.*«

»Mein' ich auch. Wünschte, daß ich heute in Gummischuhen machen könnte. *Well*, macht nichts aus. Uns Neuyorker kann das bißchen Schnee nicht bluffen. In zwei Stunden haben sie's weggeschuftet, die Leute vom *Street Cleaning Department*. Sin' wir nich' groß in solchen Sachen, wir Neuyorker, eh?«

»Sehr groß!« sagte ich und flüchtete.

Dieser eiskalte Neuyorker hatte mich richtig angesteckt! Jetzt interessierte auch mich die weiße Schönheit da auf der Straße nicht mehr, noch das grandiose Bild des durch grandiose Naturgewalt gehemmten Riesenmechanismus. Sondern es fiel mir auf einmal ein, daß ich doch sehr große Eile hatte, zu den Leuten vom *New York Journal* zu kommen. Mühsam krabbelte ich im Gewimmel vorwärts zum Wolkenkratzer-Square, ins *New York Journal* Gebäude, und sauste im schnellsten Expreßlift, das mir bis jetzt vorgekommen war, zum Redaktionsstockwerk empor. Als das Ding aufwärts schoß, war mir, als versinke mein Magen irgendwohin in die Gegend der Stiefelsohlen, und als es hielt – ruck – war der Magen urplötzlich wieder da. Aber in der Kopfgegend, dicht unter den Haaren.

Plakate, die nicht gut übersehen werden konnten, so laut brüllten sie, wiesen alle Besucher nach Zimmer 733, einem kahlen Raum, in dem viele Leute schon warteten. Die Wände waren mit anzüglichen Sprüchlein in fetter schwarzer Blockschrift förmlich austapeziert:

»Wir haben keine Zeit zur Unterhaltung!«

»Sagen Sie uns schnell, was Sie wollen, und Sie erhalten Bescheid, ob uns das interessiert.«

»Reden Sie nicht über Politik!«

»Niemand wird vorgelassen ohne schriftliche Anmeldung.«

Diese Neuyorker haben doch den Teufel im Leib, dachte ich mir, drückte mich aus dem Zimmer und erwischte auf dem Gang einen greisenhaft gerissen aussehenden Jüngling von etwa vierzehn Jahren, dem ich meine Karte, die nagelneue Karte mit der Adresse des Montgomery, in die Hand drückte.

»Bring' das dem *managing editor*!« sagte ich.

»Nix!« erklärte das Kind. »Zimmer 733!« »Lieber Sohn!« sagte ich. »Beeile dich. Hier ist ein halber Dollar!« Auf die Karte schrieb ich: »Früher beim San Franzisko Examiner!«

» *Yes, sir*,« sagte das Kind, verschwand und meldete in einigen Minuten:

»Mr. Holloway läßt bitten!«

Der Mann, der im Zimmer 849 an einem riesigen Rollschreibtisch saß, umgeben von pneumatischen Tuben, Telephonen, Papierstößen, wandte sich mir mit einem scharfen Ruck zu.

»Mr. Carlé? Vom San Franzisko Examiner?«

»Früher vom San Franzisko Examiner.«

» *Yes, yes*. Froh, Sie kennen zu lernen.« Er betrachtete meine Karte in offenbarem Mißtrauen, aber auf einmal hellte sich sein Gesicht auf. »Sind Sie etwa der Deutsche, der zu den Soldaten gelaufen ist?«

»Jawohl,« grinste ich.

»Gut. Mc. Grady erzählte davon. Er war neulich in Neuyork. Gelegentlich müssen Sie mir erzählen, wie es Ihnen gegangen ist; augenblicklich aber habe ich gerade fünf Minuten für Sie. Natürlich wollen Sie bei uns ankommen! Zwei Dutzend *first class* Leute vom Bau möchten das auch. Sie haben nicht die geringste Aussicht. Folgendes kann ich für Sie tun –« (Er kritzelte etwas auf eine Karte). »Suchen Sie den Journalisten-Klub auf, geben Sie diese Karte dem Sekretär, und Sie werden, als unser Gast vorläufig, uns alle kennen lernen. Lassen Sie sich von den Jungens berichten, wie die Verhältnisse hier liegen. Sollten Sie uns Manuskripte einsenden, so werde ich mich Ihres Namens erinnern. Auf Wiedersehen bei einem »Stein« voll guten deutschen Biers! So froh. Sie kennen gelernt zu haben!«

Händeschütteln – Türe – bums!

Korridor – Lift – menschenwimmelnde Riesenhalle – Straße – Dahinstolpern ...

Zum richtigen Bewußtsein kam ich eigentlich erst dann wieder, als ich drüben an der Ecke ein deutsches Restaurant entdeckte und bei einem Glas Bier in einem stillen Winkel saß. »Was hast du eigentlich erwartet?« fragte ich mich wütend. »Glaubst du vielleicht, der Mann würde dir unter Freudentränen um den Hals fallen und dich flehentlich bitten, doch um Gotteswillen nur ja nicht für ein anderes Blatt als das *Journal* zu arbeiten? Dir herzlich danken, daß du nur gleich gekommen bist? Dir ein fürstliches Gehalt anbieten? Dir drei Stunden lang haarklein erzählen, wie es beim *Journal* und in der Neuyorker Zeitungswelt zugeht?

»Hattest du das wirklich im Ernst erwartet?«

Aber trotz aller nachträglichen Vernunft war mir zumute, als sei ich heimtückisch von hinten mit einem Guß eisigen Wassers überschüttet worden – Guten Tag – freut mich – Sie wollen bei uns ankommen? – Sie haben nicht die geringste Aussicht – adieu – empfehl' mich!

Herrgott, das war ja ein süßer Anfang!!

Im Zeitungsgetriebe

Ich diktiere den ersten Artikel. – Bei Flossy. – Das Gummimädel. – Das erste Honorar. – Im Zeitungsklub. – Die Tamaniten. – Wie man von Ideen lebt. – Zeitungsatmosphäre. – Die Tat der Miß Flynn. – Eine große Sensation und ihre Folgen. – Landsknechte der Feder. – Der Marschallsstab im Füllfederhalter. – Das kleine Herrgöttlein!

Auf der Visitenkarte, die der *managing editor* mir gegeben hatte, stand:

»Lieber Jack! Ich führe hiermit Mr. Carlé ein« – hm, wenigstens etwas. Es war doch ein Haufen Zufallsglück dabei, daß Mc. Grady in Neuyork gewesen war. Aber man hat eben Glück. Das war einfach selbstverständlich. Ja, da würde ich hingehen, morgen, oder übermorgen, oder irgendwann – ja, und die *boys* kennen lernen und das würde sehr nett sein – – nun, und vielleicht auch nützlich...

Jetzt aber hieß es arbeiten!

Jetzt gerade erst recht.

Jetzt sofort!

Und liebevoll betastete ich die Westentasche, in der die grünen Dollarscheine steckten, denn die waren besser als alle Empfehlungen und konnten mehr helfen als Glück und Menschen. Wir wollen sie doch schleunig auf Nummer sicher bringen, mein Sohn! So wanderten fünf Minuten darauf vierhundertundfünfzig Dollars über den Einzahlungsschalter der *First National Bank of New York*, und ich war zum erstenmal im Leben Besitzer eines Scheckbuchs. Das kam mir noch viel imposanter vor als das bare Geld, und ich wurde sehr vergnügt.

*

Eine halbe Stunde später.

»Guten Tag,« sagte kurz angebunden und befremdet Flossy. »Was kann ich für Sie tun?«

Das war nämlich nicht die übermütige lustige Flossy, wie ich sie gestern abend kennen gelernt hatte, sondern Miß Florence Rafferty,

Inhaberin der *Hurry-Up*-Schreibstube im *Sun Building* (die Adresse hatte ich mir telephonisch vom Montgomery erfragt), Herrin einer Anzahl von Angestellten, *businesswoman*.

»Ich möchte diktieren. Was kostet das?«

»In die Maschine oder Stenogramm?«

»In die Maschine.«

»Das berechnen wir nach Zeit. Einen Dollar die Stunde.«

»Schön. Ich pflege jedoch beim Diktieren zu rauchen.«

»Das sind wir gewöhnt. Miß Whitmann – Diktat!«

Das schlanke kleine Ding ging mit straffen energischen Schritten voran und führte mich in eine winzige Schachtel von kleinem Zimmerchen mit schallsicheren, dickgepolsterten Türen und Wänden, und setzte sich wortlos an die Maschine. Ich stürmte auf und ab in dem kleinen Raum, meine Gedanken ordnend. Es gab nur ein Thema, über das ich im Augenblick schreiben konnte: Fort Myer und das Signalkorps. Langsam begann ich zu diktieren. Mit unglaublicher Geschwindigkeit flogen Miß Whitmanns Finger über die Tasten. Sie arbeitete glänzend –

Aber was hatte das Mädel nur?

Ich betrachtete das schmale Gesicht, die fidelen Augen, das kleine Stumpfnäschen verstohlen von der Seite. Da – jetzt wieder!

Schnitt mir das Balg etwa gar Grimassen? Sie verzerrte das Gesicht, sie schien zu lachen nun, zu schmunzeln dann, zu feixen jetzt, und ich wartete entsetzt darauf, daß sie mir auch noch die Zunge herausstrecken sollte ... Sie machte die komischsten Gesichter – sie grinste – sie verdrehte die Augen – sie arbeitete auf ihren Kiefermuskeln herum, daß dicke Muskelstränge an den Mundwinkeln sich zeigten! Donnerwetter! Hatte ich etwas Lächerliches an mir?

Da kam mir plötzlich die Erleuchtung.

Selbstverständlich: Das Mädel kaute einfach Gummi. Kaugummi! Zähes Zeug, das nach Schokolade oder Pfefferminz schmeckte und durch seine Zähigkeit Unterkiefer gegen Oberkiefer wie ein schnellendes Gummiband in steter Bewegung hielt. Das Mädel war eben ein nervöses Produkt einer hetzarbeitenden Zeit und mußte etwas

Zappeliges zu tun haben. Sie kaute Gummi, wie alle Neuyorkerinnen kauen und alle Neuyorker ständig rauchen!

Nun störte mich das Grinsen nicht mehr ...

Mit der Arbeit ging es sehr rasch. Ich fühlte instinktiv, daß sie ein Erfolg sein würde. Der Stoff erfüllte alle Bedingungen der amerikanischen Zeitung. Er brachte durchaus Neues, mit genauer Sachkenntnis gesehen, war bildhaft, hatte Raum für Schilderung, und konnte obendrein auf besondere Daseinsberechtigung im Zeitungssinne Anspruch machen, weil er Gelegenheit gab, eine Forderung zu stellen: Mehr Mittel für das Signalkorps – noch rascheren Ausbau des technischen Zentrums Fort Myer! So konnte man sich mit ein bißchen patriotischem Glorienschein umgeben. Jawohl, es war eine gute Sache. Ich erzählte vom Linienlegen in Kuba. Kurz, drastisch; von der Arbeit weniger Hände mit primitivsten Werkzeugen; dem Anschwellen des Korps und der Hetzarbeit in Fort Myer. Ich fabrizierte gerissene Überschriften, machte Unterabteilungen, korrigierte, ergänzte. Und sandte die » copy«, die ungefähr eine Seite des *Journal* umfassen mußte, mit kurzem geschäftsmäßigem Begleitschreiben an Holloway. Mir war ein wenig bänglich zumute, als ich das doppelte des ungefähr wahrscheinlichen Honorars forderte. Aber nur die Lumpe sind bescheiden ...

Abends ging ich seelenvergnügt mit Flossy und Nicky ins Theater.

Am nächsten Morgen erhielt ich ein kurzes formelles Annahmeschreiben vom Journal mit einem Scheck über die geforderte Summe, hundert Dollars; und da war ich wieder auf der Lebenslinie angelangt und schwelgte in tausend Träumen und sah alle Himmel voller Geigen.

*

Dick Burton, Lokalredakteur der » World«, kam von seiner Arbeit in den Klub wie allnächtlich, warf die Zeitungen auf dem Stuhl neben mir auf den Boden, und setzte sich zu mir hin. Tiefe Schatten lagen unter seinen Augen und dort, wo der buschige Schnurrbart aufhörte, zuckte es nervös um seine Mundwinkel. Es war gegen zwei Uhr morgens.

»Pass' auf – das sind meine Zeitungen,« knurrte ich.

»In die Verdammnis mit den Zeitungen!« sagte er. »Wollen lieber 'n Glas Bier trinken. Ich muß noch mit jemand reden, sonst kann ich nicht schlafen, und die anderen spielen alle Poker da drin, also *hands up*, mein Junge! Idiotisch übrigens, die Spielerei. Es ist mir unbegreiflich, daß jemand mir mein bißchen Geld nehmen dürfen soll, ohne daß ich ihm wenigstens eine 'runterhauen kann! Uebrigens, deine Heilsarmeegeschichte hab' ich genommen, muß aber dreihundert Zeilen streichen. Viel taugt sie nicht.«

»Danke.«

»Bitte. Prosit! Ja – Tammany hat's also wieder!« Er sah starr vor sich hin.

»Eine interessante Neuigkeit!« sagte ich bissig (seit zehn Uhr abends war im Klub von nichts anderem gesprochen worden)!

Burton lachte kurz auf.

»Jawohl, eine interessante Neuigkeit. Sämtliche Kandidaten der Tammanypartei sind wiedergewählt worden: der Bürgermeister, der Schatzmeister, die Stadträte, alle miteinander, die saubere Gesellschaft. »Uir sitze' so frohlik beisamme'.« heißt's nicht so? Es ist zum Totschießen. Durch die freie Wahl des souveränen Volks dieser verrückten Stadt, haben mir den ganzen Schwindel amtlicher Gaunerei glücklich wieder auf dem Hals. Diebstahl, Erpressung, verpestete Polizei, und so weiter! Das ist doch interessant! Nachdem fast alle Neuyorker Zeitungen, ein halbes Jahr lang dem Schafskopf, der sich Neuyorker Bürger nennt, haarklein vorerzählt haben, daß die politische Stadtpartei, die den schönen Namen Tammany führt, aus Spitzbuben reinsten Wassers besteht – nachdem wir absolute Beweise geliefert haben – nachdem die Spatzen auf der Straße es schon pfeifen, wie es aussieht in der Verwaltung Neuyorks! Einstimmig beinahe wird die Bande wiedergewählt! Erdrückende Majorität! Weshalb bin ich wütend? Weil das beweist, daß wir, wir Zeitungsmenschen, keinerlei Einfluß, auch nicht eine Spur von Einwirkung, auf die Millionen von Menschen in Neuyork haben, die täglich lesen, was wir schreiben. Dreck sind wir, mein Sohn. Gar nichts sind wir! Machen uns täglich kaput im kleinen Tagewerk, und wenn wir wirklich einmal Großes und Wertvolles zu schaffen glauben, dann ist's umsonst geschrieben, wie dieses schöne Tammanybeispiel beweist. Hoh, wer möchte nicht amerikanischer Journalist sein! Geh' und verkaufe Hosenträger, mein Junge, solange es noch Zeit ist. Ich bin schon zu alt dazu. Brr – wollen von was anderem reden. Fritz, noch zwei Bier. Also deine Salvation-Army-Idee ist *allright*. Wie bist du daraufgekommen?«

»Durch die Zeitung, wie immer. Eigentlich durch dich, nebenbei bemerkt.«

»Wieso?«

»So auf Umwegen. Du erwähntest neulich in einem bissigen Ausfall gegen die Polizei die Heilsarmee. Sagtest, sie leistete mehr im Kampf gegen Verbrechen und Elend als sämtliche Schutzleute Neuyorks zusammen genommen. Ich ging also ins Hauptquartier der Hallelujaleute. interviewte den General, und bekam viel Großzügiges und Gescheites zu hören. Aber es taugte gar nichts für mich, weil das alles schon dutzende Male gesagt und geschrieben worden war.«

»Hätt' ich dir vorher sagen können.«

»Weiß ich. Als ich wieder auf die Straße kam und mich wunderte, ob aus dem mageren Interview etwas zu machen wäre, war es Abend. Vor dem Hauptquartier ordneten grobe Polizisten Hunderte von armen Teufeln in die berühmte *bread line* ein, die Brotlinie, den Gänsemarsch der Armut. Stundenlang mußten die Reihen stehen und warten und langsam vorrücken, bis jeder ein Stück Brot und seine Schlafkarte an der Türe der Heilsarmee bekam. Da dachte ich mir, es müßte interessant sein und höchst wichtig obendrein, herauszubekommen, wie diese Leute zur Brotlinie gesunken waren. Wie es ihnen in Neuyork erging und was sie über Neuyork dachten! Ich nahm mir die letzten zwanzig Mann der Linie beiseite, führte sie ins nächste *Quick Lunch* Restaurant, fütterte sie und ließ sie erzählen. Resultat: »Zwanzig Schicksale«!«

»Gut!« sagte Dick Burton. »Wie jung man sein muß, um so einfach zu arbeiten!«

»Das kostet dich noch ein Bier –«

» *Done*. War aber nicht bissig gemeint – im Gegenteil. Bin heute nur Zyniker. Trinken wir Höll' und Verdammnis den Tammaniten! So. Dies ist ein höchst wunderbares Land. Ich, der ich kaum einen

Steinwurf weit weg von diesem Hause geboren bin, in dem wir hier
sitzen, kenne es nicht, noch kenne ich die Stadt, in der ich mein
Leben lang gearbeitet habe. Du auch nicht. Wir alle nicht. Später
einmal, mein Sohn, wirst du daheim im Vaterland über uns Amerikaner erzählen und schreiben, denn du bist allzusehr Teutone, um
nicht früher oder später heimwärts zu gravitieren. Und es wird
großer Mist sein, lieber Freund! Wie alles, was über Amerika und
die Amerikaner geschrieben wird. Man sagt uns Männern von der
Zeitung nach, daß wir den Finger am Pulsschlag des öffentlichen
Lebens haben –«

Er hob andächtig den Krug.

»– und das ist wieder eine von unseren verdammten verlogenen
Phrasen. Nirgends haben wir einen Finger! Nichts wissen wir!
Dreck sind wir! Hallo – Holloway!« »Hallo, Kinder. Was treibt ihr?«

»Ich versuche,« lachte Dick Burton, »diesen jungen Dachs Demut
zu lehren.«

»Das ist entschieden eine nette Ausrüstung für einen Zeitungsmenschen!« grinste Holloway.

»Sei bescheiden, Franky! Hast nicht auch du täglich fünfmalhun-
derttausend Menschen – das ist doch so ungefähr eure Auflage –
gepredigt und bewiesen, daß Tammany der Schandfleck Neuyorks
ist, daß diese Politiker, die das Schicksal einer Millionenstadt in
ihren Händen halten, verrottet sind bis ins Innerste? Daß sie stehlen
und betrügen und die anständigen Menschen an der Nase herum-
führen? Nun, was hast du ausgerichtet, du einflußreicher Zeitungsmann?«

Frank Holloway lehnte sich weit in den Sessel zurück und sah
ernst vor sich hin.

»Ich glaube an dieses Land und seine Kräfte!« sagte er endlich.
»Was wir hier in Neuyork erleben, ist nur ein Abklatsch, ein Aus-
schnitt im Kleinen, verrotteter politischer Zustände, die aber immer
nur Ausnahmen sind und bleiben müssen. Der und jener unserer
politischen Führer ist verderbt. Eine Zeitlang vermag er sich durch
Tricks und Mätzchen und Bestechung armen Stimmviehs zu halten.
Dann aber wird er hinweggefegt, wie sie alle hinweggefegt worden
sind von Zeit zu Zeit. Denn dieses Land ist im tiefsten Grunde kno-

chenehrlich. Es begeht Fehler, aber es wird die Fehler automatisch in seiner Entwicklung gutmachen. Wenn ich im Geiste die ungezählten Heerscharen sehe, die aus allen Ländern in unsere neue Welt geströmt sind, so will es mir scheinen, als sei von ihnen nur übrig geblieben, was tüchtig, wertvoll, lebenskräftig war. Die anderen sind zermalmt worden in unserem brutalen Daseinskampf. Noch kämpfen ihre Kinder und ihre Kindeskinder. Sind wir doch die jüngste aller Nationen. Aber der Grund ist gelegt. Es ist nichts als ein Wachsen und Werden, wenn wir, das einzige freie und völlig selbstbestimmende Volk der Welt, uns mit vom Daseinskampf getrübten Sinnen von einigen Milliardären knechten lassen, weil wir in diesem harten Leben das Geld nun einmal anbeten müssen wie es scheint; wenn wir Schurken dulden, weil die Besten unter uns keine Zeit haben, für Ehrlichkeit zu kämpfen, wenn wir, die vielen Freien, uns von einigen ausbeuten lassen. Und einst wird die Zeit kommen, wo dieses ungeheure Land sich an seine Freiheit gewöhnen haben und alles abschütteln wird, was alt und verfault ist: Die irischen Politiker, die englische Pfäfferei, die puritanische Lüge, den schlauen Geschäftsschurken der alten Oststaaten...«

»Gut!« sagte Dick Burton. »Ich achte persönlichen Enthusiasmus. Ich persönlich jedoch glaube, daß mit zunehmendem Reichtum die Sache immer fauler werden wird bei uns. Die Zukunft gehört dem smarten begabten Juden. Schon jetzt leitet er unsere Banken, schreibt unsere Bücher, dichtet unsere nationalen Lieder – –«

»Ich hab' eine Idee!« unterbrach ich ihn. (Wenn Dicky auf den amerikanischen Juden und auf den Neuyorker Juden im besonderen zu sprechen kam, wurde er langatmig und langweilig. Außerdem ungerecht!)

»Hoih! Er hat eine Idee!« schrie Holloway, sah mich jedoch dankbar an.

»Aber nicht für dich! Dir gegenüber ist sie vertraulich, denn die kann nur Dick machen, weil er eine Dame im Stab hat.«

» *Alright*.«

»Dick, wenn du meine Idee akzeptierst, muß sie honoriert werden.«

»Selbstverständlich. Wie gerissen dieser Jüngling schon ist!«

»Entschuldige, ich muß von dem bißchen Ideenhaben leben. Es ist nämlich in diesem Falle sehr fraglich, ob ich überhaupt mitarbeiten könnte. Also, es ist mir heute und gestern aufgefallen, daß nach verschiedenen kurzen Berichten über an und für sich unbedeutende Gerichtsverhandlungen die verhafteten Mädchen zu geringeren Strafen verurteilt wurden, als das üblich ist. In den Berichten hieß es ferner, daß die Mädchen sich über die ihnen gewordene Behandlung beschweren wollten, aber nicht zu Wort kamen. Ich habe nun das Gefühl, als ob da etwas nicht in Ordnung sei. Ob ich recht habe oder nicht, ist aber für meine Idee ziemlich gleichgültig. Was ich dir vorschlage. Dick, ist, daß die Flynn, eure Reporterin, sich auf der Straße als »unordentliche Person« verhaften läßt – «

»Oho!« rief Dick.

»– alles mitmacht, sich auf die Wache bringen läßt, in die *tombs*« (das Neuyorker Zentralgefängnis), »vor den Richter. Sobald sie verurteilt ist, greifen wir ein. Wir werden dann von der Flynn erfahren, wie die Verhältnisse in der Weiberabteilung sind und haben unter Umständen – wenn nämlich die Dinge so liegen, wie ich das vermute – einen authentischen Fall, gegen den alles Ableugnen nichts ausrichten kann. Selbstverständlich ist das nicht eine gewöhnliche Sensation sondern ernste Arbeit, die von großer Tragweite sein kann.«

»Gut!« sagte Dick Burton.

Holloway nickte und pfiff leise vor sich hin.

»Dick,« sagte er plötzlich, »wir wollen die Sache miteinander machen. Gleichzeitige Veröffentlichung, gleichzeitige Polemik, gemeinsames Vorgehen. Das scheint mir in diesem Falle notwendig, wenn es auch von unseren Gepflogenheiten abweicht, damit die Herren von der Tammanypolizei nicht sagen können, das sei wieder einmal nur ein boshafter Angriff einer einzelnen gelben Zeitung.«

»Abgemacht,« sagte Dick Burton. »Nun lass' den Jungen da reden. Die Flynn wird die Aufgabe übernehmen, glaube ich.«

»Es kommt vor allem darauf an,« meinte ich, »daß sie sich nicht das geringste zuschulden kommen läßt und völlig unschuldig verhaftet wird. Bei den Verhältnissen im Tenderloindistrikt, die wir alle kennen und die doch nie so recht bewiesen werden konnten, wird das sehr leicht möglich sein. Die Flynn muß sich ganz einfach und unauffällig anziehen und abends in den Nebenstraßen bei der Bowery spazieren gehen. Weder zu schnell noch zu langsam. Sie darf nicht auf- und abgehen und nie dieselbe Straße zweimal passieren. Selbstverständlich wird sie sehr bald dem einen oder dem anderen der Detektivsergeanten des Tenderloin auffallen. Selbstverständlich wird er sich die übliche Bestechung von ihr holen wollen. Natürlich ist er auch zu dumm, um etwas zu merken, und wird die Flynn prompt verhaften, sobald sie nicht zahlt.«

»Sehr gut!« sagte Dick Burton. »Mann, wo hast du nur deine großartigen Ideen her! Natürlich sind wir drei stets in der Nähe, um beschwören zu können, daß die Flynn sich einwandfrei verhalten hat. Kommt sie dann vor den Richter, so sind wir mit unseren eidesstattlichen Versicherungen da. Ja. Also abgemacht, Holloway?«

»Ja. Unter der Bedingung, daß Miß Flynn auf das genaueste über alle Fährlichkeiten informiert wird, denen sie unter Umständen entgegengeht. Es gibt da brutale Leibesuntersuchungen und derartiges.«

»Das ist selbstverständlich. Miß Flynn gehört übrigens einer sehr guten Neuyorker Familie an. Es wird ihrem Ruf nichts schaden, wenn sie im Interesse der Aermsten der Armen eine tapfere Tat wagt. Ich denke, wir gehen jetzt schlafen. Wo treffen wir uns morgen?«

»Hier. Um zwei Uhr,« sagte Holloway.

*

Wenn ich mir jenen Abend, von dem mich fünfzehn Jahre nun trennen, eine sehr lange Zeit in einem Leben der Unrast, aus der Erinnerung wieder erträume, so ist mir, als wären die Menschen von damals wieder lebendig geworden, als sei ich mitten im Wirrwarr der Dinge. Ich höre die Männer reden, ich sehe ihre Gesichtszüge, ich verspüre wieder die prickelnde Aufregung der »Großen Sache«. Ich sehe die kleine Miß Flynn im einfachen Kleidchen und rundem Schleierhut mit grellroten Flecken der Aufregung im merkwürdig energischen Gesicht – die lärmende grellerleuchtete Straße, – den vierschrötigen Polizeimenschen, der brutal auf sie einspricht – den heransausenden Gefängniswagen, den Menschenauflauf, das Drängen und Schieben von blauröckigen Polizisten. Die durchwachte Nacht steht mir vor Augen, der Polizeigerichtshof in früher Morgenstunde, das scharfe, kurze Verhör, die entrüstete Beschwerde der in ihrer ganzen Weiblichkeit aufs tiefste verletzten Reporterin, das ungläubige Kopfschütteln des Tammanyrichters. Ich höre das harte geschäftsmäßige Urteil wegen gewerbsmäßiger Unzucht. Und ich sehe die aschenfahlen Gesichter der beiden Polizeibeamten, als Holloway plötzlich aufsprang und in öffentlicher Gerichtssitzung die Polizeibehörden der erpresserischen Freiheitsberaubung beschuldigte. Die Arbeit dann, das Hetzen, das Höllenbild, das Zeile um Zeile in einem stillen Zimmer des Worldgebäudes entstand, die zornbebende Frau, die uns erzählen mußte, weil sie unfähig zum Niederschreiben war ...

Es galt, auf das Vorsichtigste zu mildern, weil die Urenkel der Puritaner kräftige Worte nicht vertragen können, aber was geschrieben wurde, war immer noch deutlich und wahr genug. Im Lande der Frauenverehrung war ein Mädchen auf den fadenscheinigsten Verdacht hin als Dirne verhaftet und im Weiberzimmer des Gefängnisses schlimmer behandelt worden als Tiere behandelt werden.

Der Bericht entsetzte ganz Neuyork. Die *grand jury*, die eigentümliche amerikanische Einrichtung eines Geschworenengerichtshofes in staatsanwaltschaftlicher Funktion, der Mißstände zu prüfen und Anklagen zu erheben hat, nahm sich der Angelegenheit an, und später wurden einige Polizeibeamte zu empfindlichen Strafen verurteilt. Die öffentliche Meinung aber setzte wenigstens einige wichtige Veränderungen im Neuyorker Polizeiwesen durch.

Im Zeitungsklub beglückwünschte man mich, den jungen Anfänger, von links und von rechts, denn diese Männer, die kalt und zynisch im Sensationsgeschäft schachern konnten, sahen doch den Höhepunkt und das Große ihres Berufes in sozialer Hilfeleistung.

*

Und wieder sehe ich die Menschen, und höre den Zeitungslärm, in dem ich arbeitete. Gräßlicher Lärm war es; Hasten, Ueberstürzen, Holtergepolter tagaus tagein. Aber diese Arbeit hat Freuden beschert, wie sie der Erfolgreichste und Tüchtigste nicht größer und schöner erleben kann. So stolz kam man sich vor jeden Tag, weil an jedem Tag von neuem gerungen und gekämpft werden mußte! Denn der Landsknecht der Feder hatte es wahrlich nicht leicht!

Free lances, Freilanzen, Landsknechte, Glückssoldaten der Zeitung werden im Zeitungsland des Dollars die merkwürdigen Männer genannt, von denen ich damals einer von den ganz kleinen war. Ihre Zahl ist eine sehr große. Die Tüchtigen behaupten sich in ihrer unabhängigen Stellung, die anderen wenden sich, wenn sie lange genug gehungert und Träume geträumt haben, irgendeinem Dollarberuf zu, der etwas weniger aufreibend und etwas mehr nahrhaft ist. Einige wenige finden Unterschlupf als festangestellte Journalisten. Die ganz wenigen endlich, die übrig bleiben, werden große Männer und schaffen die moderne Romantik der amerikanischen Literatur.

Es ist ein ganz verrückter Beruf, das Schaffen dieser Landsknechte, und beileibe nicht zu vergleichen mit dem deutschen freien Schriftsteller etwa, der seine Feuilletons, seine Essays, sein »Aktuelles« auf dem freien Zeitungsmarkt verkauft. Das gibt es nicht bei der amerikanischen Zeitung. Sie kauft wohl Romane von ersten Autoren und bringt gelegentlich auch eine gute Novelle, aber sie hat kein literarisches Feuilleton im europäischen Sinne und will keines haben. Sie pfeift auf den Geist. Den europäischen Literaten kann sie absolut nicht gebrauchen. Zwar liebt sie Humoristen, aber Humoristen sind in Amerika wie anderwärts so selten wie die Uneigennützigkeit. Vor allem will die amerikanische Zeitung:

Erstens Tatsachen!
Zweitens interessante Tatsachen!
Drittens famos geschilderte Tatsachen!

Wer ihr diese bringt, sei er nun Fachmann oder in seinem Urberuf Präsident der Vereinigten Staaten oder professioneller Lumpensammler, ist ihr herzlich willkommen und wird glänzend bezahlt – vorausgesetzt, daß er den Wert seiner Ware zu würdigen weiß und ohne falsche Scham zu fordern versteht. Denn *business is business*. Mehr als sie muß, zahlt auch die amerikanische Zeitung bestimmt nicht.

Nach der Lehre der Anpassung ist also der freie amerikanische Schriftsteller, wenn er nicht gerade Romancier ist, zu allererst und überhaupt Neuigkeitsjäger im Lande der Wirklichkeit. Landsknecht im Zeitungsdienst. Großer Landsknecht, kleiner Landsknecht, mittlerer Landsknecht, oder minderwertiger Landsknecht, je nach Können, und Laune Dame Fortunas. Es gibt *free lances*, die tagaus, nachtein, in schäbigen Bars herumvegetieren, um einen kleinen politischen *boss* zu erwischen und ihn zu interviewen – es gibt solche, die auf eigene Kosten und auf eigenes Risiko Flibustierexpeditionen ausrüsten, Südseeinseln erforschen, in nördlichste Eisregionen wandern – es gibt *free lances*, die mühselig aus mühselig ergattertem Kleinen einige Zeilen » *copy*« fabrizieren – und es gibt geniale Künstler, die aus ihrer Zeitungsarbeit Kunstwerke flammender Schilderung schaffen.

Einer von ihnen war zum Beispiel Stanley. Ein anderer Richard Harding Davis. Ein dritter der weltberühmte Ambrose Bierce, der Kriegsschilderer, der Wereschtschagin der Feder ... Woraus ersichtlich sein mag. daß das Landsknechttum der amerikanischen Zeitung keinen Anfang hat, kein Ende, keine Grenzen. Es gibt gute *free lances* und schlechte *free lances*, so wie es Sonntagsjäger gibt und Waidmänner ...

Der amerikanische Neuigkeitsjäger trägt eben in seinem Füllfederhalter verborgen den Marschallsstab der schildernden Kunst. Ob er ihn jemals schwingt, hängt von seinem Hirn ab, von seinen Augen, vom Glück, von Nerven, Zähigkeit, Genius, von den Männern und den Frauen vor allem um ihn – wie alle großen Dinge in dieser Welt.

Selbstverständlich jedoch hatte von dem wirklichen und den endlichen Zielen dieses Landsknechttums, in dem er arbeitete, der Lausbub von damals auch nicht die Spur einer Ahnung!

Ich fraß halt auch in Neuyork das tägliche Leben und die tägliche Arbeit seelenvergnügt genießend, aber höchst gedankenlos in mich hinein. So, wie ich alles in mich hineingefressen hatte in den fünf amerikanischen Wanderjahren. Mit gefräßigem Appetit. In vollkommener Wurstigkeit, was Bekömmlichsein und Verdauung anbetraf. Die Welt war wunderwunderschön. Die Zeitung ein arkadisches Traumland; die Zeitungsmänner allmächtige Götter, so schien es mir. Ich selber ein kleiner Herrgott zum mindesten.

Landsknecht der Feder

Meine allerersten Nerven! – Die Morgenarbeit. – Wie Jagd nach der Anregung. – Wo sie zu finden ist! – »Nur nichts Naheliegendes!« – Die Schwitzmädel-Idee. – Wie sie im Zeitungshirn arbeitet. – Wer Sensationsprozeß. – Mittagessen á la New York. – Der Mann, mit dem ich einst Codfische pökelte – Vom Stockfischarbeiter zum Hochfinanzier. – In der Bank. – Das Warenhaus. – Die Amazonenschlacht um den Frühlingshut. – der Oster-Hut-Trust! – Bei Delmonico. – Träume. – »Einmal ein Zeitungsgaul, immer ein Zeitungsgaul,« – Der Zeitung verfallen mit Haut und Haaren. –

Ich glaube, ich habe mir in jenen Neuyorker Zeiten meine allerersten Nerven geholt!

Was war das nur für ein Leben!

Da klingelte man des Morgens, knipste das elektrische Licht an und stürzte sich noch im Bett auf die Zeitungen, die Morgenausgaben des *Journal*, der *World*, der *Sun*, des *Herald*, des *American*, der *Times*. Gierig. Fieberhaft. Was war los? Was gab es? Wo konnte man den Hebel ansetzen? Man nahm die Zeitungen mit in die Badewanne und man schleppte sie hinunter zum Frühstück: amerikanerhaft futternd, ohne rechten Sinn für das, was man aß, wie eine Maschine, in die zu bestimmter Zeit Brennstoff hineingeschaufelt wird. Um 9.30 Uhr morgens war man glücklich im nötigen Stadium der Arbeitserregung, verschiedene Grade über normal. Wer in Neuyork lebt, muß mit den Neuyorkern heulen, und ein Neuyorker kann nun einmal nur unter anormalem Hochdruck arbeiten, sei er nun Käsehändler oder Trustmilliardär oder Zeitungsmensch.

Lesen, lesen, lesen!

Ach, schon wieder zehn Minuten vergangen! Kusche, husche, die Riesenspalten hinab – ruck, auf die andere Seite hinüber. Alles in Sekunden. Man hat es ja längst gelernt, so zu lesen, wie der Zeitungsmensch lesen muß: In photographischem Erfassen eines Zeilenbildes von zehn, zwanzig Zeilen auf einmal mit Hirn und Auge.

Rasch, nur rasch.

Wie macht sich die Arbeit von gestern? Wie ist sie plaziert? Welche Buchstabengröße hat der *editor* ihrer Ueberschrift gegeben? Ah, man atmet auf. Korpus 3: die Ueberschriftgröße, die Sachen von Bedeutung gegeben wird.

Weiter geht die Jagd. Denn irgendwo in diesen vielen Zeitungsspalten sind neue Arbeitsaufgaben zu finden, wenn man nur zu suchen weiß. Der Landsknecht lebt meist von dem, was von den regulären Soldaten der Zeitung unbeachtet gelassen worden ist. Krampfhaft sucht man nach einer Anregung. Der große Sensationsprozeß da – eine Dame der Neuyorker Gesellschaft ist durch Seltzerpulver, die ihr anonym zugesandt worden waren, vergiftet worden, und ein Herr der Gesellschaft steht nun auf Indizienbeweise hin als wahrscheinlicher Täter vor den Geschworenen – der interessiert uns nicht. Was da zu tun ist, ist getan. Jede Neuyorker Zeitung hat ihre besten Schilderer im Gerichtssaal, ihre Detektive an der Arbeit. Ueber die politischen Ereignisse des Tages muß man sich zwar informieren: aus ihnen Arbeit zu schöpfen jedoch ist Sache der Spezialisten –

» *Working?* An der Arbeit?« fragt eine helle Stimme.

»Guten Morgen, guten Morgen,« antwortete ich hastig. »Geh weg, Flossy. *Awfull busy.* Bin fürchterlich beschäftigt!«

» *Well – t – ta – ta, my boy...*«

Weiter, weiter, im Hasten. Man wird nervös und ärgerlich. Ist denn gar nichts los heute? Steht wirklich nichts geschrieben zwischen den Zeilen? Nun gilt es, sorgsam zu lesen. Was man da überflogen hat, die Kunde von den bedeutenden Ereignissen des Tages, das ist vom Zeitungsstandpunkt schon ausgeschöpft bis ins Tiefste. Was offenbar wichtig ist und in die Augen fällt, haben die Männer der Redaktionen ohne Zweifel schon in Arbeit.

Für uns ist das Naheliegende nichts.

Man hat sich schon zu oft die Finger verbrannt und ist klug geworden. Man hat umsonst gearbeitet, und ist ausgelacht worden obendrein damals, als die Bohrungen für die Untergrundbahn begannen und man in den kaum errichteten Caisson stieg und ein höchst interessantes Arbeitsbild schrieb. –

»Haben wir längst!« hatte Holloway gegrinst; »glaubst du vielleicht, daß wir schlafen?« Oder damals, als man die Felsensprengungen für das Fundament des neuen Wolkenkratzers schilderte – und die Szenen beim Ausstand der Tramwayangestellten – und – ach, wie war man da ausgelacht worden! Nein, nur nichts Naheliegendes! Unsereiner verdiente viel mehr Geld als der reguläre Zeitungsmann, der allwöchentlich oder allmonatlich seine festen Dollars einheimste, aber dafür mußte man auch sein bißchen Phantasie haben und verdammt scharfe Augen. Neues brauchte die Zeitung. Neues! Oder zum mindesten neu, eigenartig Gesehenes.

Weiterlesen! Wir müssen aus irgend einem winzigen Ereignis, das da in fünf Zeilen erwähnt wird, etwas Typisches, Allgemeines, Wichtiges machen; wir müssen in einem gleichgültigen kleinen Bildchen die Möglichkeit einer großen Schilderung sehen; wir müssen das ergänzen, was die Flüchtigkeit des überhasteten Zeitungsmannes vernachlässigte. Wir müssen im ganz Kleinen den großen Zug entdecken. Dafür werden wir glänzend bezahlt ...

Man sucht und sucht. Man liest aufmerksam die Gerichtsverhandlungen durch, ob sie allgemein nicht bekannte soziale Zustände berühren, man prüft die Unglücksfälle, die Brandnachrichten, die Gesellschaftsnotizen, das Winzigste. Alles.

Holla – hier ist etwas –

Schnell wie ein Blitz kommt über einen die Erleuchtung. Unter den politischen Neuyorker Angelegenheiten steht da eine winzige Notiz, daß die Frage der *sweat shops* durch einen Ausschuß des Stadtrats geprüft werden soll. Wahrscheinlich ist sie mit einem zynischen Grinsen in den Satz gegeben worden. Die Zeitungsleute kennen diese Untersuchungskommissionen Neuyorks. Sie sind hauptsächlich dazu da, damit die Mitglieder der Kommission Diäten verrechnen können, amtliche Ausgaben, Taggelder. *sweat shops* auch noch! Wenn schon – man kennt das. Man kennt das Elend der »Schwitzläden«, in denen arme Arbeiterinnen in fürchterlich überfüllten Räumen für Hungerstücklohn zwölf Stunden lang im Tag Weißzeug nähen, und Arbeiter sich beim Fabrizieren der billigen Konfektion die üblichen Berufskrankheiten holen, die Schwindsucht vor allem. In Neuyork ist gar nichts Lustiges mehr am kleinen Schneiderlein. Man kennt das längst. Ganz Neuyork kennt diese

Dinge. Der Arbeitsmarkt ist unerbittlich und richtet sich nach Nachfrage und Angebot. Da ist nichts zu wollen. Aber ein Bild steigt da auf, in phantastischem Ahnen geschaut. Man sieht sich im Geist in einer niedrigen Arbeitshölle, in der viele Menschen hocken, tiefgebeugt über ihre Arbeit, nadelziehend ohne Unterlaß, nähmaschinentretend. Giftiger Brodem ihrer Ausdünstung hüllt sie ein. Sie fädeln und treten, und die Ereignisse ihres Lebens sind die Glockenzeichen, die Arbeitsanfang und Arbeitsende bedeuten. Man sieht sich Seite an Seite mit einem dieser Mädchengeschöpfe gehen und verspürt, daß neben einem das nackte Elend schreitet. Ob es wohl lächelt, dieses Elend, und ganz zufrieden ist in seiner fürchterlichen Hoffnungslosigkeit? Ob es schreit in bitterer Anklage? Oder gar stolz ist und befriedigt, weil es dreißig Hemden nähte im Tag und der andere Sklave an der Nähmaschine daneben nur neunundzwanzig? Wie lebt dieses arme Geschöpf? Was ißt es, was trinkt es, wie wohnt es, wie kleidet es sich, wie sehen seine Freuden aus, welche Leiden muß es erdulden, von welchen Hoffnungen ist es beseelt?

Und man atmet tief auf und weiß, daß man im Schauenstraum ein Stück Leben gepackt hat, und man verspürt wie rieselnden Glücksschauer die Freude, die die Zeitung ihren Landsknechten dann und wann beschert, wenn sie jung und begeisterungsfähig und durch den Zynismus allzugroßer Erfahrung noch nicht verdorben sind. Nicht nur für Geld und Ehrgeiz arbeitest du, so jubelt es in diesen Sekunden des Glücks, sondern du sprichst zu vielen Menschen, und vielleicht vermagst du es, Hirne nachdenklich zu stimmen und Herzen zu erschüttern, auf daß es diesen Armen, die da hoffnungslos fädeln und treten, ein ganz klein wenig besser ergehe. Vielleicht verschaffst du ihnen den Dollar mehr in der Woche, diesen lächerlichen Dollar dieses reichen Landes, der den Unterschied bedeutet zwischen Leben und Vegetieren ...

Doch man wandelt nicht ungestraft im gewitzten Zeitungslande und atmet nicht unverseucht die dollarschwüle Luft des brutalen Geschäftsgiganten Neuyork. Sofort meldet sich der Praktikus:

Gute Sache!

Famose Idee. Richtig erfaßt! Die Zeitung würde verärgert lachen, brächte man ihr eine volkswirtschaftliche Abhandlung über diese

Schwitzläden, denn längst schon ist dieses Problem von allen Seiten beleuchtet worden. Sie wird sich freuen dagegen über das lebendige Schildern eines Schwitzladenmädels und ihres Arbeitstags. Man muß das nur richtig sehen. Auf die Augen kommt es an. Und man überlegt sich in raschem, geordneten, zierlichen Nachdenken, wie das gemacht werden muß. Unter welchem Vorwand man den Schwitzladen aufsucht. Wie man mit dem Mädel spricht. Wie man sie behandelt. Scharf umrissen wie ein Programm liegt die Arbeitsaufgabe da. Da ist auch schon der Titel: »Ein Tag im Leben eines Schwitzladenmädels.« Und aus dem nervösen Suchen und Tasten wird helle Arbeitsfreude. So, nun rasch in den Klub. Hören und sehen, was vorgeht. Das Schwitzladenmädel hat keine Eile.

In wenigen Minuten ist man im Klubrauchzimmer, in dem man sich noch etwas mehr zu Hause fühlt, als selbst in der gemütlichen kleinen Wohnung im Montgomery. Der riesige Tisch in der Mitte des Zimmers, hoch bepackt mit den neuesten Zeitungsausgaben, mit Zeitschriften und *Reviews*, ist wie ein lieber alter Freund. Die weiten Korbsessel, schwellend mit vielen Kissen ein jeder, laden zur Beschaulichkeit. Der weißbejackte Diener macht eine knappe Verbeugung, die mehr ein halb vertrauliches und halb ehrfürchtiges Kopfnicken ist, und bringt ohne besondere Order den winterlichen Morgentrunk. Die Whiskykaraffe, ein Kännchen mit heißem Wasser, ein Tellerchen mit einigen Zitronenscheiben. Man schlürft schwachen *toddy*, raucht die erste Zigarre – Es ist ein stetes Kommen und Gehen in dem Raum von hastenden Menschen mit nervösen Gesichtern, die sich im jagenden Tagewerk fünf Minuten der Gemütlichkeit im weichen Sessel erhaschen wollen. Langweilige steife Formen gibt es hier nicht. Man nickt sich zu, spricht in kurzen knappen Worten, redet nur vom *shop*, von der Arbeit. Holloway kommt und setzt sich einen Augenblick zu mir.

»'was Neues?«

»Nein. Bei euch?«

»Wie üblich. Hast du Burtons Prozeßbericht gelesen? Glänzend! Gut für Dick!«

Und er beschäftigte sich angelegentlich mit seinem heißen Whisky. Ich greife nach der *World*, um Dicks Arbeit, die ich vorhin nur überflogen hatte, genau zu lesen. Sie ist ein Meisterwerk schildernder Kunst, von Leben sprühend. Man hört die Menschen sprechen, sieht sie sich bewegen, atmet die Atmosphäre der Tragik. Und man weiß, daß Dick Burton spät heute nacht, wenn die Zeitungen zur Presse gegangen sind und ihre Männer sich noch auf ein Stündchen im Klub versammeln, umjubelt werden wird wie ein Sieger. Amerikanische Journalisten kämpfen zwar heiß und bitter um den Tageserfolg, aber sie beneiden sich nicht gegenseitig in Scheelsucht. Sondern sie geben dem Mann der großen Leistung ein Bankett...

»Das *Journal* muß sich heute 'ranhalten!« grinst Holloway. Sein Lächeln ist ein wenig bittersüß. »Wir kommen sonst ins Hintertreffen. Hm, die Verhandlung beginnt um Elf. Da hab' ich gerade noch vierzig Minuten.«

»Machst du die Sache heute selber?«

»Ja. Jefferson und ich.«

»Kannst du mir eine Einlaßkarte für den Zuschauerraum geben oder verschaffen?«

»Für den Pressetisch, meinst du doch? Nein. Du brauchst aber nur den Gerichtsvorsitzenden um sein Visum auf deiner Visitenkarte zu ersuchen, das er dir gern geben wird. Wäre ja noch schöner! Gehst du aus Neugierde hin? Für dich ist dort nichts zu holen, *old man*.«

»Nicht am Pressetisch! Daß jede Zeitung dort doppelt und dreifach vertreten ist, weiß ich selber. Aber vielleicht im Zuschauerraum. Es ist mir beim Lesen von Dicks Arbeit und den anderen Stimmungsbildern aufgefallen, daß alles beschrieben worden ist, der Angeklagte, die Geschworenen, die Richter, die Menschenmenge im Zuschauerraum, nur nicht, was die Leute im Zuschauerraum sagen, was sie sich zuflüstern, welche Gesichter sie machen, was sie reden nachher draußen auf den Korridoren, wie sie sich gleichgültig gebärden, vielleicht oder tief erschüttert sind. Bei dieser Geschichte interessiert doch einfach alles, und wenn man schon –«

» *Allright*,« sagte Holloway kurz. »Können wir gebrauchen. Du machst das für uns. Hier, gib dem Gerichtsbeamten meine Karte und einen Fünfdollarschein. Deine *copy* muß spätestens um zwei Uhr fertig sein. Addio. Höchste Zeit!«

Und man stürmt hastend zum Gerichtsgebäude, denn in wenigen Minuten beginnen die Verhandlungen des dritten Tages dieses sensationellen Mordprozesses, der ganz Neuyork in Atem hält. Der Zuschauerraum ist schon vor einer Viertelstunde geöffnet worden und bis auf das letzte Plätzchen besetzt. Doch der türhütende Gerichtsbeamte hat großen Respekt vor der Visitenkarte des leitenden Redakteurs des *Journal* und inniges Verständnis für den grünen Fünfdollarschein. Die Türe öffnet sich ein wenig und man drängt sich, gepufft, geflohen, verwünscht, durch die eng aneinandergepreßten Menschen, bis ein Plätzchen in einer Ecke erobert ist. So – oh! Nun heißt es, ganz Auge sein und ganz Ohr. Sich schärfstens auf Beobachtung konzentrieren. Es ist elegantestes Neuyork, das sich da drängt, denn die Einlaßkarten sind schwer erhältlich. Auf einen Mann kommen mindestens fünf Frauen. Auf den Stühlen da sitzen Damen, die offenbar der guten Gesellschaft angehören, Damen in kostbaren Pelzen, wertvollen Straßenkleidern. Nur hören jetzt und schauen. Ein scharfes Glockenzeichen. Der Angeklagte wird hereingeführt, die Richter erscheinen, die Verhandlung beginnt. Sie ist im Grunde langweilig. Es handelt sich um Beweisaufnahme darüber, ob die vergifteten Seltzerpulver von dem Angeklagten gekauft worden sind, ob einer der vorgeladenen Apotheker den Angeklagten wiedererkennt, ob das Papier und der Bindfaden, in denen das Giftpaketchen eingehüllt war, über alle Zweifel identisch sind mit dem gleichen Papier und demselben Bindfaden, die im Hause des Angeklagten gefunden wurden. Doch von dem Ergebnis dieser Beweisaufnahme hängt Leben und Tod ab. Dem Mann dort im eleganten Prinz-Albert-Rock mit dem energischen, sehr sympathischen Gesicht droht der elektrische Stuhl. Es ist totenstill geworden im Zuschauerraum. Diese verwöhnten Frauen haben nichts Weiches, nichts Weibliches mehr. Ihre Gesichtszüge sind straff angespannt. In ihren Augen ist die Gier nach der Sensation und irgend etwas, das fast an ein wildes Tier erinnert. Wie ein Keuchen geht es durch die stillen Reihen, wenn eine Aussage, das Wort eines Zeugen, die Frage eines Richters wichtig erscheint. Alle diese Menschen im Zuschauerraum spannen ihre Nerven an zum Zerreißen ... Und man schaut und schaut und prägt sich Gesichtszüge ein, und Äußerlichkeiten von Toiletten, und versucht zu erraten, was in diesen Gehirnen vorgeht. Da – der Drogist Soundso beschwört, dem Angeklagten häufig Seltzerpulver verkauft zu haben! Und seine

Seltzerpulver nur sind in rosa Umschläge gehüllt!! Es sieht bös aus für den Angeklagten! Die Gesichter werden noch härter, die Augen noch gieriger, Frauenkörper beugen sich noch weiter vor, die Dünste der Parfüms vermischen sich mit scharfem Schweißgeruch, das Keuchen wird zu leisem aber messerscharfem Flüstern ... Plötzlich erhebt sich der Vorsitzende. Die Verhandlung wird aus irgend einem Grunde für ewige Stunden unterbrochen. Sekundenlang noch ist es still, denn die Hälse recken sich nach dem Angeklagten, der abgeführt wird, und starre Augen folgen ihm. Dann aber bricht ein Babel von Getöse los. Rücksichtslos drängen, schieben, stoßen die Damen zur Ausgangstüre, schwatzend, redend, zeternd. Die Gesichter sind knallrot vor Aufregung –

»Er hat's getan!«

»Ob heute noch das Todesurteil ausgesprochen wird?«

»Großer Gott – nie wieder nehme ich ein Seltzerpulver...«

»Darf man dem armen Mann Blumen in die Zelle schicken?«

»Er hat's doch nicht getan! Man braucht ihm ja nur ins Gesicht zu sehen, um das zu wissen. Maud!«

So schwirrt und flüstert und schreit es in grellen Stimmen und man läßt sich schieben und stoßen und strengt nocheinmal Auge und Hirn zum völligen Erfassen an. Jawohl, der Eindruck ist gepackt. Die Idee war der Mühe wert ...

Rasch ins Zeitungsgebäude, eine kurze Meldung bei Holloway, dann schreiben. Die Arbeit ist kinderleicht unter dem frischen Eindruck des Gehörten und Gesehenen, und kurz vor drei Uhr, gerade noch zur richtigen Zeit saust die fertige » *copy*« durch die pneumatische Tube von Holloways Schreibtisch hinauf in die Setzerei –

» *Bye – bye*, Holloway! Sei gut zu dir selber! Ueberarbeite dich ja nicht!«

» *get out*« ist die Antwort, »'raus mit dir!«

Und man besteigt die schwindelerregende Bestie von Expresslift in dem angenehmen Bewußtsein, einen interessanten Arbeitstag hinter sich zu haben. Worin man sich gründlich irrt. Zwar weiß man das noch nicht, aber schon vermischt sich im Unterbewußtsein mit dem frohen Gefühl getaner Arbeit das rastlose Weiterhetzen, die Sorge um neues Schaffen. Während das Lift abwärts stürzt, denkt man an das einem vorläufig unbekannte Mädel in dem vorläufig unbekannten Schwitzladen. Wie mag es aussehen, dieses arme Mädel? Wo ist der Laden, dessen geringste Kleinigkeit mit den Augen des Verstehens erfaßt werden soll?

Ruck, hält das Lift. Hm. Ja. Zweifellos würde der oder jener im Klub auch über diese Seite Neuyorker Lebens Bescheid wissen, aber man wird darauf verzichten, sich aus Kollegenkreisen Informationen zu holen. Das wäre nicht sportsmäßig. Bleibt das Adreßbuch, persönliches Suchen – hm, es ist im Grunde sehr einfach. War doch eine famose Idee! Große Sache, dieses Schwitzladenmädel ...

*

Der innere Mensch meldet sich verstimmt und hungrig, denn es ist drei Uhr nachmittags, und reichlich spät zum Lunchen. Rasch erst zum Barbier dort an der Ecke. Seine dampfend heißen Tücher, die er auf die empfindliche rasierte Haut auflegt, sein kribbelndes Shampoonieren mit behenden Fingerspitzen machen frisch und lebendig. Dann in die nahe Wallstreet, die Straße der Großbanken, der Börse, des Geldes, die jetzt schon tot, einsam, verlassen daliegt, während sich vor einer halben Stunde noch auf ihren Randsteinen spekulationswahnsinnige Menschen stießen und drängten, um von der flutenden Dollarluft ein Atemschnappen zu erhaschen. Dort in der Nebenstraße liegen enggedrängt die teuren kleinen Lunchrestaurants, in denen ich häufig speise, weil ich noch lange nicht genügend Amerikaner bin, um zur Mittagszeit meinen Magen mit eiskalter Milch und schwerverdaulichem Kuchen zu malträtieren, wie das der richtige Dollarmann tut. Freilich ist mein Essen amerikanerhaft genug. Es ist den aufgepeitschten Nerven ganz unmöglich, in Stille und beschaulicher Ruhe sich mit den Aufgaben des Augenblicks zu beschäftigen, dem Genießen von Speisen. Sondern ich stürze hastig den appetitanregenden *Manhattan Cocktail* hinunter, schon vertieft in die Seiten eines neuen Magazins – und ich kann auch nicht etwa geruhsam lesen! Weil der Zeitungsteufel einen nie verläßt und sogar beim Essen rumort. Ist der Artikel da gut gemacht? Ist er wirkungsvoll? Wie hättest du das geschrieben? Ich löffle die Suppe, ohne auf den Suppenteller zu gucken, eilig, denn es wird rasch serviert, greife nach den neuen Zeitungen, überfliege die Spalten, empfinde das Gebrachtwerden des Koteletts als Störung, lasse den Inhalt der winzigen Gemüseschälchen gedankenlos kalt werden, vermenge mechanisch das Glas Claret mit sprudelndem Sauerbrunnen.

Aus der Zeitung guckt ein eingebildetes Gesicht hervor, das blasse Gesicht des Schwitzladenmädels. Und da ist der eingebildete Laden. Mit dem Mann dort werde ich kurz, scharf, energisch sein, mich als Polizeimenschen ausgeben nötigenfalls; dem Mädel werde ich wunderschöne Blumen schenken und ...

Mein Auge gleitet mechanisch über den Finanzteil der Zeitung, für den mir das Verständnis mangelt und der mich eigentlich kaum interessiert. Es bleibt haften an einer krassen Ueberschrift in fetten Blockbuchstaben, und die paar Worte treffen mich wie ein Schlag:

»Cyrus F. Reddington verschluckt wiederum eine Eisenbahn!«

Es ist mir zwar unendlich gleichgültig, daß der Finanzmagnat eine Eisenbahn gekauft, ihre Aktien an sich gebracht, sie »verschluckt« hat, wie die Zeitung sich echt amerikanisch ausdrückt, aber ich bin entsetzt darüber, daß ich monatelang in Neuyork leben konnte, ohne auch nur ein einzigesmal an Frank Reddington zu denken und ärgerlich obendrein (der neuigkeitjagende Zeitungsteufel ist immer gegenwärtig!), daß ich eine so wertvolle Verbindung so völlig vergessen konnte. Das Schwitzladenmädel ist jetzt wie weggeblasen! Lustige Bilder steigen vor mir auf aus den lustigen Zeiten in San Franzisko, als Frank Reddington, der Milliardärssohn, und ich mit blutigen Händen verdammt salzige *cods* in das wertvollere Dasein eines Stockfisches hinüberhäuteten und schnitten. Und wie wir uns vorgekommen waren wie Fürsten damals, als wir die hart verdienten Dollars einstrichen, der Milliardärssohn und ich. Ob Franky wohl in Neuyork war? Heidi, was würde der für Augen machen! Zur Feier rasch ein Glas Sekt aus einer der winzigen Viertelflaschen, die für den amerikanischen Gebrauch besonders hergestellt werden in Frankreich, und dann zur *First National Bank* –

Der Gang zu den Privatkontoren ist nicht etwa von einem einzigen Cerberus bewacht, sondern von dreien, die ich nacheinander zu passieren habe. Der erste versucht natürlich, mich zu bestimmen, mich mit meinen »Geschäften« an den » *manager*« zu wenden, und ist höflich und milde ungläubig, als ich erkläre, daß ich Mr. Reddington persönlich zu sprechen wünsche und ihm persönlich bekannt sei; der zweite macht ein bedenkliches Gesicht, nimmt mir aber wenigstens Hut und Ueberzieher ab; der dritte, offenbar ein Sekretär, haust in einem Vorzimmer und unterwirft mich der peinlichen Frage.

»Sie wünschen also Mr. Reddington persönlich zu sprechen?« sagte er.

»Jawohl.«

»Darf ich um Ihre Karte bitten?«

Er studiert die Karte, aber sie sagt ihm offenbar nichts Wissenswertes. Es ist ihm augenscheinlich unangenehm, aber er wird deutlich:

»Eh – es tut mir sehr leid, – aber Mr. Reddington senior ist verreist und Mr. Reddington junior nur in ganz dringenden Fällen zu sprechen. Ich muß Sie also schon bitten –«

»Mein Fall ist außerordentlich dringend!« sage ich. Und möchte am liebsten bis an die Decke springen vor Vergnügen. Kaum kann ich mir das Lachen verbeißen. Franky ist also wirklich in Neuyork, halleluja! Franky ist Bankmensch geworden! Franky ist in leitender Stellung und eine verfluchte Respektsperson!! – es ist einfach zum Schießen! Aber ich nehme gravitätisch meine Karte und schreibe darauf:

» *On important business regarding the salted codfish trust of San Francisco* – in wichtigen Geschäften betreffend den Stockfisch-Trust von San Franzisko!«

»Hm,« murmelt der Sekretär.

»Aber bitte!« sage ich pikiert.

Endlich verschwindet er mit der Karte, wahrscheinlich, um der Respektsperson zu berichten, da draußen stehe ein gemeingefährlicher Verrückter und Mr. Reddington solle doch lieber beim Fortgehen die Hintertüre benützen. Im nächsten Augenblick wird die Türe aufgerissen –

Und da steht Franky, der leibhaftige Franky, nicht um eine Spur verändert, packt mich am Aermel mit dem alten harten eisernen

Griff, sieht mich einen Augenblick an aus den alten lustigen Augen, und sagt ernst zu dem Sekretär:

»Mr. Higgins, ich habe wichtige Dinge mit diesem Herrn zu besprechen und darf unter keinen Umständen gestört werden!«

Und da sitzen wir schon in dem vornehmen Privatkontor der Großbank hinter dick gepolsterten Türen und sprechen, wie hier wohl selten gesprochen wird –

»Jetzt will ich aber verdammt sein!« schreit Franky. »Bist du's wirklich, du verrückter alter Narr? Ist es auch wahr? Weshalb hast du nie etwas von dir hören lassen? Mann, wie geht's, wie geht's?«

»Einen Augenblick!« sage ich. »Ich muß erst nach Luft schnappen. Schämst du dich eigentlich nicht, so zu tun, als hättest du furchtbar viel Arbeit? Was treibst du? Bist du glücklich auch Milliardär? Solltest du auch einer von den Schurken geworden sein, die der armen Witwe ihren sauren Dollar vom Munde wegschnappen? Ich verkörpere die Macht der Presse, Franky *dear*, und ich rate dir, mir gegenüber recht vorsichtig zu sein. Alles, was du sagst, wird gegen dich verwendet!«

Frank grinste. Das alte lustige Grinsen.

»Was ich tue? Ich tue das, was der Alte mir sagt, und zwar möglichst plötzlich. Jawohl, das wäre so ungefähr meine Stellung in der alten Bank! So! Erst erzähle du! Ogottogott – wenn ich an die alten Stockfische in Frisco denke ...«

Und er hält mir lachend zwei weiße, wohlgepflegte, schlanke Hände entgegen, und ich lache auch und strecke zwei weiße, wohlgepflegte Hände aus. Und dann tanzen wir im Zimmer herum, gebärden uns wie Verrückte, und versichern uns gegenseitig, ein über das andere Mal, daß die Stockfischzeiten in San Franzisko doch etwas Schönes waren und etwas Unvergeßliches sind. Franky, ist – ihr Götter! – Schatzmeister der Bank und bezieht einen Gehalt, über den ein europäischer Minister vor Neid erblassen würde und über den ich die Augen weit aufreiße. Dagegen ist der kleine Reporter freilich noch der reine Stockfischarbeiter! Eine geschlagene Stunde lang reden wir und schreien und lachen, bis schließlich keiner von beiden mehr weiß, wo ihm der Kopf steht. Franky beneidet mich, weil ich den Krieg mitgemacht habe, ist baff über den Signalkorpssergeanten, ist begeistert über das freie Zeitungsleben – ich beneide ihn um die Macht seiner Stellung und seines Geldes, bin baff über das Vermögen, das er sich durch eigene Operationen (bei Gott, Operationen sagte er!) schon verdient hat, bin begeistert über das Arbeiten in der Hochfinanz, von dem er erzählt – und offenbar findet der eine immer gerade das schöner, was der andere erlebt hat! Sintemalen der Zeitungsteufel immer gegenwärtig ist, vergesse ich nicht, mit Franky zu verabreden, daß ich die unterirdischen Stahlkammern der Bank besichtigen darf. Denn so 'was lesen die Dollarneuyorker furchtbar gern. Und dann kommt ein vornehmer alter Herr, sehr gemessen, sehr würdevoll, und bringt in einer roten Maroquinmappe Briefe zur Unterschrift. Der Respektsperson! Dem Stockfischarbeiter von ehemals! Rasch verabreden wir uns noch, heute abend zusammen bei Delmonico zu dinieren –

Eine verrückte Welt!

Ich freue mich auf den Abend wie ein Kind und schlendere seelenvergnügt den Broadway hinunter. Das Schwitzladenproblem ist vergessen für den Augenblick. Ich lache nur immer vor mich hin und habe gar keine Lust, an ernsthafte Dinge zu denken.

Aber das Tagewerk ist doch noch nicht vollbracht, so will es der Zufall. Eine Krawatte in einem der Schaufenster des großen Warenhauses da lockt mich, und ich gehe gedankenlos mit den anderen Menschen hinein, die sich um den Eingang drängen, um sie mir zu kaufen. Fast gewohnheitsmäßig bleibe ich unten in der Halle einen Augenblick lang stehen, mir das Gewühl zu betrachten, denn ich habe immer etwas übrig gehabt für diese Riesenwarenhäuser. Das ist fast vollendete Organisation. Es klingt und schwirrt und saust über die Drähte, die wie ein Telephonnetz die Räume überspannen. Körbchen fliegen fortwährend an ihnen hin und her. Jedes Körbchen enthält das Geld eines Kunden, die Ware, die er gekauft hat, und seine Rechnung. Es saust in den Kassenraum da oben im ersten Stock und kommt in einer Minute wieder zurück über den Draht, mit eingewickeltem Paket, quittierter Rechnung, und herausgegebenem Kleingeld. Sie haben mir immer imponiert, die Warenhäuser und ihre Art. Da sehe ich oben bei der Galerie des zweiten Stockwerks eine dichtgedrängte Menschenmasse und höre, daß es da oben sehr laut und lärmend zugeht. Sofort wird der neugierige Zeitungsmensch lebendig. Was ist da los?

Ich springe die Treppe hinauf – es ist nicht der Mühe wert, das Lift zu benutzen – und sehe von der Decke herab Riesenplakate in grellen blauen Buchstaben hängen:

» *Easter hats*!«

Osterhüte!

Unter diesen Plakaten stehen Tische neben Tischen, bergehoch mit Damenhüten bedeckt, Osterhüte genannt, weil auch die ärmste Amerikanerin zum österlichen Frühlingsfest einen neuen Hut haben muß – und zwischen diesen Tischen spielt sich eine Schlacht ab! Eine Amazonenschlacht!

Sie sind aneinandergedrängt wie Sardinen in einer Büchse, diese bunten Flecke, die Mäntel, Blusen, Kostüme, Winterhüte bedeuten, und hinter denen vermutlich Frauengesichter und Frauengestalten stecken. Aber das wogt und wirrt so hin und her, daß man wirklich nichts sehen kann als bunte Flecke, rasch sich bewegende Farbenkleckse. Einen Augenblick lang kämpfe ich mit aufsteigender Feigheit, dann aber stürze auch ich mich in das Gewühl.

Teufel, die bunten Flecke sind lebendig. Mehr als lebendig!

Bums – habe ich einen Rippenstoß weg, der mich rachsüchtig auffahren läßt. Ihm folgt, wie der Donnerschlag dem Blitz, ein zweiter, ein dritter, ein vierter – ich werde gepufft, gestoßen, geknufft, wie mir das schon lange nicht mehr passiert ist. O – ho! Ich bin gar nicht mehr rachsüchtig. Aus Verstandesgründen. Dieser elementaren Gewalt gegenüber scheinen mir meine schwachen Männermittel untauglich – ich ziehe nur meine Ellbogen krampfhaft in die Höhe und an mich, um die empfindlichen Weichteile zu schützen. Ich bin sogar sehr vergnügt – au, das war wieder ein niederträchtiger Puff – denn das gibt doch eine wirklich ulkige Geschichte für die lustige Sonntagsbeilage ... au, Donnerwetter! Absichtlich lasse ich mich ohne eigenen Willen weiterpuffen, um meine Gefühle ganz echt zu genießen und später ja nicht zu übertreiben. Man tut das so leicht als Zeitungsmensch! Gottseidank, die Echtheit läßt nichts zu wünschen übrig! Ich verspüre die spitzen Ellbogen mit vollendeter Deutlichkeit.

Weshalb, warum jedoch werde ich so gepufft und so gestoßen?

Nur langsam begreift mein männlicher Intellekt den Witz der Sache. Hm. Hüte zu betrachten und Hüte auszuwählen, mag zwar ein Gedränge verursachen, aber keine Schlacht. Hm. Doch, jetzt hab' ich's.

»Dies ist mein Hut!« schreit ein Krimmermantel.

»Sie haben ihn mir ja aus der Hand gerissen!« erwidert entrüstet die Astrachanjacke.

Sie funkeln sich giftig aus schillernden Katzenaugen an – und ich habe endlich verstanden! Unter diesen Hüten sind manche außerordentlich preiswert, lockspeisenhaft billig, halb geschenkt und – gerade diese Hüte herauszufischen, ist offenbar der Zweck der Uebung! Da stolziert eine schlanke Brünette einher. In der linken Hand hält sie ein blumenbesätes Ungetüm hoch über ihren Kopf und mit der rechten pufft sie sich freie Bahn, um in der neutralen Zone da drüben eine Verkäuferin zu finden, die das Geschäft perfekt macht. Ich bekomme einen Nasenstüber von ihr und sie tritt mich kräftig auf den Fuß ...

Es ist einfach unbeschreiblich.

Man drängt sich, pufft sich, balgt sich um die Hüte, aber – und das ist für mich gewöhnlichen Mann das völlig Unbegreifliche – in dieser bissigen, echten, richtigen Balgerei werden die Hüte selber behandelt wie Zucker! Wie rohe Eier. Wie Wertpapiere. Sie reißen sich die *bargains*, die billigen Lockhüte, zwar gegenseitig aus den Händen, diese Hyänen des Warenhauses, aber mit spitzen Fingern und verflucht vorsichtig. Hm, ich habe wohl alles gesehen. Jetzt will ich auch einmal ein bißchen drängeln, weil sonst mein Ehrgefühl leidet. Doch auf dem Weg zur Freiheit sehe ich erst das Allerschönste.

An dem hochbeladenen Ecktisch dort werde ich auf einmal links zur Seite gedrängt von einem süßen kleinen Geschöpfchen, und als ich mich verblüfft umwende, hilft ein zweites Geschöpfchen energisch nach, während ein drittes mich endgültig noch weiter wegbefördert. Ich recke den Hals. Was ich da sehe, ist doch der Gipfel!

Das – ist – der Oster-hut-trust!

Die Mädels da um den Ecktisch sind offensichtlich Freundinnen und operieren auf gemeinsame Rechnung und mit gemeinsamen Kräften zum Schaden der *Outsider*. Wie eine Kette umringen sie den Tisch, und keiner kommt 'ran, bis sie sich nicht in aller Gemütlichkeit alles beschaut und den richtigsten, den passendsten, den süßesten Osterhut ausgewählt haben ...

Alle Hochachtung!

Ich bin wieder in der Freiheit. Grinsend betrachte ich das wimmelnde Gewühl, die gierig zugreifenden Hände, die tanzenden bunten Flecke. Und ich überlege mir, daß ein schöner Titel wäre:

»Die wilden Weiber des Warenhauses«

– stelle aber errötend fest, daß man auf gar keinen Fall eine Amerikanerin ein wildes Weib nennen darf, selbst wenn das süße Geschöpf auch einmal ein bißchen spektakelt. Der Titel heißt:

»Der Kampf um den Osterhut!«

»Nein, das ist nicht schön genug. Der Titel muß heißen:

»Wie ich meiner Frau einen Osterhut kaufen wollte!«

Da kann man so schön dazulügen.

Im Montgomery erzählte ich die Geschichte Flossy, nicht ohne schön dick und farbig aufzutragen, wie das mein Beruf ist.

»Das ist nichts für Männer,« sagt Flossy trocken. Sie hat keine Spur von Verständnis und keine Ahnung von Humor. »Bei einem so billigen Verkauf muß man doch eben rasch zugreifen. Eigentlich hättest du mir einen Hut mitbringen können. Diese Männer sind zu ungeschickt!«

»Ich hab' einen wunderschönen für zwei Dollars dreiundneunzig gesehen,« sage ich boshaft.

»Warum hast du ihn dann nicht mitgebracht?«

»Eine von den *girls* hat ihn mir aus der Hand gerissen.«

»Zu dumm!«

Und ich lache vor mich hin, stürze mich in den Smoking, der im Lande der angeblichen Freiheit eine Unerläßlichkeit ist, wenn man Restaurants wie Delmonicos besuchen will, und sitze eine halbe

Stunde später Franky gegenüber an einem der winzigen Tischchen des berühmten Neuyorker Schlaraffenheims. Es war ein toller Abend, der mit Cocktails begann, mit furchtbar viel Mumm endete, und mit schrecklichem Gerede erfüllt war. Aber er war wunderschön. Beim Nachhausegehen sahen die Wolkenkratzer beängstigend wackelig aus und der schnurgerade Broadway merkwürdig schief. Aber an das Schwitzladenmädel dachte ich doch noch. Nur nicht so recht praktisch, sondern ich sah mich als großen sozialen Reformator, umjubelt von Abertausenden dankbarer Menschen. Sie arbeiteten jetzt in großen luftigen Sälen und nur sechs Stunden im Tag. Sie hatten ihren Lohn verdoppelt bekommen. Alles durch mich!

Es ist etwas Merkwürdiges um die Träume von Weingeistern und Zeitungsmenschen ...

*

So sah einer von den fröhlichen Tagen im Leben des Zeitungslandsknechts aus. Es gab aber auch unfröhliche Tage, in denen die nervöse Hast keinen Erfolg brachte, keine Arbeit, keinen Eindruck.

In ihrer Gesamtheit waren diese Tage, diese Wochen, diese Monate ein Stück Leben, wie ich es niemals schöner erlebt habe. Ein Geldverdienen zum erstenmal, das über kleine Tagesnöte weit hinausragte; Selbständigkeit, immer wieder neue Begeisterung. Ich fühlte mich ganz als Amerikaner, ganz als amerikanischer Zeitungsmann, und war glücklich!

Aber ich glaube, Dick Burton hat den Nagel auf den Kopf getroffen, als er einmal sagte:

»Deine Sachen haben etwas merkwürdig Fremdes. Unamerikanisches! Und gerade deshalb sind sie interessant!«

*

Fremd oder nicht fremd – amerikanisch oder unamerikanisch – wie das nun sein mag – aber gerade diese Neuyorker Landsknechtszeiten haben mir den ruhenden Pol in der Erscheinungen Flucht gegeben, das Bleibende, das Mittelpunktige in einem bunten Leben:

Den Zeitungsinstinkt!

Wenn heute üble Laune mich plagt, der schwarze Mann hinter mir auf dem Lebenspferde sitzt, die Dinge des Tages mich schinden, dann gehe ich zu ihr – zur Zeitung...

Dort nehmen sie mich auf als Freund und Bruder. Und ich werde jung, jung wie ich als Zwanzigjähriger war, wenn unter mir der Boden von Rotationspressen erzittert, und meine Nase die frische Druckerschwärze einatmet, und die Redaktionsteufelchen hin und her laufen mit den schmalen Streifen nassen Papiers, und Dutzende von Leuten einen in jedem gesprochenen Satz zweimal unterbrechen. Die Götter sind immer gütig, wenn's einem so recht erbärmlich zumute ist, und schenken ganz gewiß dem Zeitungsmenschenhirn die Fähigkeit, eine Arbeit für die Zeitung zu ersinnen. Einen Ueberlandflug im Zeitungsdienste, oder eine Zeppelinfahrt, oder ein Hafenabenteuer. Und dann kommt, belebend und erfrischend wie verjüngender Jungbrunnen, das alte Hasten, das liebe Hetzen. Die Arbeit, das Erfassen des Bildes, das begeisternde Sichhineinfügen, das Geizen mit den Minuten, die rasende Fahrt im Automobil zur Redaktion, die lange Nacht im fröstelnd kalten Redaktionszimmer des nächtlich stillen Gebäudes, das Ankämpfen gegen eilende Zeit in jagendem Schreiben Zeile um Zeile. Das unsinnige Rauchen – das Herbeischleppen von Krügen Pilsener Biers durch den schmunzelnden Nachtportier.

Und dann fährt man im Morgengrauen nach Hause mit zerrauchter Kehle und zerrütteten Nerven, aber überselig, wieder einmal im alten Geschirr gearbeitet zu haben. Man ist doch wie jener alte Droschkengaul, der die Nüstern bläht und galoppierend durchgeht, wenn auf dem Manöverfeld bei der Straße die lustigen Trompeten zur Attacke schrillen. Einmal ein Zeitungsgaul, immer ein Zeitungsgaul...

Ja, es ist eine schöne Sache um die Einbildung!

Mindestens zehnmal in diesem Jahre habe ich – beinahe schon scheint's eine alte gemütliche Gewohnheit – mir vorgenommen, ein für allemal und endgültig zur Zeitung zurückzukehren, um ebensooft den Kuckuck dergleichen zu tun. Ich lachte dann jedesmal, und ein lustiges Grauen packt mich und ich denke an das Landsknechtjahr in Neuyork. Nein: solch ein Jahr konnte nur die Jugend erleben. Es ist aus damit. Bleibt noch das Saugen an den Hidigeigei-pfoten der Erinnerung, und das Lachen.

Wie schön sie doch waren, diese Zeiten, und wie sonderbar! Es war für absolut nichts Platz in dem Gehirn von damals als für Dinge der Zeitung: es gab einfach nichts anderes im Leben. Ich habe im Laufe eines ganzen Jahres ganz gewiß nicht mehr als zehn Bücher gelesen, denn das war doch offenbare Zeitverschwendung, und von den vielen Menschen, die ich kennen lernte, interessierte mich kaum ein einziger um seiner selbst willen. Was konnte der? Was wußte jener? Was hatte dieser zu erzählen? War da etwas daraus zu machen? Die Politik war wunderschön – wenn sich aus ihren Tagesereignissen ein Anhaltspunkt für Zeitungsarbeit ergab; schaffende Männer begeisternd interessant – wenn sie einem etwas zu erzählen wußten, das für die Zeitung zu gebrauchen war; das ganze polternde Neuyorker Leben nur dazu da – damit man darüber schreiben konnte! Verrückte Zeiten waren es von einer so völligen Abgeschlossenheit in ihrer Arbeitsart, daß es einen seltsam anmutet im Erinnern. Im tiefsten Grunde war man nicht viel besser daran als der Arbeiter, der tagaus, tagein, und Jahr für Jahr immer das gleiche Stahlteilchen poliert. Die Zeitung fraß einen auf mit Leib und Seele. Sie nahm hin, was man selbst hätte erleben sollen; sie machte einen zu einer Art unpersönlichen Zwischenträgers. Sie ließ Raum für nichts.

Man war der Zeitung verfallen mit Haut und Haaren!

Neuyork und die Neuyorker

Im Zeppelin über Hamburg. – Die deutsche Hansestadt und das geheimnisvolle Neuyork. – Der Guldensinn der Mynheers, die Neuyork gründeten. – Her mit dem Dollar! – Das Wunderkind mit dem Wasserkopf. – Sein Wachstum. – Der Geist des Wolkenkratzers. – Die Ungereimtheit der Gegensätze. – Neuyorks fremdes Menschenfutter. – Der Zweckmäßigkeitsmensch. – Der arme Milliardär und seine Rätsel. – Die Ehre der Arbeit. – Geldverdienen als Sport. – Die Seele Neuyorks: Tätigstes Leben.

Im August des Jahres 1912 war es, in einer Mondscheinnacht. Ich stand still im Gondelfenster des Zeppelinkreuzers Hansa und starrte bedrückt auf die unbeschreibliche Schönheit unter mir. Wir jagten in weiten Kreisen über Hamburg. Ein sonderbares Gefühl war in mir, als läge die Hansastadt da wie ein offenes Buch. Da lagen in scharfen, eckigen, geometrischen Figuren die Silberbänder und die dunklen Umrisse des Riesenhafens, der ein unbegreifliches Wirrsal ist für den Beschauer auf dem Dampfer oder im Motorboot. Von hier oben aus waren die verzwicktesten Zugänge, die verstecktesten Winkel, die entferntesten Wasserstraßen, in ihrer Bedeutung und in ihren Zusammenhängen so sonnenklar zu erkennen, daß es einem wie Schuppen von den Augen fiel. Aus winzigen Einzelheiten, die unten im Erdgetöse betäuben würden, wuchs das große Bild. Sie waren nur kleine schwarze Pünktchen, die Tausende von Dampfern auf den Silberbändern da unten, und sie waren stumm, denn nur wie leises Summen tönte in den Lüften die nächtliche Arbeit der deutschen Stadt, die auch nicht eine Sekunde in den vierundzwanzig Stunden des Tages rastet und ruht... Man schwebte hoch über erdenschweren Dingen. Man war befreit von der verwirrenden Tyrannei der Einzelheit. Man sah so deutlich, wie die schwarzen Pünktchen deutschen Ehrgeiz und deutschen Reichtum in die Welt trugen und vermehrtes Streben, vermehrten Reichtum zurückbrachten. Man sah die Milliardenwerte aufgespeichert in jenen langen dunklen Streifen am Wasserrand da unten und sah sie wandern binnenwärts auf den Schienensträngen, die wie seine Fäden eines Netzes nach allen Seiten ausstrahlen. Man sah den großen Zug. Die Wechselwirkung von Geld, Arbeit, völkischem Ehrgeiz. Und dann kam die lichtflutende innere Stadt. Die war eigentlich gar nicht wichtig, sondern verkaufte nur den Menschen, die dem großen Hafenbegriff dienen, was sie zu des Lebens Notdurft und Freude gebrauchen. In den langen eckigen Straßen dort mit den unfreundlichen massigen Häusern werden die Pläne ersonnen, die aus Waren Gold schaffen. Und in den dunkleren Streifen an den Rändern wohnen sie, die Diener der Hansestadt...

So löste sich, aus der Luft gesehen, das verworrene Getriebe der Reichtumspforte Deutschlands in ungeheuerste Einfachheit auf.

Und wie heißes Sehnen kommt es über mich: So möchte ich einmal über der geheimnisvollsten, der unbegreiflichsten, der am stärksten wirkenden Stadt der anderen Welt über dem Ozean schweben. Ueber meinem alten lieben Neuyork. Und ein Wundern kommt über mich, ob die Dollarstadt des Atlantischen Ozeans dem Horcher in den Lüften wohl auch so sonnenklar von ihrem Sein und Wesen erzählen würde wie die Marktstadt der Nordsee.

Geheimnisvolles Neuyork – – –

Wilder Wirrwarr jagt vorbei in wachen Träumen. Ich sehe wimmelnde schwarze Menschenmassen, höre donnerndes Getöse, schaue auf häßliche Berge von Stein, die einen erschauern lassen ob der Schönheit ihrer Wucht. Ueber wogendes Hafenmeer huschen Schiffsriesen ohne Zahl und an den Wasserrändern strecken sich weithin ins Land wie Bienekorbzellen die Behausungen von Millionen von Menschen. Wo ist das Herz Neuyorks? Welche Kraft pumpt den belebenden Arbeitsstrom durch seinen Riesenleib? Wo muß man Neuyork packen, um es zu verstehen? Es wird die Eingangspforte zur neuen Welt genannt, und wahrlich, Millionen von Menschen sind durch sein Tor geschritten. Ist das sein Wesen? Ist es eine Pforte nur?

Die Traumbilder huschen vorbei.

Vor einigen Monaten stand ich wieder einmal auf der *Great Oxford Street* in London und sah die Menschenmassen und die endlosen Wagenreihen sich vorbeiwälzen. Da war der Eindruck so leicht zu erfassen. Denn ein Kind hätte verstehen können, daß in diesem Häuserwirrwarr und Menschengedränge das Herz Großbritanniens pulsierte, das Hirn Englands schuf und dachte, der Mittelpunkt des Weltreichs sich befand. Auch da ließ sich das beängstigende Einzelgetöse gar leicht zu großem Zug zusammenfassen.

Neuyork aber ist geheimnisvoll.

Ein gescheiter Mann nannte es einmal das Wunderkind mit dem Wasserkopf unter den Städten der Welt. Der anscheinend so unförmige und häßliche Kopf aber sehe nur aus wie ein Wasserkopf und enthalte in Wirklichkeit ein ganz ausgezeichnet entwickeltes Gehirn. Dieser Wunderkinder-Vergleich ist sehr gut. Neuyork ist kindlich jung. Noch nicht einmal dreihundert Jahre alt. Denn im Jahre 1626 war es, als die Niederländer, gescheite Leute und tüchtige Seefahrer, die feine Nasen für einen ideal guten Hafen hatten, auf der Insel Manhattan landeten und das niederländische Dörfchen Neuamsterdam gründeten. Ganz genau auf dem Fleck, wo jetzt die Wolkenkratzer gen Himmel ragen. Der Witz der Weltgeschichte wollte es, daß dieses kleine Häuflein von holländischen Männern den Menschen des Erdenflecks, auf dem sie hausten, in die Jahrhunderte hinein Geist von ihrem Geist und Denken von ihrem Denken vererben sollte – Millionen von Menschen, die auch kein Tröpflein des alten Holländerbluts in ihren Adern haben sollten. Und trotzdem – – Die Neuamsterdamer waren, in scharfem Gegensatz zu ihren Nachbarn, den neuenglischen Puritanern, weder Idealisten, noch Fanatiker, noch instinktive Republikaner. Sondern die Mynheers hatten gutes, dickes, solides Kaufmannsblut und wollten Geschäfte machen in ihrem Neuamsterdam. Nur Geschäfte. Recht gute Geschäfte. Sie sind auch sehr reich geworden.

Und sie sind es, die dem Neuyork der Zukunft seinen Stempel aufgedrückt haben!

Wenn man der Stadt der Geheimnisse überhaupt einen ganz großen allgemeinen Zug nachweisen kann, so ist es der Charakterzug ihrer holländischen Gründer:

Den Gulden mehren! Geschäfte machen um jeden Preis! Ob anständig oder unanständig, aber auf jeden Fall! Her mit dem Dollar!!

Die schwerfälligen Neuamsterdamer mit den tuchenen Kniehosen, den plumpen Schnallenschuhen, und dem Geldsinn sind längst vermodert und leben nur noch in wenigen Hunderten Familien der Neuyorker Aristokratie, ihren direkten Nachkommen, die sich *kni-*

ckerbockers nennen nach der Beinbekleidung ihrer Vorfahren – Kurzhosige. Das sind die Roosevelts, die Kan Straatens, die Vanderveldes, die Junkers. Diese alle sehr reichen und zum Teil sehr bedeutenden Leute sind zwar ahnenstolz in ihrer Art, legen aber auf das holländische Blut in ihnen recht wenig Gewicht. Nein, der Dollar ist es, in dem die vermoderten alten Holländer fortleben; in der brausenden Dollarluft, die über Neuyork dahinpfeift, tummeln sich ihre Seelen. Nirgends in der Welt hat je das liebe Geld so hart geherrscht als in der Meerstadt, über die des Nachts die Strahlenbündel vom Haupte der Freiheitsstatue leuchten. Sie sind immer harte Leute gewesen, diese Neuyorker, und Gold war stets ihre Losung.

Aus Neuamsterdam wurde Neuyork. Keiner der geldgierigen Holländer dürfte es erleben und keiner hat es nur geahnt, daß Schiffe über Schiffe den Atlantischen Ozean durchqueren sollten nach der kleinen Felseninsel am Hudson, und Millionen über Millionen von Menschen sich durch die amerikanische Eingangspforte in das neue Land drängen. Daß das meiste von dem Geld und ein weniges von dem Menschenmaterial dieser Millionen an der Türschwelle der neuen Welt hängen bleiben sollte. An Neuyork. Das Wunderkind wuchs erschreckend. Dock wurde an Dock geklebt, ohne Ueberlegung, ohne Plan: dicht am Straßenrand wurden die Anlegepfosten ins Meer gerammt und die Anlegestege gebaut. Haus wurde Haus auf den Leib gepackt auf Manhattan. Immer mehr wurden die Menschen. Der Wasserkopf war da. Das ungesunde, anormale Wachstum: das hastige Gestalten nach den Forderungen des Augenblicks, das der sonderbarsten Stadt der Welt ihren Stempel aufgedrückt hat.

Das Gepräge des Chaotischen.

Als ob die treibenden Gewalten sich rauften und um Licht und Luft und Dasein hätten ringen müssen: die Schiffahrt, der Binnenhandel, der Außenhandel, der Ortshandel, die Finanzen. Nichts griff klar ineinander, sondern alles war Wirrwarr. Neuyork ist niemals nur der große Welthafen gewesen, nach dem von allen Erdenteilen Schiffe steuern; oder nur die große Kaufmannsstadt, in der die von anderen geschaffenen Werte zur Münze umgeprägt werden; oder nur die große Finanzstadt, in der die Milliardenkämpfe

zwischen den Großen des Landes ausgefochten werden müssen –
sondern stets eine wirre Verbindung von allen diesen Dingen: eine
Hölle von gegensätzlichem Streben. Den inneren Zwiespalt zeigt
scharf das Aeußere der Stadt. Mir ist die grandiose Freiheitsstatue
auf der winzigen Felseninsel *Liberty Island* mitten im Neuyorker
Meer niemals als tiefbrünstiges Symbol der Volksseele der neuen
Welt erschienen, sondern ich habe mich stets nur lachend gewundert, woher nur in aller Welt diese Holtergepolter-Neuyorker sich
jemals die Zeit nahmen, an so abstrakte Dinge wie Freiheit und
Symbolik auch nur zu denken. Sonst sind sie doch praktisch nur:
erstens praktisch, zweitens praktisch, drittens praktisch, und vier-
tens sonst überhaupt gar nichts. Sie schmissen Dampferpier neben
Dampferpier hin, wo er gerade nötig war: sie bevölkerten Hoboken
mit ekelhaften kleinen grauen und schwarzen Dreckhäusern, weil
das für die Notwendigkeiten der Schifffahrtsleute gerade praktisch
war; sie türmten dort, wo um die Milliarden gefochten wird, im
Herzen der Insel Manhattan, die Häuser himmelragend in die Lüfte
empor, daß die staunende Welt schaudernd die Augen aufriß und
lange Zeit das moderne Märchen vom Wolkenkratzer nicht recht
glauben wollte – weil jeder Zoll Boden auf Manhattan ein Vermögen kostete und die Luft darüber auch nicht einen Pfennig. Die
Einfachheit dieser Kalkulation wirkte gigantisch. Doch man jagt mit
Sturmschritten in Neuyork, und auch für den Wolkenkratzer hatte
selbstverständlich nur der Mann Zeit übrig, der ihn zwecks Dollar-
verdienens erbaute. Die anderen grinsten beifällig, dachten aber gar
nicht daran, die Konsequenzen des Wolkenkratzersystems zu zie-
hen und so etwas wie ein einheitliches Stadtbild zu schaffen.

So, wie der primitive Amerikaner sich ein praktisches rundes
Loch in seinen teuren Lackstiefel schneidet, wenn ein Hühnerauge
ihn drückt, so erbaute der Neuyorker seine Stadt. Neben dem Wolkenkratzer blieb die Hütte stehen, dicht daneben. Auf die Hütte
folgt womöglich eine winzige Kirche, auf die Kirche wieder ein
Wolkenkratzer, dann ein Häuschen, dann ein Haus, dann wieder
ein Wolkenkratzer. Und in diesen Tagen noch muß der nur eini-
germaßen nachdenkliche Beschauer des Broadway und der Man-
hattan-Gegend sich verzweifelt an den armen gequälten Schädel
fassen und ausrufen:

Wehe mir! Wie soll ich es begreifen, daß neben dem Riesen der Zwerg wohnt! Daß Dieses so gigantisch ist und Jenes so erbärmlich klein!

Und im allgemeinen wird er, trotz aller Ehrfurcht für das Riesenhafte, den Eindruck einer kolossalen Verrücktheit haben. Denn überall ist das gleiche Chaos, die gleiche Ungereimtheit. Dicht an die groteske Wolkenkratzergegend schließen sich die Avenuestraßen im Wolkenkratzersquare, die wie eine völlig andere Welt anmuten. In ihrer palastartigen Vornehmheit sehen sie aus, als sei in ihnen ein Stück des aristokratischen Londoner Westendes mit Haut und Haaren und Haus und Grund ausgegraben und nach Dollarika verpflanzt worden. Die Bowery dort mit ihrem Tingeltangelgedröhne und widerlichem Spektakel von Schwindelgeschäften könnte sehr wohl ein Fetzen des niedersten Paris sein – und die fürchterlichen grauen Häuser in den luftverpesteten schmalen Straßen im Ostende, wo die Aermsten zu Dutzenden in einem Zimmer wohnen, sind wie ein Abbild der *slums* in Whitechapel. Doch dazwischen dehnen sich Parks, weiten sich Spielplätze, die den Städtebauern der alten Welt eine so ungeheure Anregung gegeben haben, daß sie noch jahrelang nachwirken wird; strecken sich ins Land hinein entzückende Villenstraßen, die ein Vorbild sind und ein Muster des billigen eigenen Keims an den Rändern der großen Stadt.

So jagen sich Schritt für Schritt fast die verwirrend grotesken Gegensätze im Städtebild Neuyorks. Und doch löst sich immer wieder als einzig bezeichnend und allein wichtig der Häuserriese im Herzen Manhattans von allen anderen Bildern los:

Der Wolkenkratzer.

Der fünfundzwanzigstöckige, der fünfzigstöckige, der fünfundsiebzigstöckige Wasserkopfriese ist das Wahrzeichen Neuyorks und sein Symbol, sein Stolz und seine Schande zugleich. Ist er doch der Bienenkorb, in dem man die sonderbaren Menschenbienen am besten schwirren sehen kann. Dort wohnt die Seele Neuyorks.

Jene anderen Viertel, die man so typisch nennt, sind nicht neuyorkhaft. Es ist nichts Wunderbares, daß an der großen Türschwelle aller Nationen so viele Fremde haften geblieben sind, mag es auch verblüffen, wenn man feststellt, daß in Neuyork mehr Italiener wohnen als in Rom, mehr Deutsche als in Breslau, mehr Franzosen als in der durchschnittlichen Provinzstadt Frankreichs, mehr Juden endlich als an irgend einem Orte der Welt zusammenhausen. Es scheint einem etwas ganz Natürliches, durch winkelige Trödelstraßen zu schreiten, in denen fast nur »jiddisch« gesprochen wird, und durch Viertel, wo man sich nur verständigen kann, wenn man der italienischen Sprache mächtig ist. Und doch hat es wieder etwas Erschütterndes, daß diese Leute ihr Völkischsein so völlig mitgenommen haben in die neue Welt. Sie leben und lieben, sprechen und denken, wie sie es in Italien taten; sie essen die Makkaronis und trinken den Chianti ihrer Heimat, und träumen von dem glücklichen Tag, an dem einst die italienische Sonne wieder auf sie scheinen wird. Sie werden dann mit den paar hundert amerikanischen Dollars kleine Landeigentümer geworden sein. Von dem aber, was Neuyork ist, trennt diese Leute eine Unendlichkeit, auch wenn sie zehnmal ein Bürgerpapier unterschrieben und zwanzigmal einen Amerikaner in den Stadtrat oder in den Kongreß gewählt haben. Die gleiche Unendlichkeit scheidet die große Masse der armen Juden von dem Wesen Neuyorks. Darin sind sich die Fremden im großen Sinne alle gleich; Juden oder Deutsche oder Italiener oder Slaven. In ihrer Gesamtheit bedeuten sie für Neuyork nichts weiter als ungewöhnlich billiges und ungewöhnlich leicht traktables Menschenfutter für die große Tätigkeitsmaschine; Menschenfutter, das von einigen wenigen Leuten, die nationale Eigenart wohl kennen und sie schlau auszunutzen verstehen, ausgepreßt wird wie eine Zitrone. Von Tausenden dieser Fremdlinge lächelt einem, der sehr stark oder sehr zähe oder sehr gescheit ist, der große Erfolg. Und dieser Eine nur immer ist für Neuyork wichtig und Neuyork für ihn. Die Anderen sind Schatten, die da kommen und gehen, die einige Männer reich und einige Industrien lebensfähig machen.

Einst haben die Fremdlinge Neuyork geschaffen. Heute sind sie nur eines seiner Anhängsel in dem Chaos, dessen einziger fester Punkt der Begriff des Wolkenkratzers ist, ins Unendliche ausgedehnt, ins Symbolische übertragen. –

Und der Guldensinn der Neuamsterdamer ...

Wie der Wolkenkratzer einem bis ins Fabelhafte gesteigerten Nützlichkeitssinn sein Dasein verdankt – die Steinriesen Manhattans wirken wie fanatische Prediger der Zweckmäßigkeit und der Arbeit – so ist der Neuyorker schlechtweg ein Zweckmäßigkeitsmensch. Er verkörpert amerikanischen Kaufmannsgeist auf das intensivste und sein leiser Stich ins Uebertreibende charakterisiert das Wesen dieses Geistes erst recht. Auf die einfachste Formel gebracht: Der Dollar regiert über das Land und regiert noch härter im intensiven Neuyork. Doch was bei dem Neuamsterdamer etwas unendlich Grobes, simpel Geldgieriges, abstoßend Häßliches war, hat sich bei seinem Nachkommen von heutzutage zu einem großartigen Glaubensbekenntnis an Arbeit, Leistung, Tätigkeit verfeinert, vergrößert, veredelt. Das bloße Geldverdienen ist zu einem Hohelied der Arbeit geworden. Der Neuyorker kämpft beileibe nicht nur um den Dollar, um reich zu werden, sondern der Kampf an und für sich ist ihm Notwendigkeit, Pflicht, Stolz, Liebe. Derjenige, der nicht mehr in der Arbeit steht, ist ihm ein Nichts, eine Null. Der hat sein Bestes weggegeben und ist eine Drohne, die essen mag und schweigen. Der hat nicht mehr mitzureden und wenn er Millionen besäße. Es gibt in dieser Stadt der reicheren Leute fast gar keinen oder gar keinen Reichen, der sich aufs Altenteil setzte, um sich seines Goldes in Ruhe zu erfreuen. Die weltbekannten Milliardäre, die sich mit größerem Recht vielleicht als mancher Fürst, Herrscher nennen könnten, arbeiten in ihren Büros in der Finanzstraße Wallstreet gerade so viel und angestrengter vielleicht als der arme Arbeiter irgendwo in einem Weltwinkel. der mit großaufgerissenen Augen von diesen Milliarden liest und sich unter ihren Besitzern glücksfreudige Genießer vorstellt, erstaunliche Geldprotzen, die im Golde wühlen und vom Golde schlemmen.

In Wirklichkeit arbeiten diese Leute schwer und überlassen in geduldiger Amerikanerart das Genießen und Verschwenden ihren Frauen und Töchtern. Die mögen sich mit Brillanten behängen und englische Herzöge heiraten und in ihrem Kreise der oberen Vierhundert Tollheiten von wahnsinnigen Gastmählern und unerhörten Verschwendungsorgien ersinnen. Er, der Herr des Geldes, bleibt aus freiem Willen sein Knecht. Ihm ist am wohlsten, wenn er von seinem Schreibtisch aus in einem menschenabgeschlossenen Privatkontor die Telegramme in die Welt hinausjagt, die Entscheidungen trifft, die Pläne ersinnt, die die ungeheure Macht des Geldes in arbeitende Bewegung treiben. Sie sind oft genug und am meisten in ihrem eigenen Lande die Geißeln der Menschheit genannt worden, diese überreichen amerikanischen Milliardäre, die in ihrer gigantischen Brutalität, ihrer übermenschlichen Goldeinsamkeit, ihrem Druck auf die große Masse der Menschen eine der eigentümlichsten Erscheinungen amerikanischer Art bilden. Sie gehören zu den Unbegreiflichkeiten der Welt. Der eiserne Wille, die enorme Intelligenz, der unheimliche Wagemut, der Hunderte, Tausende von Millionen zusammenrafft, ganz gleichgültig, ob auf ehrlichem oder unehrlichem Wege, und die Zustände vor allem, in denen diese Napoleoniden des Goldes überhaupt möglich sind, erscheinen als etwas nahezu Unfaßbares. Die Widersprüche in ihrem Leben und Wirken sind unlöslich. Ein Rockefeller – ein armer, schwer magenkranker Mann, der sich von Milch ernähren muß – verfolgt mit eiskalter Grausamkeit jeden Petroleumproduzenten, der sich seinem Willen nicht fügt und macht mit voller Ueberlegung Tausende von Menschen, die ihm im Wege stehen, zu Bettlern. Des Sonntags aber leitet der gleiche Mann eine Sonntagsschulklasse und predigt jungen Männern Frömmigkeit und christliche Liebe. Ein Rätsel. Es wäre lächerlich, da an Heuchelei zu denken, denn Heuchler haben ihre Zwecke und der Petroleumkönig ist schon in den allerersten Jahren seines kaufmännischen Lebens so reich geworden, daß er wahrlich Heuchelei nicht nötig hatte. Ein Carnegie schenkt den Armen der Welt etwas ganz Großes. Gute Bücher. Die Bibliotheken, die seinen Millionen ihre Existenz verdanken, schießen wie Pilze empor in den großen Städten. Wo in der Welt auch nur ein tapferer Mann einem Menschen das Leben rettet und dabei selbst zugrunde geht oder an seiner Gesundheit schwer geschädigt wird, da ist helfend und tröstend der Carnegieschatz für Lebensretter da: viele Millionen von dem einstigen Stahlkönig der selbstlosen Tapferkeit gewidmet. Der arme Arbeiter, der dem ertrinkenden Mädchen nachspringt und seine Selbstlosigkeit mit dem Leben bezahlen muß, hinterläßt Frau und Kinder. Hier springt Carnegie ein, ob die Tat nun in Amerika geschehen ist oder in Europa, in England, Frankreich, Deutschland, in Japan oder Australien. Und diese Carnegiegesellschaft hat sich nicht etwa auf ein kleinliches Schema festgelegt und verteilt Pfennige, sondern sie gibt Kapital, auf daß die Witwe sich selbst helfen kann. Die durchschnittliche Spende beträgt dreitausend Mark, kann jedoch, je nach den Verhältnissen, eine Höhe von fünfzigtausend Mark erreichen. Der gleiche Mann jedoch, der in warmem Mitfühlen für wertvolle Menschen sorgen will, hat als amerikanischer Stahlkönig ein verruchtes System der Arbeiterausbeutung geschaffen, das jeden sozial denkenden Menschen auf das tiefste empören muß. Er ließ nicht nur auf Akkordlohn arbeiten – das »Du erhältst bezahlt, was du dir verdienst!« ist ein gesundes Prinzip – sondern er erfand eine sehr seine neue Nuance. Er verlangte von den vielen Tausenden von Arbeitern der vielen Stahlwerke eine Mindestleistung im Akkord und zwar eine so hoch bemessene Mindestleistung, daß der Arbeiter eine versäumte Minute gar nicht nachholen konnte. Und über den Arbeiter stellte er den Aufseher. Nicht etwa den altmodischen Aufseher, der halb technisch leitet und halb polizeilich in Ordnung hält, sondern den modernen amerikanischen Carnegieaufseher: den »Hetzpeitschenmann«! Den Treiber, den Ketzer, der die Mindestleistung herauspressen mußte und – zusammen mit dem Arbeiter »flog«, wurde sie nicht erreicht. Diese eiskalte kaufmännische Berechnung ergab ein vorzügliches Resultat. Die Stahlarbeiter schwitzten sich die Seele aus dem Leib und gaben jeden geschlagenen Tag von den dreihundert Arbeitstagen des Jahres alles her, was an Kraft in ihnen war. Natürlich bezogen sie hohe Löhne auf diese Weise und waren sehr zufrieden. Daß aber ein solcher Arbeiter im Alter von fünfundvierzig Jahren ein völlig zerrüttetes menschliches Wrack war und überhaupt nicht mehr arbeiten konnte – das wußte der Arbeiter vorläufig noch nicht, und Herrn Carnegie war es sehr gleichgültig.

Die Beispiele ließen sich in die Dutzende hinein wiederholen. Der Milliardär stellt fast immer eine Reihe der sonderbarsten Widersprüche dar. Es ist grobes Denken und dummes Denken, wenn man von diesen Leuten sagt und schreibt, daß die Millionen, die sie mit vollen Händen der Menschheit schenken, nur lächerliche Goldtropfen seien, gespendet, um arge Gewissensbisse zu betäuben und sich in der Gunst der gefährlichen Massen zu halten. Nein, man braucht auch dem Milliardär die Schenkensfreude nicht wegzudisputieren. Der Einzelmensch und der Geldriese scheinen eben zwei verschiedene Individuen zu sein ... Denn die Tatsache bleibt bestehen, daß keines der amerikanischen Riesenvermögen erworben worden ist und erworben werden konnte ohne gewissenloseste Ausbeutung der großen Massen. Ob die Carnegies ihr Geld durch Arbeiterausbeutung machten oder die Vanderbilts und Astors durch ungeheure

Verwässerung von Eisenbahnaktien dem Publikum die Dollars zu Milliarden aus den Taschen lockten – es kommt immer auf das gleiche heraus. Die Vielen mußten leiden, um dem Einen die Milliarde zu geben. Der Milliardär ist eine Abnormität, und das Land, in dem ein einzelner Mann in einem kurzen Menschenleben Hunderte von Millionen ansammeln kann, etwas fast Unbegreifliches. Nur eines gibt wenigstens die Anfangsmöglichkeit eines Verstehens.

Das eine, das für Amerika und die Amerikaner charakteristisch, im Neuyorker potenziert, im Milliardär verungeheuerlicht ist: Die heillose Freude an der Arbeit!

Nichts anderes kann diesen armen reichen Milliardär erklären, der im Golde fast erstickt und sich doch abrackert bis zu seinem Todestag; nichts anderes diesen Neuyorker, der arbeiten muß, ständig arbeiten, im Laufschrittempo arbeiten, weil er sonst krank werden würde. Es ist, als habe sich raffinierte Schöpferkraft einen Spezialwitz für Amerika und die Amerikaner ausgedacht: Sie hat ins amerikanische Gehirn einen für ihre Evolutionszwecke sehr praktischen neuen männlichen Ehrbegriff gelegt!

Die Ehre des Mannes liegt in seiner Arbeit.

Hörst du zu arbeiten auf, so wirst du ehrlos!

So arbeitet der Neuyorker Tag und Nacht. Ein Stück von seiner Art habe ich am eigenen Leibe verspürt und ich weiß heute noch nicht, da ich schon längst wieder Europäer geworden bin, ob diese Art etwas wundervoll Triebkräftiges und Lebenförderndes ist oder ob ihr doch nur die jämmerliche Angst vor Not und Mangel zugrunde liegt. Ich habe beide Arten kennen gelernt. Ich habe genau so gelebt wie jene Leute, die der witzige Henry F. Urban ebenso witzig wie ungerecht Neuyorker Dollarmaschinen getauft hat. Auch ich verlernte es, bedächtig zu essen wie ein gesitteter Mensch, weil die knappe Zeit zu Besserem da zu sein schien; auch ich wachte morgens in unbeschreiblich nervöser Arbeitsungeduld auf und ging in Arbeitserregung zu Bett; auch mir war neben der Arbeit alles andere im Tagesleben klein und unwichtig. Ich war auch einer von denen, die in jener besonderen Art von Lebenskampf standen, der alle Seiten dieser Arbeitshast gezeitigt hat. Man ist auf seinen Schädel oder auf seine Hände angewiesen in Neuyork. Man hat für sich selbst zu sorgen. Man weiß als durchschnittlicher Neuyorker außerordentlich wenig von seinem Großvater, und einen Urgroßvater hat man im allgemeinen überhaupt nicht – und damit keine Tradition, keinen Familienzusammenhang im großen, und ganz gewiß nicht jene Kultur, die immer erst der zweiten oder dritten Generation erfolgreicher Menschen beschert wird. So wandelt sich in Neuyork, in dem diese Dinge schärfer zutage treten als anderwärts in Amerika, die Not zur Tugend.

Die Arbeit wird zur Freude. Niedriges Geldhasten zu hohem Ehrbegriff und großem Lebensideal. Und man sollte diese fürchterlich zusammengewürfelte Stadt des Geldes und ihre dahinhastenden Menschen nicht kulturlos schelten. Mir ist mein Arbeitshasten in Neuyork eine unbeschreiblich freudige Erinnerung und es will mir scheinen, als hätte dieses Vorwärtszappeln von Tag zu Tag große Aehnlichkeit mit etwas Schönem gehabt, Begeisterung! Und wenn ich von dem unglücklichen Dollarneuyorker lese, den das furchtbare Arbeitsrad seiner freudlosen harten Stadt unerbittlich vorwärts und immer vorwärts treiben soll, dann denke ich lachend an die frischen Gesichter und das frohe Wesen dieser angeblich so bedauernswerten Leute. Ich habe nirgends so viel Frohsinn im täglichen Arbeitsleben angetroffen, so viel Freude an der Arbeit, so viel Güte im überbürdeten Menschen ... Wenn ein armer Teufel in einem der Riesenrestaurants Neuyorks um Arbeit vorfragt, so wird ihm einer der geplagten Leiter ganz gewiß drei Minuten schenken und als einfache Selbstverständlichkeit ihn anhören – in den entsprechenden Riesenrestaurants von Berlin oder Paris würde man den Kuckuck dergleichen tun!! Das ist nicht etwa ein ganz vereinzeltes, sondern nur ein besonders merkwürdiges Beispiel! Dieser hastende, eilende, schreckliche, rasende Arbeitsroland von Neuyorker, hat immer ein wenig Zeit und immer ein wenig Güte für das übrig, was man den »lieben« Nebenmenschen zu nennen pflegt. Man merkt das auf Schritt und Tritt. Der berüchtigte *policeman* gibt einem in liebenswürdigster Weise über alle möglichen und unmöglichen Dinge Auskunft; der reiche Kaufmann empfängt ohne weiteres einen gänzlich Unbekannten, wenn dieser nur einen halbwegs vernünftigen Zweck seines Besuches anzugeben weiß; der Nachbar in der Bar oder im Restaurant hat immer Zeit übrig für eine Liebenswürdigkeit, einen praktischen Hinweis, eine Verbindlichkeit einem ihm völlig Fremden gegenüber. Und das ist wieder einer jener Widersprüche, aus denen der moderne Neuyorker zusammengesetzt zu sein scheint.

*

So löst es sich aus dem unentwirrbaren Rätselnetz der geheimnisvollen Stadt heraus wie ein Leitfaden. Die dumpfe, graue, häßliche Luft, die Wolkenkratzerriesen umhüllt und erbärmliche Hütten, märchenhaften Reichtum und hündisches Elend, wahnsinnigstes Spekulationshasten und großartiges schöpferisches Arbeiten, alle hohen und niederen Kräfte des Weltgetriebes, – hat eine Seele. Denn man kann wahrlich sagen, daß es über diesem Ungetüm von Stadt wie eine letzte Essenz in der Luft liegt, aus Großem und Kleinem, aus Schönem und Häßlichem zusammendestilliert:

Arbeit! Schaffen! Tätigkeit! Und deshalb ist dieses Neuyork, das holländische Kaufleute gründeten und Fremdlinge aller Nationen ausbauten, zu einem typischen Wahrzeichen des Reiches Amerika geworden. Denn nur einen einzigen eigenen Charakterzug hat dieses amerikanische Reich von Fremdlingen aller Nationen Gnaden:

Tätigstes Leben!

Die sogenannte Amerikanerin

Der Lausbub und die Frauen. – Die dumpfe Sehnsucht. – Der Mädelknopf. – Der langweilige Zeitungsgeselle. – Nicky's und Flossy's Privatansichten. – Die Frauen meiner Freunde. – Mrs. Burton und ihre Ehe. – Gibt es eine amerikanische Frau? – Die Becken-Theorie. – Die verdienende Amerikanerin. – Die Tragödie der Arbeit. – Frauentypen. – Die tolle Abstinenzlerin. – Frauenverehrung? – Der grobzotige Amerikaner. – Das Gibsongirl. – Tausend Wahrheiten und tausend Widersprüche. – Es gibt doch keine »Amerikanerin«!

Mein eigenes Leben in der Stadt der hetzenden Eile und des Dollarinstinkts als Ehrbegriff war tätig und nur tätig. Die komische und doch auch wieder stark eigenartige Idiosynkrasie des Zeitungsmannes verbot Beschäftigung mit allem, das nicht » *copy*«, Arbeit. Zeitungsresultat produzierte. Was die Rotationspresse nicht brauchen konnte, war an und für sich eine Nebensächlichkeit – als Axiom! Alles, was nicht Zeitungsstoff ergab, war verwerfliches, persönliches Vergnügen, zulässig in bescheidenem Maße, aber doch verlorene Zeit – entgangenes Gut!

So fraß man, ohne auch nur eine Ahnung davon zu haben, den merkwürdigen Neuyorker Ehrbegriff vom nur tätigen Leben in sich hinein, und lebte höchst kulturlos wie die Neuyorker leben.

Kein besseres Beispiel dafür gibt es als die völlig untergeordnete Rolle, die der weltenversetzende Begriff Frau in meinem Neuyorker Zeitungsleben spielte.

Es hatte einfach keinen Platz übrig für Frauen!

Praktisch. Theoretisch stand es im Zeichen einer dumpfen Sehnsucht. Es war dazumal Sitte in Neuyork, daß junge Männer, die gern witzig sein wollten, in jenem verrückten Knopfloch des Männerrocks, für das kein korrespondierender Knopf da ist, statt der Veilchen oder Chrysanthemen ein weißes Emailschildchen trugen. Auf dem stand in roten Buchstaben:

Girl wanted!

Mädchen gesucht!

Es war das eine getreue Nachahmung der Ueberschrift in den Annoncenspalten der Zeitungen, in denen Hausfrauen Dienstmädchen suchten: *Girl wanted!* Nur meinten die jungen Männer etwas ganz anderes. Natürlich fielen die Mädchen immer wieder auf den Witz herein und lachten, und die angenehme Atmosphäre ausgiebigen Flirts war ohne weitere zeitraubende Vorbereitungen gegeben. Ich trug zwar keinen solchen Knopf. Aber in meiner Seele war er stets angeknöpft: *Girls wanted!* Nur wollte es der Teufel des tätigen Lebens, daß jedesmal, wenn der seelische Knopf wirklich einmal zum Vorschein kommen wollte, schleunigst irgend ein praktischer (höchst interessanter!) Männergedanke aus irgend einer Hirnecke hervorschoß und den schönen Augenblick zerstörte. Nicky sagte einmal:

»Ein Mann wie du ist mir noch nicht vorgekommen! Ich möchte nur einmal erleben, daß du es fertig bringst, länger als fünf Minuten liebenswürdig zu sein! Bin ich nett zu diesem Mann – und er erzählt mir eine alte Mordgeschichte!«

»Verrückt ...« brummte ich.

Und schüttelte verständnislos und arg geniert den Kopf.

*

Und ich lache und lache, daß mir die Feder wackelt in der Hand. Die guten Götter bescheren mir in diesem Augenblick die Gunst, geisterige Stimmen aus der Vergangenheit hören zu dürfen, für die ich völlig taub war, als sie lebendig klangen. Sie schütteln die Köpfchen, die Neuyorkerinnen von Anno dazumal, und ihre Stimmchen flüstern und lachen. In grobmännliche Töne übersetzt, würden die Stimmen sagen:

Der Esel!

Der Idiot!

Der langweilige Zeitungsgeselle!

Welch grobgehobelter, seelenloser, verständnisbarer Idiot der Sausewind von damals doch Frauen gegenüber gewesen sein muß! Sagte einmal Flossy:

»Deine Frau möchte ich nicht sein! Nicht für drei Millionen!«

»Erstens möchte ich nicht dein Mann sein,« antwortete ich, »und zweitens weshalb nicht?«

»Soso und überhaupt,« meinte Flossy, und in ihre Augen kam der stark wasserhaltige Seelenblick, den ich kannte und stets instinktiv als höchst langweilig empfunden hatte.

»Ueberhaupt!« fuhr sie entrüstet fort. »Du würdest lieber in irgend einer dummen Redaktion vier Stunden verquatschen als bei deiner Frau zu sitzen und nett zu sein!«

» *Flossy, dear* –«

»Geh weg!«

»Weißt du was – heute abend wollen wir ins Dachgartenrestaurant gehen. Den Zigeunerprimas, der dort fiedelt und der so komische Verbeugungen macht, findest du doch wundervoll!«

»– und dann erzählst du mir wieder den ganzen Abend von deinen langweiligen Reportergeschichten und –«

Aber sie ging doch mit.

*

Eines Abends saßen wir im Klub und stellten lachend einen Anfall von allgemeiner Trägheit fest. Holloway hatte seine Pflichten auf einen *assistant* abgewimmelt, Burton sich vorzeitig aus der Redaktion gedrückt, und Norris meinte gähnend, heute sollten einmal die anderen arbeiten an seiner Stelle. Nach Hause gehen aber wollte keiner so recht. Der eine stimmte für Poker, der andere für ein Varieté, der dritte für einen Bowerybummel. Bis endlich Dick Burton entschied:

»Gaiety-Theater! Die Tänze sollen sehr hübsch sein. Und wir wollen die *ladies* mitnehmen!«

»Gut!« nickte Holloway.

Und es entstand ein allgemeiner Exodus nach den Telephonzellen, um die Frauen herbeizurufen. Dicky hatte die Polstertüre offen gelassen und ich hörte deutlich sein –

»Jawohl, ins Gaiety-Theater – die Kinder sind doch schon im Bett – bißchen fix, Lizzie, – jawohl, ich bin hier im Klub – wir gehen alle miteinander – du fährst natürlich mit der *elevated* – in dreißig Minuten kannst du hier sein – *au revoir, sweetheart* ...«

Da riß ich die Augen weit auf und starrte den zurückkehrenden Dicky an, als sei er auf einmal ein ganz anderer Mensch geworden. Nicht um alle Welt hätte ich den Mund halten können –

»Bist – du – denn – verheiratet, Dicky?«

» *Very much so,*« antwortete Dick erstaunt. »Aber sehr! Ganz außergewöhnlich so!«

»Und du hast Kinder?«

»Einen ganzen Hut voll,« grinste Dick. »Vier Stück. Weshalb in aller Welt denn nicht?«

»Buben oder Mädels?«

»Drei Buben und ein Fräulein,« antwortete Burton und sah mich verblüfft an. »Weshalb fragst du eigentlich? Bist du nebenbei Agent für eine Lebensversicherung geworden und soll ich vielleicht dein erstes Opfer sein?«

Ich aber schnappte nach Luft und sah mich hilflos um. Waren die anderen vielleicht auch verheiratet? Da lebte und arbeitete ich seit Monaten mit diesen Männern in engster Gemeinschaft, kannte bis ins Kleinste ihre Arbeit, ihre Leistungen, ihre Geldverhältnisse, ihre Eigenheiten; sie waren mir Freunde und Brüder. Aber wo sie eigentlich wohnten – wie sie lebten – und ob sie Frauen und Kinder hatten – das wußte ich nicht! Darüber hatten sie nie geredet!

»Ist Holloway auch verheiratet?« fragte ich leise.

»Gewiß. Was hast du denn heute?«

»M-m–mm-« brummte ich.

So verwundert war ich und so bodenlos neugierig, daß ich die Minuten zählte bis zum Eintreffen der geheimnisvollen Frauen. Es dauerte auch nicht lange, bis der Diener kam und dann immer wieder kam und immer meldete, eine Dame warte im Empfangszimmer. Zu den geheiligten Klubräumen selbst hatten Frauen natürlich keinen Zutritt. Der betreffende Herr verschwand dann mit einer geradezu unheimlichen Promptheit. Man läßt Frauen nicht warten in Amerika. Zufällig war Mrs. Burton die letzte der eintreffenden Damen, und ich ging mit Dick hinüber.

» *Halloh, Dick,*« sagte händeschüttelnd eine schlanke Dame, so jung, schlank, zierlich und kleinmädchenhaft, daß der Verdacht in mir aufstieg, Dicky müsse die Anzahl seiner Kinder renommistisch übertrieben haben. Drei Buben und ein Mädel und – Gott verdamm' mich, das kleine Dings da ...

»Mr. Carlé, Lizzie – Mrs. Burton.«

»So erfreut, Sie kennen zu lernen!« sagte eine Kinderstimme. »Gehört habe ich von Ihnen längst, und Ihre Arbeit kenne ich natürlich auch!«

Ich schnappte nach Luft.

Was? Nicht nur Kinder hatte das Kind, sondern sogar von unserer Arbeit wollte es etwas wissen oder gar verstehen? Ich sah die anderen Frauen, sie schienen alle jung und alle schlank zu sein, kaum an und machte nur mechanisch meine Verbeugungen, weil ich meine Augen nicht von dem merkwürdigen Kind lassen konnte. Im Varieté, es war eine *leg show*, wie der Amerikaner diese noch klaftertief unter der europäischen Operette stehenden Tanz- und Singgeschichten nennt, ein »Wadentheater«, kümmerte ich mich wenig um die Bühne und die Beine, sondern hauptsächlich um das Kind mit dem blonden Haar und dem Riesenhut, das vor mir sah. Ich gedachte sie nachher gründlich zu interviewen, diese Mrs. Burton.

Das war einmal eine neue Sorte! Leise lachend überlegte ich mir, daß ich in meinen sechs Jahren amerikanischen Lebens doch recht wenig von Frauen und Frauentum kennengelernt hatte, was bei der Art dieses Lebens ja durchaus nicht zum Verwundern war. Aber komisch kam ich mir doch vor mit meinem tölpelhaften Nichtwissen. War man da hurradix viele Tausende von Meilen umhergekugelt – wußte ganz genau, weshalb die Neuyorker Frau notwendigerweise ein anderes Menschenkind sein mußte als die San Franziskoer Frau – vermaß sich kühnlich, ganz bestimmte Ansichten über den verrohenden Einfluß großen Reichtums auf weibliche Reichtumsträger zu haben – lachte grimmig und wissend, wenn die amerikanische Frauenmanie wieder einmal besonders groteske

Verehrungsformen annahm – und – stand nun da wie vor einem unfaßbaren Rätsel, als einem die doch nicht gerade gänzlich unfaßbare Tatsache gegenübertrat, daß Männer, die man kannte, Frauen hatten ... Heute, da sich mit scharfem Erinnern besseres Verstehen paart, ist eine Lizzie Burton, das Kind, eine Verkörperung des besten amerikanischen Frauentyps. Vielleicht mehr.

Bescheiden im Fragen bin ich nie gewesen. »Erzählen Sie mir alles über sich selber!« bat ich das Kind schon bei den Austern im Restaurant.

»Wie unamerikanisch!« lachte Mrs. Burton. »Was ist das Problem? Wenn Sie einen vernünftigen Grund anzugeben wissen, so würde ich vielleicht – –«

»Das Problem ist folgendes: Wie ist es möglich, daß ein Mann wie Dick Burton, den ein lebenausfüllender Beruf so ziemlich die ganzen 24 Stunden des Tages in Anspruch nimmt, noch Zeit für Frau und Kinder übrig hat? Ich meine, wie macht er es?«

Das Kind machte ein nachdenkliches Gesicht. »Sitzt mein Hut gerade?« fragte es. »Ja? Sie sollten sich wirklich eine Frau nehmen ...«

Und dann erzählte mir diese gute und gescheite Frau in sonderbar großmütterlicher Art – ein kleiner Junge schien ich mir ihr gegenüber – wie zwei Kameraden sich ihr Leben teilten. Es waren nur Andeutungen, kurze Strichelchen. Ich hörte mit grenzenlosem Erstaunen, daß diese Frau die Arbeit ihres Mannes Gedanken um Gedanken, Zeile um Zeile fast, mitlebte, die Persönlichkeiten und die Leistungen der Neuyorker Zeitungswelt weit besser kannte als ich, der ich mitten in diesem Leben stand, und Kinder erzog dabei, und genug eigenen Ehrgeiz übrig behielt, sich an Frauennovellen zu versuchen. Fast sonderbarer noch wirkte es auf mich, daß dieser Dick Burton, der rasende Arbeiter, der »gemütliche Junge«, der anscheinend immer im Zeitungsgebäude oder im Klub war, es doch fertig brachte, viele Stunden im Tag mit seiner Frau zu verleben und seine Zeit auf das Raffinierteste einteilte, um ebenso raffiniert darüber zu schweigen. Wie gut der Amerikaner den Mund halten kann, wußte ich längst; wie gründlich er diese Tugend übt, wenn es sich um sein Eigenstes handelt, lernte ich jetzt. Und nahm eine Lehre mit, die merkwürdigerweise dem Lausbuben später eine Art Ideal werden sollte. Sagte das »Kind«:

»Ihr Männer – und mit euch die meisten Frauen – glaubt immer, die Ehe sei eine ganz sonderbare Sache, so eine Art Dauerkonzert von Engelmusik mit gelegentlichen Teufelsmißtönen zur Abwechslung, auf jeden Fall aber ein grandioses Ereignis, dem (das sagt ihr, wenn ihr klug seid) das langweilige Ebenmaß folgen muß, das alle großen Ereignisse beschattet. In Wirklichkeit aber ist die Ehe, mein lieber Junge, etwas ungeheuer Einfaches. Zwei gute Freunde hausen eben zusammen und sind bald ernst, bald traurig, bald toll ausgelassen, bald selig begeistert, wie der Tag und die Stunde es bringen mag. *That's all*. Das ist alles. Kameraden. Dabei ist es weder dem Mann verboten, zu verehren, noch der Frau, zu bewundern, aber der Witz ist das Gutfreundsein. Kapiert?« Was damals nebensächliches Schauen, naives Zugucken, ziemliches Nichtverstehen war, verdichtet sich heute in der Reife des Urteils aus tausend kleinen Erinnerungen an Hunderte von weiblichen Menschen zu einem Bild der amerikanischen Frau.

*

Doch erfasse ich es wirklich recht?

Gibt es denn eine amerikanische Frau?

Kann man aus dem Zettelkasten der Erinnerung tatsächlich ein Schublädchen hervorziehen, das die Aufschrift trägt: Die Amerikanerin??? Sind wir nicht *Menschen* allzumal auf dieser runden Erdkugel? Männer oder Frauen erst in zweiter Linie? Einander gleich und ebenbürtig, lächerlich wenig im Grunde doch nur beeinflußt von der abweichenden Kompaßnadel nationaler, klimatischer, gesellschaftlicher Spezialeigenarten?

Es scheint mir ein sonderbares Beginnen, die Frauen des nordamerikanischm Erdteils unter den Hut einer Gesamtklassifizierung bringen zu wollen. Das wäre fast so komisch als das Streben jenes englischen Gelehrten, der einst die lapidare Theorie aufstellte: Amerikanerinnen bringen ihre Kinder schwer zur Welt. Sie leiden außerordentlich unter der Geburt und sind feststehend unfähig, über drei Kinder zu produzieren. Ich, der englische Gelehrte Soundso habe die Lösung gefunden – –

Meine Untersuchungen gingen von den Indianerstämmen aus, zu neu eingewanderten Frauen über, zur zweiten Generation dann, und zur dritten, der typisch amerikanischen, endlich. Diese dritte Generation von Frauen, die wirklichen Amerikanerinnen, leiden an einer eigentümlichen Verhärtung der Knochensubstanz, die gleichzeitig eine Verengerung der ausschlaggebenden Beckenknochen oder vielmehr deren völlige Unbeweglichkeit herbeiführt!

Ueber die Gründe war sich der gelehrte Herr nicht recht klar, glaubte jedoch an besondere atmosphärische Einflüsse und erwog sogar höchst ernsthaft, ob nicht die ungeheuerlichen Ausdünstungen des Großen Salzsees das böse Karnickel sein könnten ...

Oh ja, man glaubt das in Amerika!

Man ventilierte bänglich die Beckenfrage – eine Zeitlang zum wenigsten.

Genau so glaubt man in Europa, daß es eine merkwürdige typische Amerikanerin gebe, die ganz bestimmte Eigenschaften haben müsse. Das gibt es nicht! Und so möchte ich mich dagegen verwahren, eine Schubladenetikette prägen zu wollen. Sondern, was ich von der Amerikanerin gesehen habe, von ihr weiß, über sie las, sei gegeben als ein Bildchen – Menschen daran zu erinnern, daß wir überall in erster Linie Menschen sind und bleiben.

*

Die amerikanische Frau ...

Wieder ist der alte Trick wirksam, über die feinen Dunstgebilde einer Zigarette hinweg in die dunkle Ecke zu starren, bis es sich im Schatten regt und rasch huschend Bilder sich bilden und im Gedankenreich Gestalten kommen und verschwinden.

Da ist eine Neuyorker Straße, wimmelnd von Neuyorkerinnen, die zu ihrer fleißigen, tüchtigen Tagesarbeit eilen, groß behütet, elegant beschuht, sündhaft teuer oft umhüllt. Sie arbeiten wie der Teufel, acht Stunden lang im Tag, reden eine Jargonsprache, die hart ist und grausam nüchtern wie der amerikanische Dollar, sind gerissener, schlauer, berechnender als die Männer neben ihnen, wenn sie auch verhältnismäßig selten die absolute Freude an der Arbeit, die fast ideale Schaffensbegeisterung des amerikanischen Mannes erreichen. Mir schwebt unbestimmt ein Zitat vor, das wahrscheinlich falsch ist, aber auch dann gescheit: Ein Pfaffe ist

entweder eine wandelnde Tragödie oder eine unanständige Posse ...
So das durchschnittliche Neuyorker Mädel.

Eine Tragödie entweder von Arbeit, so hart, daß es einem das
Herz beklemmen könnte, wenn man daran denkt, und einem jämmerlichen Mietzimmerchen, und einem todmüden Mädel, das spät
abends heimlich ihre Taschentücher im Waschbassin wäscht, und
Garderobe flickt, und über dem Spiritusapparat das kleine Bügeleisen erhitzt, die Bluse zu plätten, die nun einmal tadellos sein muß.
Und dann halb im Schlaf, auf dem Bett sitzend, jenes Haarbürsten,
fünfzig Bürstenstriche links, fünfzig Bürstenstriche rechts, das dem
müden Mädel allabendlich wie eine Höllenplage vorkommt und
doch getan werden muß, weil ein gepflegtes Aeußere zum Fort-
kommen im Leben genau so gehört wie die Arbeit selbst. Gebürstet
muß werden, mag der Rücken auch noch so schmerzen und die
Augen sich auch noch so sehr gegen das Offenhalten sträuben, und
beileibe darf es das arme Ding nicht versäumen, die Nagelhäutchen
mit dem Beinstäbchen zurückzuschieben und die Nagelflächen zu
glätten, mag es sich auch halbtot gähnen dabei. Denn das Geschäft
verlangt gepflegte Hände. Man kann diesen Tageslauf von schwerer
Arbeit und jämmerlichem Sichabplagen um die unbedingte Notwendigkeit einer gefälligen äußeren Erscheinung die Tragödie der
mittleren amerikanischen Frauenarbeit in Warenhaus und Ge-
schäftskontor nennen. Die Kehrseite der Tragödie, die vom zierlichen Lustspiel bis zur, wie gesagt, unanständigen Posse reicht, ist
dann natürlich das Ausnützen der geschäftlich nötigen, gefälligen
äußeren Erscheinung zu Theaterbilletts, nicht anscheinend sondern
wirklich eleganter Garderobe, netten kleinen Abenddiners, wunderschönen Blumen, die schließlich die Essenz jener lustigen und im
Grunde harmlosen Liebesverhältnisse sind, von denen es nur so
wimmelt im Lande der anscheinend grenzenlosen Frauenverehrung. Und die unanständige Posse tritt dann in Erscheinung, wenn
an Stelle der gelegentlichen, netten Diners gewohnheitsmäßiger
Sekt tritt und die elegante, kleine Wohnung. Es gibt eben kein Kli-
schee. Im Prinzip soll und muß von Rechts und Moral wegen das
amerikanische Weib eine Göttin sein – in der Praxis wird ihr häufig
genug die weniger anspruchsvolle Rolle einer Amorette zugewiesen
...

Die Bilder in der Schattenecke huschen.

Und die Gestalten sind sich merkwürdig unähnlich. Da ist das süße, verlogene, amerikanische Geschöpfchen, das Billy mit Teddy betrügt und Teddy mit Joe. und Joe mit Nr. 4 und so weiter durchs große Einmaleins, und mit sechzehn Jahren schon lügen und schwindeln kann, daß sich die stählernen Balken eines Wolkenkratzers vor Entsetzen biegen könnten; extra dazu geschaffen scheinend, den gräßlichsten Unfug in Herzen und Taschen anzurichten. Da ist in grellem Gegensatz das frische, gesunde, selbstbewußte Mädchen, das sein junges Leben nach dem gesunden Grundsatz lebt, ein »anständiger Kerl« zu sein. Da sind amerikanische Frauen, die träge in den Tag hineinleben, sich von ihren dummen Männern verehren lassen, und jeden hart verdienten Dollar zum Fenster hinauswerfen, ohne einen anderen Besitztitel auf Verehrung zu haben, als den einen, daß ein gütiges Geschick sie mit dem weiblichen Geschlecht bedacht hat – da sind aber auch, und zwar so zahlreich wie die Göttinnen, nämlich zu Hunderttausenden, die tüchtigen weiblichen Menschen, die verheiratet, oder unverheiratet, ihre Pflicht tun und vor sich selber und den anderen den Kopf hochhalten, weil sie Respekt vor sich haben.

Da ist die Leichtsinnige, die Prüde, die küchenfuchsige Frau, deren Lebensstolz und Lebenszweck ihre Kuchen sind und sonst nichts; da ist die Affenmutter, die ihren kleinen Bengel mit heißer Mutterliebe zu einem Scheusal von Menschen verzieht; da ist die giftmischende Klatschbase, da ist die Gesellschaftsgans – sie alle sind im lieben Dollarland so häufig und so selten wie anderwärts auch.

Wie darf man eigentlich von »der amerikanischen Frau« reden, wenn die einen Betschwestern sind, die sich mit Abscheu von jedem männlichen Wesen wenden würden, das nur ein einzigesmal bei dem sündhaften Genuß eines Glases Bier ertappt worden ist, und die anderen tolle Bacchantinnen, bei deren Wackeltänzen einem guten alten griechischen Satyr ob dieser grotesken Verzerrung des Geschlechterspiels die Haare auf dem Bockskopf zu Berge stehen würden?

Wie kann man sich klar sein über das Wesentliche in der Stellung der amerikanischen Frau, wenn im gleichen Erinnern sich so verschiedene Vorstellungen begegnen wie die folgenden:

Gab's da zu meiner Zeit eine Mrs. Wieheißtsiegleichnoch – ich habe den Namen vergessen, aber die Persönlichkeit ist kulturgeschichtlich – aus Kansas City im Staate Kansas. In die war der Wassergeist der Abstinenzler gefahren. Schön und gut. Ansichtssache. Weniger schön und gut aber war es, daß sie sich eine innere Stimme fabrizierte, die ihr allsogleich befehlen mußte, die Trinkstätten des Teufels zu vernichten. Das unangenehme alte Weib – zum Verständnis der Situation muß betont werden, daß die Dame weder jung noch schön war – nahm also ihr Küchenbeil, begab sich in die nächste Bierkneipe und schlug sämtliche Gläser und vor allem die teuren Spiegel kurz und klein. Das war in Kansas City, wo in einigen Tagen in allen Wirtschaften die Gläser rar wurden. Sie dehnte dann, weil's so schön war und die Wasserapostel lauten Beifall heulten, ihren Siegeszug über ganz Amerika aus. Ohne in ein Irrenhaus eingesperrt zu werden, ohne Folgen als gelegentliche kleine Geldstrafen, ohne daß sich auch nur einer der brutalisierten Wirtschaftsbesitzer gewehrt, die Megäre gepackt und aus seiner Wirtschaft hinausgeworfen hätte!

Denn so tief ist, so sagte man damals halb kopfschüttelnd, halb entzückt, in der amerikanischen Oeffentlichkeit die Verehrung des Amerikaners für den Begriff Frau, daß er selbst in solchen Fällen das Geschlecht respektiert. Sehr schön!

Der gleiche Amerikaner aber, das muß einmal konstatiert werden, behandelt in getreuer Nachahmung seines englischen Vetters die Aermsten der Armen unter den Frauen mit einer so gemeinen Brutalität, wie sie anderswo in Ländern weißer Männer kaum zu finden sein dürfte. Im Bordell betragen sich die amerikanischen Muster eingefleischter, mit Muttermilch eingesogener Ritterlichkeit wie Bestien – als müßten sie sich von der aufgezwungenen Anbetung von Göttinnen einmal gründlich erholen. Die Dame eines Hauses im elegantesten Teil des Neuyorker Tenderloin – die Gäste der Maison hatten den Abend vorher für Tausende von Dollars Möbel demoliert, und ich besah mir den Schaden – erzählte mir einmal in der unbefangenen Geschäftsmanier ihrer Klasse, sie gedenke ihr Etablissement in das billige und anspruchslose Ostende der Stadt zu verlegen, denn die »gute« Gesellschaft ruiniere sie! *Why, they are, always jumping the bill!* jammerte sie. Sie zahlen nicht! Sie danke verbindlichst für die üblichen Gesellschaften von sechs oder sieben Herren in Lack und Frack, die eben von irgend einem vornehmen Ball kämen, »Krach« schlügen bei ihr, Sekt tränken, und dann Arm in Arm johlend davonzögen, ohne einen »roten Cent« zu bezahlen. *Policeman?*

»Ach, einen Polizisten fressen diese jungen Teufel einfach auf! ... « erklärte Madame. Das mag nur eine kleine Aeußerlichkeit scheinen – randalierende, bezechte, »feine« Herren gibt es auch anderwärts. Wer sich aber einmal von dem Glauben an die immer unbedingte Herrschaft des Weibes in Amerika heilen will, der gehe in ein amerikanisches Bordell! Er wird dort von Männern der guten Klasse einen Unterhaltungston, Ausdrücke, eine tierische Behandlung der Mädchen, Dinge überhaupt, sehen und hören, die einen halbwegs anständigen Menschen anwidern müssen. Typisch ist auch in Amerika, daß der scharf zugespitzte Scherz mit zotigem Einschlag, der anderswo zwar ungezogen, aber graziös ist, stets in platte Gemeinheit, in brutale Wortdeutlichkeit ausartet. Sie läßt einem die Haare zu Berge stehen, die amerikanische Zote der guten Gesellschaft!

Wo bleibt da die Frauenverehrung?

In das gleiche Gebiet gehört das systematische Ausbeuten der Frauenarbeit, das in Amerika mindestens ebenso schamlos betrieben wird wie irgendwo in der Welt: in der Textilindustrie vor allem und in der Konfektion. Die Zustände in der Neuyorker Konfektion, den Schwitzläden, spotteten zu meiner Zeit jeder Beschreibung und sind heute noch unverändert. Was bleibt nun übrig vom Typ der Amerikanerin, der sogenannten Amerikanerin?

In der Erscheinungen Flucht haftet das Auge auf dem Auffallenden, dem Außergewöhnlichen.

Wenn wir uns den Begriff Amerikanerin vorstellen, so tritt wohl uns allen, mögen wir Amerika kennen oder nicht, ein ganz ausgeprägtes, rassiges »amerikanisch-nationales« Bild von einer Frau vor die Augen, die mit mädchenhafter Schlankheit die stolze Haltung des Selbstbewußtseins vereint. Wir sehen eine besonders schön geschwungene Linie des Halsansatzes, sehr stark abfallende Schultern, einen Mangel an allem, was man Ueppigkeit nennen könnte, kräftig blondes Haar, und ein Gesicht, das regelmäßig und schön ist, aber eigentümlich kalt-süß anmutet. Amerikanerinnen, die so aussehen, gibt es namentlich in der besten Gesellschaft, gibt es zu

Tausenden, vielleicht zu Zehntausenden. Aber der Typ ist dieses Bild durchaus nicht, sondern wir bilden ihn uns nur ein, weil – Mr. Gibson von des amerikanischen Gottes Gnaden, der berühmte Yankeefederzeichner, sich gerade auf diese Amerikanerin verbiß, sie tausendmal zeichnete, millionenmal über alle Welt hin reproduzieren ließ, und sämtlichen Künstlerkollegen von Stift und Pinsel das gleiche amerikanische Frauenbild in den Schädel hypnotisierte. Wir alle aber glauben getreulich:

So sieht die Amerikanerin nun eben einmal aus!

Ein ähnlicher Vorgang, das Haftenbleiben am Auffallenden, Außergewöhnlichen, wiederholt sich in dem allgemeinen Begriff der sogenannten Amerikanerin. Im gebildeten Durchschnittsgehirn wird der bloße Artname Amerikanerin augenblicklich und mechanisch eine ganze Reihe von Vorstellungen auslösen:

Amerikanerin, Lady, Rührmichnichtan, märchenhafter Reichtum, Tochter wunderschön, Mutter gräßlicher Parvenü, hehre Göttin, vor der alles Staubmännliche in die Knie sinkt, Dollarprinzessin, prachtvolles Menschenkind, denn lügenfrei und knochenehrlich, und so weiter. Nach Reflexion ergänzt sich die Reihe der Vorstellungen: Vernünftigere Erziehung, bessere Stellung der Frau, aber verzerrt zur Weiberherrschaft; bekannte Sache, sehr erklärlich aus den Zeiten, da in dem neuen Land die Frauen rar waren ...

Das alles ist ebenso gescheit wie dumm, ebenso richtig wie unrichtig. Man darf nie vergessen, daß in einem Land, das stetig, und zwar immer von heut auf morgen, stärkster Entwicklung unterworfen ist, sich gar nichts, aber auch gar nichts klischieren läßt. Ich könnte zum Beispiel die absolut richtige Behauptung aufstellen:

Amerika ist ein Land, in dem die Männer die Kriminalromane erleben und fast nur Frauen die Kriminalromane schreiben!

Sämtliche aber an diese Tatsache etwa geknüpfte Folgerungen wären grundfalsch ... Es wird auch in Amerika mit Wasser gekocht und auch die Amerikanerinnen sind Menschen, wandelnd in der Prozession der Menschlichkeiten. Sind dumm oder gescheit, fleißig oder träge, anständig oder unanständig. Weibchen oder Menschen. Aber man kann nicht sagen, daß eine Amerikanerin bestimmte nationale Eigenschaften haben muß, so etwa wie sich aus dem ameri-

kanischen Mann als nationaler Begriff die intensive Arbeit heraus-
destillieren läßt. Es ist wahr, daß die amerikanische Frau eine
schlechte und verschwenderische Hausfrau ist, aber es ist ebenso
wahr, daß sie sparen kann bis aufs Letzte, wenn die Not ins Haus
kommt. Es ist wahr, daß sie bodenlose Ansprüche an den Mann
stellt, aber es ist auch wahr, daß sie für ihn arbeitet und für ihn
sorgt, wenn es sein muß. Es ist wahr, daß ihr die Pfäfferei und die
Prüderie der Engländer noch in den Knochen stecken, und es ist
ebensowahr, daß sie frei und groß und menschlich denken kann.

Wo ist da das Letzte, das Ausschlaggebende, *das* Amerikanische?

Wo ist die sogenannte Amerikanerin?

Vielleicht hat mir einst die Persönlichkeit Lizzie Burtons diese
Frage beantwortet. Noch ist die Eigenart der Amerikanerin nicht
greifbar deutlich zu erkennen im großen Zug, denn ein Wust von
Ueberliefertem umgibt sie und streitet mit Neuem. Ist doch die
anscheinend so echte Dollarprinzessin nichts weiter als uralter eng-
lischer Reichtumsdünkel, ein wenig freiheitlicher auflackiert: die
Prüde, im Grunde ein Produkt ebenfalls englischen Puritanertums
und durch das amerikanische Sektenwesen noch ein wenig mehr
belastet; die Anspruchsvolle, eine naive Nachahmerin ihrer nationalen Urgroßmütter, die in Schiffsladungen nach dem neuen Männer-
land gebracht wurden und begehrter waren denn Edelgestein. Mit
all diesen Dummheiten kämpft jedoch sicherlich, und zwar ohne
daß die männlichen und weiblichen Leutchen es wissen, in selbst-
verständlicher Entwicklung die kerngesunde, praktische, vernünfti-
ge Eigenart des amerikanischen Landes. Und schließlich wird vielleicht einmal aus der jetzigen sogenannten Amerikanerin, die recht
unamerikanisch sein kann, ein nationaler Typ entstehen. Die praktische, kluge, stolze Frau, die ihr Geschlecht weder unterschätzt noch
überschätzt, und die Erde der Arbeit mit dem Himmel des Gefühls
in Einklang zu bringen weiß, ohne ein Närrchen zu sein, oder ein
poesieloses Mannweib. Vorläufig aber darf man weder in der Dollarprinzessin noch in der anspruchsvollen Göttin noch im armen
Arbeitstier die wirkliche Amerikanerin zu erblicken glauben – denn
eine wirkliche Amerikanerin gibt es noch nicht ...

Wie das Wandern wieder begann

Meine periodische Frühlingsdummheit. – Das große Neuyork ist
zu klein für mich. – Die Sehnsucht nach dem großen Ereignis. –
Hinaus! Erleben! – Die neue Wanderschaft beginnt. – Journalist
im Herumziehen. – Der pennsylvanische Bergarbeiterstreik. – Der
Sergeant wird ausgepumpt. – Ich schlage der Miliz ein Schnippchen. – Die Bergleute schlagen mir ein Schnippchen. – Das Ende
des Streiks. – Seine Ursachen. – Ein raffiniertes Ausbeutesystem.
– Die Blechmarkenwirtschaft. – Journalistenfahrten kreuz und
quer. – Das Ereignis fehlt immer noch ...

Die ganz großen Dummheiten im Leben habe ich immer in den
Zeiten des Jahres gemacht, da der Frühling nahte. Wenn andere
Menschen zu sanfter Lyrik sich neigten und in beifälligen Sehnsüch-
ten des Bibelworts gedachten, das Alleinsein des Menschen sei nicht
gut, dann wurde irgend etwas in mir gewaltig rebellisch, und die
Gehirnkämmerchen, in denen die Tollheit, der Wandertrieb, die
Veränderungssucht eine Zeitlang wenigstens wohl verwahrt gewesen waren, müssen dann plötzlich ihre Türchen geöffnet und meinen Schädel mit ihrem gefährlichen Inhalt überschwemmt haben.

Und so ist es auch an einem Vorfrühlingstag gewesen, an einem
jener wundervollen Tage, deren herbe Luft und junger Sonnen-
schein wie eine Verkündung neuer Kraft und neuen Werdens den
Menschen packen, als ich im tollen Verkehrsgebrause den Broadway hinunterschritt und im Gehen wirre Träume träumte um mein
liebes Ich herum.

Ich bin im Luftschlösserbauen nie sparsam mit Material und Grö-
ßenverhältnissen gewesen und verzichtete auch diesmal auf alle
Kleinlichkeit. Ich sehe die Luftschlösser noch ganz genau vor mir.
Es ist mir erinnerlich, daß ich in dem rasenden Tempo, das solchen
Träumen eigen ist, einen neuen kubanischen Feldzug erlebte, nur
mit dem kleinen Unterschied, daß ich nicht Signalmann war, sondern kommandierender General der amerikanischen Armee, um
dann mit einem in Träumen furchtbar leichten Uebergang Zei-
tungsmilliardär zu werden und als Besitzer von einigen Dutzend
Riesenzeitungen die Geschicke eines Erdteils zu beeinflussen, und
nun, *presto*, neues Zauberbild, das Knirschen und Rauschen von

Eisenbahnbremsen zu hören und den sausenden Luftzug jagender Fahrt auf der Lokomotive zu verspüren. Ich weiß noch so gut, als stünde ich wiederum an der Ecke von Broadway und 58. Straße, wie das Gedränge mich aus den Träumen scheuchte, und ich sehe noch das entrüstete Gesicht der jungen Dame, der ich in den Arm gelaufen war, und höre noch das scharfe »sir!« ihres Begleiters. Und ich entsinne mich sehr wohl, wie nun auf einmal meine goldene Frühlingslaune tollfröhlichen Träumens in bittere Unzufriedenheit umschlug.

Langsam schlich ich mich in mein Zimmer im Montgomery und setzte mich ans offene Fenster. Wie das nach Rauch und Schmutz roch trotz aller Frühlingsluft! Wie grau und düster die Häuser aussahen trotz allen Sonnenscheins und wie langweilig das lärmende Getriebe da unten doch war, wenn man wußte, daß es aus gleichgültiger Tagesarbeit strömte und zu gleichgültiger Tagesarbeit ging. Die Wolkenkratzer, wie waren sie altbekannt und fade: die riesigen Häusermassen, wie ausdruckslos geworden!

War man denn allezeit verdammt, immer die gleichen Dinge zu sehen und immer die gleichen Menschen zu beschreiben und immer täglich sich den Kopf zerbrechen zu müssen darüber, welche Kleinlichkeit morgen wieder die dollarbringenden Zeilen füllen sollte!

Ich kam mir bemitleidenswert vor.

Ich hatte Sehnsucht.

Die Rebellion in mir war im schönsten Zug.

Ich dachte an die Männer um mich. Dick Burton war vor kurzer Zeit als Korrespondent nach London geschickt worden; Frank Holloway erst vor einigen Tagen nach den Philippinen abgegangen, um eine glänzende Stellung im Stab des amerikanischen Gouverneurs einzunehmen. Unter den anderen summte und surrte es ständig von Riesenprojekten.

In der knappen bestimmten amerikanischen Art wurde da besprochen, wie dem Kupfertrust der Garaus gemacht werden sollte, oder die republikanische Partei gestürzt, oder der Balkankrieg »gemacht«, wenn es im nächsten Herbst da unten endlich losgehe. »Im Herbst brennt es auf dem Balkan«, war überhaupt eine stehende Phrase. Der eine sprach mit Vorliebe davon, einen Schoner auszurüsten und die Südseeinseln zu befahren: der andere wollte demnächst nach Alaska, um einmal etwas Gescheites zu schreiben und nebenbei schnell einige Millionen Gold zu ergraben. Dieser sehnte sich nach dem Wirrwarr südamerikanischer Republiken, jener wollte die Wracker und Küstenpiraten der kleinen Floridainseln in ihren Schlupfwinkeln belauschen, ein dritter ein Reklamebüro gründen, das Amerika mit seinen nagelneuen glänzenden Ideen faszinieren und natürlich ein Märchenvermögen einbringen sollte. Wo bei diesen endlosen Projekten der Scherz aufhörte und der Ernst begann, hätten auch viel ernstere und erfahrenere Leute nicht beurteilen können, denn Leistungen hatten sie alle schon zu verzeichnen, waren alle Sausewinde, und gehörten alle einem Lande an, in dem Journalisten häufig Minister werden, noch häufiger erfolgreiche Politiker, und am allerhäufigsten Leiter großer kaufmännischer Unternehmungen.

Sollte ich da verwundert und gierig immerdar nur zuhören!

Und ich starrte zum Fenster hinaus und schalt mich einen Narren, der bienenemsig kleine Dinge zusammenarbeitete und philisterhaft zufrieden war damit, sich satt zu essen und ein unbekannter kleiner Reporter zu bleiben. Hinaus mußte man aus diesem Neuyork, wo die großen Namen und die großen Könner einen bedrängten! Wagen mußte man! Sich rühren und regen! Erleben, um schildern zu können! Wer rastet, rostet!

Ich holte mir die Argumente nur so aus dem blauen Frühlingshimmel herunter, zu Dutzenden, zu Hunderten, und kam mir mit jeder Minute ernster, strebender, bedeutender vor. So etwa, als überschritte ich voll Wagemut einen Rubikon. Es kam mir gar nicht in den Sinn, als sei ich vielleicht im Begriff, eine große Dummheit zu machen, sondern es schien mir, als wäre ich auf einmal sehr gescheit geworden.

Man merke, wie sonderbar Frühlingslüfte manchmal mit Menschen spielen.

Hinaus! Erleben – die Sehnsucht!

Es war doch einfach nicht zum Ertragen, hier in Neuyork zu sitzen, sein glänzendes Auskommen zu haben, nicht von Sorgen belastet zu sein, in bravem Einerlei zu arbeiten – und zu wissen dabei, daß es irgendwo draußen noch eine Welt gab, in der etwas los war. Mit Macht trieb es mich hinaus. So! Nun stand mein Entschluß fest. Fort! Als aber die Unvernunft glücklich gesiegt hatte, erwog ich ganz vernünftig Mittel und Wege zur Ausführung. Fünf Minuten lang etwa. Hatte nicht Frank Holloway beim Abschied gesagt:

» *Stick to the human interest side of it, kid!*«

»Halt dich ans Menschliche, Kleiner!« Das war nun Zeitungsslang gewesen, aber für den Eingeweihten klar wie Quellwasser. Die amerikanische Zeitung verlangt nackte Tatsachen und genaue Einzelheiten, wünscht aber als Garnierung das »menschliche Interesse», das auf Herzen und Vorstellungskraft wirkt. Das ist eine Art Allgemeinrezepts und als solches ein miserabler Mischmasch: wird aber ehrfürchtig befolgt. Weil ich nun – so sagte mir Holloway – in rein naivem Auffassen nur Menschliches, mir ganz Persönliches schilderte, was der routinierte Zeitungsmann überhaupt gar nicht mehr fertig brachte, so wurden meine Sachen eigenartig befunden und genommen.

Denn Zeitungsmann blieb ich natürlich. Nichts anderes war möglich – Selbstverständlichkeit!

»Kalten wir uns also ans Menschliche!« murmelte ich vergnügt vor mich hin. Und kam mir so begeistert vor, und so tatkräftig, und so willensstark, und nicht einmal als Ahnung dämmerte es in mir auf, daß wieder einmal Wandertrieb und Veränderungssucht mich gepackt hatten. Der Zufall wollte es, daß schon der erste Blick in die Zeitungen mir eine Aufgabe zeigte, die mir gefiel. In einem Teil der pennsylvanischen Kohlenregion in der Nähe Pittsburgs war ein Streik ausgebrochen, der zu schweren Ausschreitungen geführt hatte. Eine Kompagnie der pennsylvanischen Staatsmiliz war mobilisiert worden. Die Neuyorker Blätter brachten lange Berichte über die Ursachen des Streiks, die Aussichten auf Beilegung, die beiderseitigen Interessen, aber Schilderndes war nicht so recht da.

Hier wollte ich den menschlichen Hebel ansetzen! Ich!

Es war eine gigantische Unverschämtheit!

Kofferpacken – kurzes Erklären im Hotel, ich verreise auf einige Tage – Feststellen der Zugfahrtszeiten – *Car* und *Ferry* zum Pennsylvaniabahnhof – seliges Träumen im Rauchwagen.

Jawohl, da hatte ich endlich das Richtige gefunden. Neuyork mußte mein Hauptquartier und meine Operationsbasis sein, und wo etwas im Lande geschah, da mußte ich hin und sehen und schildern, von kleinen Aufgaben zu großen Unternehmungen wachsend.

Das klang großartig!

Jawohl! Und wenn ich mir heute das Reporterchen von damals vorstelle, so könnte ich mich totlachen!

*

Oh, es war sehr schön.

Ich mußte in Philadelphia umsteigen und in Pittsburg umsteigen, und es war spät abends, als der langsame lokale Zug in den Bahnhof des kleinen Kohlennestes fuhr. *Padsbury Mines* hieß es oder so ähnlich. Und meine Seele jubelte laut. Denn bei dem kleinen Holzhäuschen, das den Bahnhof vorstellte, leuchteten in grellem Fackelschein blaue Uniformen, glitzerten blanke Bajonette, blinkten schwarzschillernde Gewehrläufe, glühten in langen Reihen lodernde Lagerfeuer. Ein großer Lümmel von Milizsergeant durchstöberte meinen kleinen Koffer und durchfühlte mir die Taschen nach verbotenen Waffen, und ich pries die Götter, daß ich gutes, altes, reguläres Armee-Englisch noch so schön flüssig fluchen konnte. Der Sergeant machte ein dummes Gesicht und führte mich zur Hauptwache.

»Was wollen Sie hier?« fragte der Leutnant.

»Zeitung. Neuyorker Zeitungssyndikat,« log ich dreist. »Dann mache ich Sie darauf aufmerksam, daß Sie meine Postenlinie nicht überschreiten dürfen und im Falle der Zuwiderhandlung zu gewärtigen haben, daß die Posten feuern!«

» *Thank you,*« sagte ich höflich. »Darf ich fragen, wie die Sachen stehen?«

»Soviel ich weiß, unterhandeln die Führer der Streikenden augenblicklich mit dem Kohlensyndikat. Heute nachmittag hat ein kleiner Zusammenstoß stattgefunden. Es sind aber keine Verletzungen vorgekommen.«

» *Thank you,*« sagte ich.

Worauf ich mich neben den Milizsergeanten ans Lagerfeuer hockte. Nachdem ich ihm in leisem Flüsterton auseinandergesetzt hatte, was er nicht zu sein brauche, und was er sich ja nicht einbilden dürfe, und was in der Flasche in meinem Ueberzieher drin sei, war schönstes Einvernehmen hergestellt.

» Well,« sagte er, »links da drüben, zweihundert Schritt weit weg, sind die Minen. Die haben wir. Rechts da drüben, in Linie mit dem Feuer dort, so vier-, fünfhundert Schritte weit weg, sind die Hütten der Bergleute. Die haben wir nicht. Was los ist, weiß ich nicht recht, aber die Bande scheint die Minenmaschinen ein bißchen kaput machen und die Büros ein bißchen anzünden zu wollen, 's sind blutige Anarchisten natürlich, verdammte Deutsche un' Italiener und so'n Pack, aber ich nenn's eine gute Sache, daß wir es nicht mit richtiggehenden Amerikanern zu tun haben, die mit Revolvern umgehen können. Mit Kohlen haben sie uns geschmissen! Weiber und Kinder immer lustig mit! Korporal Smith hat ein Kohlenstück von ungefähr fünf Pfund mitten aufs Maul gekriegt. Sein natürlicher Phonograph sieht jetzt aus wie'n Fußball, gerade so schön braunschwarz und fast ebenso groß. Es macht aber nichts; er redet sowieso zuviel. Ich? Verletzt? Well, nein; wozu wäre ich denn Baseballspieler zu Hause, wenn ich nicht Flugkurven abschätzen könnte! Na, und dann feuerten wir mit Platzpatronen. Die Dinger machten ein bißchen Lärm, so ungefähr, als wenn man mit der Zunge geschnalzt hätte, und rochen abscheulich nach rauchlosem Pulver, und natürlich lachten die Bergleute uns nur aus. Well, daraufhin gaben wir's ihnen im Ernst, über die Köpfe weg, und sie gingen in beschleunigtem Tempo nach Hause. Das war alles, glaube ich. Aber wie die Bande geschrien und spektakelt und geflucht hat! Jawohl, es wird wohl bald aus sein. Schade, wir beziehen für die Zeit des Einberufenseins sehr anständige Löhnung und mein Chef zahlt mir den Gehalt weiter. Ich bin Schuhclerk – Pittsburg. Was sagten Sie, sei in der Flasche?«

– – Eine halbe Stunde später ging ich ein bißchen abseits, wie man eben einmal abseits geht, wenn man am offenen Feuer lagert, und ging noch ein wenig mehr abseits, und war im Dunkeln, und schlug einen gewaltigen Bogen nach rechts, um Bahnhof, Lagerfeuer, und die Herren von der Miliz herum.

Die Lehre vom Werte der Umgehung ist ja eine der einfachsten militärischen Grundregeln. Langsam arbeitete ich mich in völliger Dunkelheit auf unebenem Boden die Bahngeleise entlang, bis die Lagerfeuer kleiner und kleiner wurden und endlich wie glühende Punkte aussahen. Dann rasch hinüber über die Geleise. Links, in ziemlicher Entfernung, mußte nach der Schilderung des Sergeanten die Postenkette sein. Gerade vor mir zeichnete sich eine schwarze Masse undeutlich gegen den Himmel ab, die Hütten der Bergleute wahrscheinlich.

Auf gut Glück tappte ich auf die schwarze Masse zu, alle Augenblicke stolpernd, denn der Grund hier war ein Schlackenfeld – aber heidenmäßig vergnügt.

Ach, das war endlich wieder einmal nettes natürliches Leben ohne Handschuhe und Bügelfalte!

Ich kam immer näher.

Aus der schwarzen Masse wurden einzelne dunkle Gruppen und Schatten. Einen Augenblick leuchtete zwischen den Schatten matter Lichtschein auf, und ich glaubte, die Umrisse eines größeren Gebäudes zu erkennen. Da stolperte ich über irgend etwas, fiel, schimpfte leise, und wollte wieder aufstehen, als plötzlich harte Fäuste von rückwärts mir den Hals umkrampften. Instinktiv schlug ich mit aller Kraft mit beiden Armen nach hinten. –

»Tu' das noch einmal,« sagte eine Stimme in hartem, schlechtem Englisch, »und ich dreh' dir den Hals 'rum! So! Jetzt gehst du vorwärts, langsam, und denkst daran, daß dicht hinter dir ein Mann mit einer Spitzhacke ist, der dir im Notfall gern den Schädel einschlägt!« » *Allright, allright,*« brummte ich. Etwas Gescheiteres fiel mir nicht ein. Und rieb mir den schmerzenden Hals.

Ich wurde vorwärts gelenkt, gepufft, gestoßen, immer unter denkbar verständlichsten Anspielungen auf die Spitzhacke und meinen Schädel, sah dunkle Hütten, eine Art Straße, ein größeres Haus, wurde hinüberbugsiert, zu einer Tür geschoben, mit einem gewaltigen Puff hineinbefördert, sah Licht, viele Männer in einem großen Raum, und war im Nu umdrängt. Leidenschaftliche Stimmen brüllten auf mich ein –

»Ruhe!« schrie der Mann, der mich gefangen hatte, ein riesiger bärtiger Geselle, der mich bequem hätte erdrücken können.

»Sie haben auf uns geschossen – 's ist einer vom Büro – schlagt ihn tot!«

Wilde Gesichter drängten sich dicht vor meinen Augen, gellende Stimmen schrien, und ein harter Schlag traf meine Rippen. Da schlug ich zu, dem nächsten mitten ins Gesicht, und brüllte aus Leibeskräften:

»Ich bin euer Freund – ich bin euer Freund!«

Es war ein blödsinniger Einfall, aber der Humor der Sachlage wirkte auf die Leute. Ein schallendes Gelächter brach los. Der Riese zerrte mich zum Tisch, über dem eine schmutzige Petroleumlampe baumelte, und starrte mir ins Gesicht.

»Ruhe!« sagte er. »Kennen tu' ich dich nicht. Dachte, ich hätte Mulvaney erwischt, den Aufseher. Wer bist du?«

»Narr, verdammter –« keuchte ich – »Zeitung, *große* Neuyorker Zeitung – will über euch schreiben – in der Zeitung – verstehst du nicht – Leute wollen wissen – wissen, was hier los ist –«

»Die Hölle ist los,« sagte der Riese. »Hm, vom Büro ist er nicht – ruhig, Jungens. Weiter!«

»Bahnhof angekommen – alles abgesperrt – hinten rumgegangen!«

»Scheint mir zu stimmen, Jungens!«

Da wurde die Tür aufgerissen und zwei Männer stürmten herein, die mit einem Satz auf Stühle sprangen. Sie trugen einfache dunkle Anzüge und runde Hüte, die ihnen in dem Gedränge von verschmutzten blauen und braunen Arbeitskleidern etwas Feierliches gaben. Sofort wurde es totenstill. Und eine klingende metallische Stimme schallte durch den Raum:

»Alles vorbei, Jungens!«

»Im Namen der Union der Bergleute erkläre ich den Streik für beendet.«

»Die Blechmarken sind abgeschafft – Mulvaney ist entlassen – die Preise der Lebensmittel meiden nach dem Standard von Pittsburg reguliert. Wir haben, was wir wollten, Jungens. Die Union hat zu euch gehalten; haltet ihr immerdar zur Union und ihr werdet noch Diamanten tragen!«

Eine Hölle von Lärm brach los.

Weiber stürzten zu ihren Männern, lachend und weinend zugleich; alles schrie, lärmte, zeterte. Die wenigen Amerikaner unter den Bergleuten erklärten denjenigen fremden *Miners*, die halbwegs Englisch verstanden, wie der Sieg errungen worden sei, und diese wieder verdolmetschten es aufgeregt und gestikulierend ihren Landsleuten. Englische, italienische, deutsche, slavische Worte schwirrten wirr durcheinander. Es war ein neuer Turm zu Babel. Mir wurden immer wieder die Hände geschüttelt, und der Riese klopfte mich auf die Schulter, daß ich in die Knie knickte, und der wollte in gebrochenem Englisch erzählen, und jener schrie dazwischen, und es wurde tief getrunken und gellend gejubelt, und ich trank alles in mich ein.

Recht und abermals recht hatten sie, diese armen Teufel, so schien es mir. Eine winzige Ursache hatte den Streik herbeigeführt. Da war ein Aufseher gewesen, ein Irländer namens Mulvaney, der das berüchtigte Hetzpeitschensystem des amerikanischen Unternehmers ein wenig zu straff durchgeführt hatte. Um Höchstleistungen der Arbeitskraft zu erzielen, wurde der einzelne Arbeiter bei jeder Versäumnis mit kleinen Geldstrafen, Zeitverkürzungen, Gewichtsabzügen so gründlich schikaniert, daß endlich den Bergleuten die Geduld riß. Sie rebellierten gegen die tägliche Peitsche. Das war ihnen die Hauptsache. Nebenbei fiel ihnen ein, daß sie auch sonst noch Sorgen hatten. Die lieben Leute in Pittsburg, denen die Mine gehörte, operierten nach uraltem amerikanischem Brauch höchst skrupellos mit der endlosen Kette, die das Geldgetriebe vom Arbeitslohn zum Lebensbedarf in Bewegung setzt. Sie hatten jede Ansiedlung von Kaufleuten zu verhindern gewußt, und das Bergwerk selbst lieferte alle Lebensmittel, alle Kleider, alle kleinen Notwendigkeiten und Genüsse bis hinunter zum Bier. In schlechter Qualität natürlich und zu hohen Preisen.

Man macht das überall so im Land der sogenannten Freiheit, das den Ruhm für sich in Anspruch nehmen darf, dieses kluge System ersonnen zu haben. Sein Witz ist, daß der Unternehmer nicht nur den gewaltigen Unterschied zwischen Eigenkosten und Verkaufspreis einsteckt und ein glänzend rentables Geschäft im Geschäft eröffnet, eine Art Warenhaus, dessen Kunden Zwangskunden sind, weil sie von ihm abhängen, – sondern er erspart sich die Hauptsorge des Kapitals, die Lohnzahlung! Er schafft sich eine eigene Währung! Blechmarken bekamen diese fremden Arbeitstiere – der geborene oder auch nur akklimatisierte Amerikaner ist für diese Sorte Arbeit nicht zu haben – hübsche blecherne Blechmarken, auch auf Vorschuß, so viel sie nur haben wollten. In allen Werten vom Dollar bis zu fünf Cents. Dafür konnten sie in den Läden der Gesellschaft einkaufen. Wenn der Zahltag kam, so bestand die Bezahlung aus einer Quittung über einen so und so hohen Betrag in Blechmarken und der Mitteilung, daß der Arbeiter Soundso noch so und so viel schuldig sei. Ein recht Sparsamer mochte auch einmal einen Dollar oder zwei in bar erhalten. Aber das kam selten vor. So rollte die Kette endlos. Ersparte sich jedoch wirklich einmal ein Arbeiter Blechgeld, so konnte er den fingierten Wert nicht etwa in wirkliches Geld umtauschen, denn das verbot ja das Münzgesetz der Vereinigten Staaten! Nein, er mußte sein Geld im buchstäblichen Sinne des Wortes aufessen. Oh, der amerikanische Kapitalist ist ein lieber Mensch! Man bedarf wirklich keiner besonderen nationalökonomischen Talente, um sich auszurechnen, ein wie ungeheurer Prozentsatz des gezahlten Arbeitslohnes auf diese Weise wieder in die Taschen des Arbeitgebers zurückfließt.

Jetzt waren sie abgeschafft, der Aufseher und die Geldmarken. Dem Aufseher folgte wohl ein anderer, der klüger war, und statt der Blechmarken bekam jeder Arbeiter sein Einkaufsbuch. Die Form hatte sich geändert. Die Sache blieb.

Und ich schüttelte den Kopf und starrte in die leidenschaftlichen Gesichter und versuchte, mir Wort, Mienen, Art einzuprägen. Soldaten von der Miliz kamen; es wurde gelacht, geschrien, gesungen. Spät nachts schrieb ich mitten im Lärm ein langes Telegramm, das die Western Union-Agentur auf dem Bahnhof beförderte. Im Morgengrauen fuhr ich mit einem Frachtzug nach Pittsburg zurück und im sausenden Pullmanwagen entstand dann auf der Fahrt nach Neuyork die menschliche Geschichte eines kleinen Kohlenstreiks.

O ja, sie wurde sofort genommen. Aber meine schönen sozialen Erwägungen strichen sie mir weg.

»Das verstehst du nicht, Söhnchen,« meinte der maßgebende Mann vom *Journal*. »Bleib nur hübsch bei den Bilderchen. Bleib bei deinem menschlichen Interesse!«

*

Im Grunde pfiff ja wohl auch ich auf die sozialen Erwägungen.

Kaum beschrieben, waren die armen Miners und die klugen Bergwerksherren schon vergessen, denn neue Pläne mußten schleunigst geschmiedet werden. Das Wandern begann im Ernst. War doch der erste Flug ins Land hinaus ein Erfolg gewesen, der nur neue Träume schuf und neues Rebellieren im Blut. Wenige Tage nach der kurzen Fahrt ins pennsylvanische Kohlengebiet verließ ich Neuyork abermals, um nach Baltimore zu hasten – ein deutsches Schulschiff sollte den Hafen anlaufen, und darüber wollte ich schreiben; wiederum einige Tage in Neuyork darauf – dann in eine Frühlingskolonie armer Neuyorker Kinder am Hudson – dann nach Philadelphia, um unter den Größen der Textilindustrie eine Umfrage über die Wirkung des neuen Zolltarifs zu veranstalten, der damals die Gemüter stark erregte – nun nach Chicago zu Buffalo Bill, der »echte« Rauhe Reiter für seinen riesigen Zirkus angeworben hatte, eine Englandreise plante, und hochinteressante Dinge über die Ausrüstung seines Unternehmens zu erzählen wußte – zurück nach Neuyork ...

So begann das Wandern.

Ich aber begann, steif und fest daran zu glauben, daß ich zu großen Dingen berufen sei!

Nur das Ereignis fehlte noch. Das große Ereignis, von dem jede Freilanze im Zeitungsdienst Tag und Nacht sehnsüchtig träumt in den sonderbarsten Vorstellungen. Man möchte auf einem Schlachtschiff sein im Kampf, die Greuel, die wahnsinnige Aufregung einer Seeschlacht erleben; man müßte der Freund eines Edison, eines Teßla, sein und in das wundersame Gehirn solcher Männer hinein-

blicken können; man sollte täglichen Ehrgeiz und täglichen Geld-
erwerb verächtlich weit von sich wegwerfen und ein hartes Jahr
lang unter den Hochseefischern Neufundlands leben – dann, ja
dann würde endlich das große Federbild gemalt werden können,
das Ruhm und Erfolg bedeutet. Aber die großen Ereignisse sind gar
selten und lassen sich nicht schaffen und werden in einer Zeitungs-
generation nur von wenigen Männern erlebt. Das weiß ich heute.
Große Schilderer werden geboren. Der Künstler ist unabhängig von
Raum, Zeit und Geschehen, denn ihm können die Runzeln eines
alten Weibes eine große Offenbarung sein. Damals aber wußte ich
das nicht und fühlte es nicht, sondern wartete krampfhaft auf das
Ereignis. Quälte mich ab, zermarterte mein Hirn, träumte, jagte und
hetzte dem Geschehnis nach.

Es war töricht, doch wenn ich heute mich des Erinnerns freue, so
ist es in mir wie trauriges Bedauern ob der bitterhart errungenen
Weltklugheit. Ach, das bißchen Weltklugheit! Es gibt schönere und
größere Dinge im Erdenleben, von denen ein Einundzwanzigjähri-
ger nicht viel wissen kann, aber es ist etwas Wundervolles um junge
Lebensgier, die sich noch jubelnd in törichtes Traumland stürzen
kann, weil der schwere Hammer der Welt und der Menschen bis
jetzt abgeprallt ist von den jungen Sehnen.

Ach, was waren das für schöne Zeiten, da man noch so selig
glücklich sein durfte, die eigene Kraft ins Ungemessene überschät-
zen zu können, in bunten Träumen nicht nur am hellichten Tag
sondern in der Tat. Da man sich so gar nicht fragte:

»Was werden wir essen? Was werden wir trinken?«

Und so begann denn das Wandern, das so töricht war und doch
so schön, weil es in heißem Sehnen geschah und glühender Freude
an der Arbeit. Meine Freunde rieten mir ab. Die Zeitungen erklärten
mir strikt, daß sie sich nur von Fall zu Fall entscheiden würden und
keinerlei Unterstützung versprechen könnten. Sie alle schalten mich
ziemlich deutlich einen heillosen Narren, der gutes Brot für unge-
backenen Kuchen wegwarf. Ich aber lachte und packte meinen Koffer. Frei wollte ich sein. Irgendwo wollte ich das große Zeitungs-
glück suchen. Bald hier, bald dort, wie der Zufall es bestimmte.

Die Periode des Lebens als wandernder Zeitungsmann umfaßte
nicht ganz drei Monate. Sie führte mich von Stadt zu Stadt in bun-

tem Wechsel, bis weit in den Westen hinein – sie brachte eine Hetzarbeit, die eigentlich auch nicht sehr verschieden war von meinem Neuyorker Berufsleben. In Cripple Creek schossen sie mir eine Kugel ins Bein, weil ich zufällig dabeistand, als drei Silbersucher ihre Argumente durch Revolverschüsse bekräftigten – auf dem *Cowcatcher* fuhr ich auch wieder einmal; das war in der Nähe von Denver – aber sonst passierte nichts besonders Schönes! Es ging mir gut, weder besser noch schlechter als in der Wolkenkratzerstadt.

Es blieb die Sehnsucht nach dem Ereignis. Sie war immer da!

Und wie dann das große Ereignis endlich kam – das ist eine lustige Geschichte!

Vor dem letzten Lausbubenstreich

Im St. Louis'er Palasthotel. – Der einstige Geschirrputzer und seine vergnügte Stimmung. – Weshalb ich nach St. Louis gekommen war. – Sergeant O'Bryan der Polizeizentrale. – Was der betrunkene Mann verriet. – Die Leichenräuber. – Ihr Geständnis und meine » *copy***«. – Frederick Haveland, der Mann mit den vielen Namen. – Der Gentleman mit der dunklen Existenz. –** *Dynamite-Johnny***, der Dynamit-Kapitän. – Von Flibustiern und Gesetzlosigkeit. – Haveland macht mir einen Vorschlag. – Mein großes Ereignis. – Eine nebelhaft unklare Expedition nach Venezuela: Der letzte Lausbubenstreich ...**

Folgendermaßen spielten sich die Dinge ab:

Ich saß im Palasthotel in St. Louis, so um zehn Uhr morgens herum, und aß vergnügten Sinnes ein gewaltiges Frühstück. Kleine Pfannkuchen zum Beginn, und eine Tasse schweren schwarzen Kaffees, und einen Manhattan Cocktail, und ein kleines Steak vom Grill – und als schönste Delikatesse ein großes Lachen, das zwei ganz verschiedene Gründe hatte.

Grund Nummer eins:

Der *chief waiter* da, der Oberkellner, der mir so besorgt und diensteifrig ein weiches Kissen zwischen Rohrstuhllehne und Rücken schob, so respektvoll das schlanke Kristallglas auf schwerem Silberbrett präsentierte, war ein alter Bekannter! Und zwar aus Zeiten, wo er jede Bekanntschaft mit mir entrüstet abgelehnt hätte! Armseliger Kupferputzer war ich gewesen da droben in der Höllenküche im dritten Stock dieses Kaufes vor wenigen Jährchen – Luft war ich damals für Mr. Oberkellner, unangenehme Atmosphäre – und was das kleine Frühstück heute kostete, bedeutete in jenen Zeiten zehn Tage der Qual und des Schweißes. Und ich lachte leise vor mich hin und genoß reine Freuden einer besonderen Art von Eitelkeit, einer grotesken Abart von Humor, wie wohl nur der Emporkömmling sie genießen mag, und empfand ungemessenen Respekt vor mir selbst. Feinfühlig mögen die Empfindungen gerade nicht gewesen sein, aber sie waren von grundehrlicher Menschlichkeit. Man dejeuniere, bitte, einmal in einem Hotel, in dem man einst Kupferputzer gewesen ist, und man wird blitzartig schnell gewisse an und für sich unsympathische Regungen des Protzentums mit großem und liebevollem Verständnis betrachten lernen. So frühstückte also der Küchenjunge von anno dazumal *en grandseigneur* und schwelgte in protzigen Freuden.

Grund Nummer zwei:

Ich war nach St. Louis von Chicago aus gekommen – dort hatte ich den Weizenspekulanten Leitner interviewt, aber mit miserablem Resultat – um über die skandalösen Verhältnisse in den niederen Varietés zu schreiben, die nach Zeitungsmeldungen damals großes Aufsehen erregten. Der *Outsider* macht derartiges besser als der Kenner der Verhältnisse, der dazu neigt, manches als gegeben und bekannt vorauszusetzen. Darunter leidet die Schilderung. Das erste aber, was ich hörte, als ich auf dem St. Louis'er Bahnhof aus dem *Chicago Flyer* stieg, war die schneidend grelle Kinderstimme eines Zeitungsboys:

» *Extra! Extra special. The variety scandal! All about the variety scandal!*«

Schleunigst kaufte ich mir mit gemischten Gefühlen das Zeitungsblatt, der *St. Louis Globe Democrat* war es, und stellte nach einem kurzen Blick auf die Überschriften unter noch weit gemischteren Gefühlen sofort fest, daß der Mann vom *Democrat* genau das getan hatte, was zu tun meine Absicht gewesen war. Er hatte Varieté auf Varieté unter die Lupe genommen, die Grellheiten herausgepackt, und geschildert, geschildert, geschildert. Ausgerutscht, Hänschen! *Diecopy* hatte die *Associated Press*, das große amerikanische Telegraphenbüro, sicherlich schon längst über ganz Amerika weitertelegraphiert, und die Reise nach St. Louis, der Pullmanwagen, die Hotelkosten waren im Handumdrehen zu einer persönlichen Luxusausgabe ohne Zweck und Verstand geworden.

Mißmutig schlenderte ich umher und kam in eine Polizeiwache, die *police central*, die Hauptstation, in der ich aus alten Zeiten bekannt war. Ein betrunkener Irländer wurde hereingeführt, der gewaltig lärmte und nach der üblichen Polizeimethode nicht gerade sanft behandelt wurde. Das reizte den Betrunkenen noch mehr. Er verfluchte mit kräftigsten Flüchen den Wachsergeanten und den Polizisten, der ihn verhaftet hatte, und den Kneipwirt, in dessen Kneipe er verhaftet worden war. Abermals regnete es Püffe und

Stöße, und der sinnlos Betrunkene beruhigte sich plötzlich. Er murmelte nur verworrene Worte vor sich hin. Von einer verdammten Kirchhofgeschichte, und einem Pat, der ihn betrügen wolle, und ihm solle man nur ja nicht weißmachen, daß die Doktors nicht schon längst bezahlt hätten. Niemand beachtete ihn.

»Sperrt den Mann in eine Zelle!« befahl der wachhabende Sergeant. »Die Anklage wird auf Betrunkensein und Ruhestörung erhoben werden.«

Ich hatte gedankenlos zugehört, aber plötzlich hatte sich in meinem Kopf eine Ideenverbindung hergestellt. Von einer Kirchhofsgeschichte hatte der Betrunkene etwas gelallt ...

»Kann ich Sie fünf Minuten lang allein sprechen, Sergeant?« fragte ich.

»Jawohl, gewiß,« sagte der. »Watson, verlassen Sie das Büro. Was gibt's?«

»Wer war der Mann?«

»Der Betrunkene? Bummler, Levéebummler, uns wohlbekannt, hat schon allerlei Strafen. Bestiehlt betrunkene Matrosen, raubt Güter von den Stapelplätzen, hat uns aber in letzter Zeit verschiedene Informationen gegeben. Augenblicklich liegt nichts gegen ihn vor. Er wird morgen früh ins Gebet genommen und unter Umständen laufen gelassen. Das ist nichts für Sie.«

»Das weiß ich noch nicht, Mr. O'Bryan. Vielleicht ist das, was ich mir denke, barer Unsinn. Aber hören Sie zu: Ich komme von Chicago, und man hat dort von nichts anderem geredet als von den berüchtigten Leichenräubern, die auf Kirchhöfen Leichen für Sezierzwecke stehlen. Es waren –«

»Weiß ich, weiß ich!« unterbrach mich der Sergeant.

»Natürlich. Ich erwähne den Fall nur, damit Sie verstehen, wie ich auf meine Vermutungen komme. Während Sie vorhin mit dem Polizisten sprachen, hat der Verhaftete allerlei konfuses Zeug geschwätzt. Darunter wörtlich folgendes:

›Verdammte Kirchhofgeschichte – der Hund von einem Pat will mich betrügen – soll mir nur nicht weißmachen wollen, die Doktors hätten nicht sofort bezahlt.‹

»Wenn man nun, Sergeant, vierundzwanzig Stunden vorher viele Spalten über einen großen Prozeß gegen Leichenräuber gelesen hat wie ich, so macht es einen stutzig, einen Angehörigen der kriminellen Klasse über Betrogenwerden in einer Kirchhofssache sprechen zu hören. Das wäre alles. Was sagen Sie dazu?«

»Daß ich Ihnen Dank schulde,« sagte der Detektivsergeant. »Es mag nichts sein, es kann aber auch sehr viel dahinter stecken.«

Und sofort fing der polizeiliche Apparat zu arbeiten an. Der erwähnte Pat, der Inhaber einer berüchtigten Kneipe an der Mississippi-Levée wurde mitsamt seinen Gästen scharf überwacht. Beamte stellten schon in den ersten Morgenstunden fest, daß auf dem großen Zentralfriedhof am Südende der Stadt, wo fast nur Arme begraben wurden, frische Gräber, offenbare Spuren von neu umgeschaufelter Erde zeigten, die verdächtig waren. Um die Verbrecher nicht zu verscheuchen, wurden nicht einmal die Friedhofsbeamten ins Vertrauen gezogen, sondern eine geheime nächtliche Ueberwachung des Friedhofs organisiert.

Diese Detektivarbeit machte ich mit. Zwischen mir und O'Bryan war ohne viele Worte ein echt amerikanischer Handel abgeschlossen worden; die Neuigkeit sollte mir und nur mir allein gehören, während dem Detektivsergeanten alle Glorie der Entdeckung zufallen mußte.

Drei Nächte des Frierens und der Aufregung verbrachte ich Seite an Seite mit O'Bryan auf dem Kirchhof in einem Oleandergebüsch, auf dem Bauche liegend, und nichts rührte und regte sich in all den qualvoll langen Stunden, in denen ich oft schaudernd daran dachte, daß diese Ueberwachung wochenlang dauern und dann völlig erfolglos sein konnte ...

In der vierten Nacht regnete es in Strömen. Wir lagen wiederum in dem verwilderten Oleandergebüsch, inmitten der Hunderte von Gräberreihen, in einer Wasserlache, die ständig größer und kälter wurde, und ich fluchte auf St. Louis und die Polizei und die Verbrecher. Es war schwarzfinstere Nacht. Da blitzte sekundenlang Lichtschein auf, hundert Schritte vielleicht vor uns. Das Klirren eines Spatens auf einen Stein hallte schrill und grell durch das Regengeplätscher. Dann wurde es wieder still und dunkel. Durch meine erstarrten Glieder brauste die Erregung wie ein glühender Feuerstrom, und den Sergeanten neben mir hörte ich schwer keuchen in kurzen heiseren Atemstößen. Einmal glaubte ich, da vorn Gestalten unterscheiden zu können. Nach Minuten, die qualvoll lang erschienen, packte er mich am Arm, zog, schob mich vorwärts, und Zoll für Zoll krochen wir auf die Stelle zu, wo der Lichtschein aufgeflammt war. Und plötzlich schrillte seine Signalpfeife mit fürchterlichem Gellen und im gleichen Augenblick krachte sein Revolver und andere Pfeifen antworteten jäh, und blendendweißer Lichtschein flammte auf. Schüsse krachten. Ich war entsetzt aufgesprungen. Die Lichter der Blendlaternen huschten, suchten, zitterten blitzschnell, vereinigten sich zu einem hellen Lichtkreis.

Da war ein offenes Grab. Verstreute Erde. Ein schwarzer Sarg daneben, erdumkrustet. Drei Männer standen da, geduckt wie Katzen, mit verzerrten Gesichtern um sich starrend, die angstvollen Züge hell beleuchtet von dem erbarmungslosen weißen Licht. Einer der Männer hielt einen Revolver in der ausgestreckten Hand.

»Fallen lassen!« befahl eine Stimme.

Der Revolver fiel. Und rasch sich bewegende Schatten schoben sich in den Lichtkreis, und Handfesseln klickten, und von der Straße her dröhnte der Gong des heransausenden Polizeiwagens. O'Bryan gab seinen Unterbeamten rasch kurze Befehle. Wachen wurden aufgestellt, Verhaftungen angeordnet. Dann stießen harte Fauste die drei Männer in den Wagen, und im Galopp ging es nach der Zentralstation. Die schmutzstarrenden, nässetriefenden Verbrecher wurden sofort in das Büro geführt, der Polizeistenograph herbeigeholt und das Verhör begonnen.

O'Bryan hatte die Männer kaum eine Viertelstunde lang mit Drohungen und Versprechungen bearbeitet, als sie das Geständnis ablegten, sie hätten in den letzten drei Monaten siebzehn Leichen gestohlen. Eine ganze Reihe von Mittelspersonen hatten dabei die Hände im Spiel gehabt.

Es handelte sich offenbar, wenn es sich auch schwer nachweisen ließ, um einen der in Amerika nicht seltenen Falle von Leichenraub zu wissenschaftlichen Zwecken. Die Gesetze verbieten die Auslieferung von Leichen an Universitäten oder private Mediziner unter allen Umständen, wenn nicht eine entsprechende testamentarische Verfügung des Gestorbenen vorliegt. Das reiche Material der europäischen Seziersäle, die Leichen von Verbrechern, die Leichen der mittellos in den öffentlichen Krankenhäusern Gestorbenen, steht also dem amerikanischen Mediziner niemals zur Verfügung, sondern er muh Verträge mit lebenden Personen abschließen, ihm ihren Körper nach ihrem Tode zu überlassen. So herrscht ein steter Mangel an Sezierobjekten. Es kommt immer wieder in dieser und jener amerikanischen Stadt vor, daß Leichname gestohlen und an Mediziner verlauft werden. Die Seziersäle zahlen gutes Geld, und es werden beileibe keine unbequemen Fragen gestellt, wenn nur ein testamentarischer Kaufvertrag gezeigt werden kann. Und der läßt sich leicht genug fälschen. So war es auch hier gewesen.

Muß ich erwähnen, daß ich die ganze Nacht hindurch fieberhaft schrieb im Polizeibüro?

Muß ich betonen, daß ich die Kraßheit der Dinge noch krasser färbte? Daß meine Geschichte von den Leichenräubern fürchterliche, knallgelbe, ekelhafte Sensation war?

Muß ich erzählen, daß sie mir viel Geld brachte? Muß ich hervorheben, wie wundervoll ich sie fand und wie ehrlich ich überzeugt war, ein hervorragendes Stück schildernder Zeitungsarbeit geschaffen zu haben? Und mit einem kleinen Herrgöttlein nicht getauscht hätte! Nein; das ist sonnenklar selbstverständlich: Ging doch meine sensationelle Geschichte durch alle Blätter und erregte gewaltiges Aufsehen!

*

So saß ich im Palasthotel von St. Louis, in dessen Küche ich vor kaum drei Jahren Töpfe geputzt hatte, und war stolz.

Da legte sich eine Hand auf meine Schulter und eine sonore Stimme sagte gemütlich:

»Na, lieber Junge, haben sie dich immer noch nicht gehenkt?«

Und neben mir stand vergnügt grinsend Frederick Haveland, der Mann, der immer lachte und stets alle Menschen fragte, weshalb in aller Welt sie noch nicht gehenkt worden seien.

Heute noch kann ich keine Nebelkrähe sehen, ohne an Frederick Haveland denken zu müssen. Sein Gang hatte etwas krähenhaft Wackelndes, Schweres, Possierliches; seine fast schwarzen Augen glitzerten rund und spitzbübisch; über dem dicken Schädel sträubte sich ein grauschwarzer Krähenschopf. Ein Wandervogel war er auch. Wenn er einmal geruhte, Neuyork auf eine ebenso kurze wie tolle Periode aufzusuchen, so haben wir ihn niemals Haveland genannt noch Frederick noch Fred, sondern immer bei einem seiner zahlreichen periodischen *sobriquets*. Den Pokerteufel – er plünderte einen mit absoluter Sicherheit gräßlich aus, nur um die Dollars sofort auf Nimmerwiedersehen an irgend einen bedrückten Zeitungsmenschen zu verleihen – den Mäusemann – da hatte er die Schrecken des *delirium tremens*, die krabbelnden weißen Mäuschen und die züngelnden Schlangen, so wundervoll geschildert, daß wir alle wie auf Kommando drei Tage lang nur Sodawasser tranken und zwar ohne Whisky – den Lokomotiventöter – da hatte er in Texas zwei Lokomotiven mit Volldampf aufeinander losfahren lassen, mit einem Explosionsresultat eisten Ranges, das der verrückten Eisenbahn viel Geld des lieben, zuschauenden, schwer zahlenden Publikums und ihm großen Ruhm einbrachte – vor allem aber den Generalfresser, denn Frederick Haveland hatte es fertig gebracht, als Kriegskorrespondent in Kuba den kommandierenden General Shafter in seinem eigenen Hauptquartier so anzubrüllen, so gröblich zu beleidigen, daß er um ein Haar standrechtlich erschossen worden wäre. Man wußte von ihm, daß er eigentlich Zivilingenieur war, immer in allen möglichen Unternehmungen steckte, sich in den unwahrscheinlichsten Weltwinkeln herumtrieb, und Manuskripte extraspezialen ersten Ranges lieferte, wenn es ihm an der Zeit dünkte, wieder einmal etwas zu schreiben. So mancher zerbrach sich über ihn den Kopf. Wahrscheinlich aber war er nur einer von den wenigen Hunderten von Menschen der Welt, die es verstehen, ihren natürlichen Vagabundeninstinkt zu nähren – und dabei Gentlemen zu bleiben und Geld zu verdienen.

Dieser Frederick Haveland setzte sich umständlich zurecht, streckte die langen Beine aus, und grinste.

»Weshalb haben sie dich eigentlich in Neuyork 'rausgeschmissen?« fragte er.

»Was!« sagte ich entrüstet. »Mit Tränen in den Augen haben sie mich gebeten, ich möchte doch um Gotteswillen dableiben! Mann, sie wollten mir das Honorar verdreifachen! Aber ich hatte meine großen Talente entdeckt und Neuyork war mir zu klein geworden.«

»Richtig! Unangenehmes kleines Dorf!« grinste er.

»Zu klein! Und so wandere ich durch dieses große und schöne Land –«

»Und kriechst auf nassen Kirchhöfen herum, wenn du Glück hast!« ergänzte Frederick Haveland. »Schöne gelbe Sache. Brüllt zum Himmel. Es ist übrigens weiter nicht wunderbar, daß niemand so übertreibt wie die ganz Jungen. Merkwürdig ist nur, daß wir Aelteren trotz unserer Weisheit gern wieder ganz jung sein möchten. Und wie geht dir's? In Neuyork – ich hatte dort mit einem Mann zu reden – haben sie mir gesagt, du seist entweder vor einem Mädel davongelaufen oder plötzlich verrückt geworden – –«

»Das würden sie naturgemäß sagen!« meinte ich und lachte.

»Naturgemäß! Oho! Sind wir schon so gescheit geworden?«

Er grinste sein Grinsen, aus dem man nicht recht klug wurde, und urplötzlich kam, ganz gegen meine Art eigentlich, ein sonderbares Gefühl über mich, als müßte ich so etwas wahren wie Selbstbewußtsein und Würde.

»Ich mag ein Narr sein,« sagte ich, mich in den Stuhl zurücklehnend, »lieber Haveland. Ich mag doppelt ein Narr sein in den Augen eines Mannes von Erfahrung. Aber diese närrische Arbeit, bei der ich mich entschieden mehr plagen muß, macht mir närrische Freude, und ich verspüre keine Lust mehr, darüber zu scherzen. *Confound it*, wenn ich's verstehe, doch –«

Da warf Haveland die Hände hoch, wie einer, dem eine Pistole vor den Kopf gehalten wird.

» *Forgie' us all*,« lächelte er, Schottisch quotierend. »Vergib' uns unsere Sünden. Sie ist auch wahrlich nicht schön, diese Gewohnheit von uns Zeitungsmenschen, unsere eigenen Affären stets in die Parabel des schlechten Witzes zu verkleiden. Vergiß aber nicht, daß wir mit wirklichen Narren nicht scherzen würden, weder ich noch du. Und nun wollen wir ernsthaft reden, wenn es dir gefällig ist. Kennst du – nein – weißt du etwas über *Dynamite-Johnny?*«

»Den Dynamit-Kapitän? Natürlich!«

Kapitän John O'Brian war wohlbestallter Lotse des Neuyorker Hafens gewesen, so um das Jahr 1896, als ihn der Zufall, der die rechten Männer auf den rechten Fleck stellt, in Verbindung mit den amerikanischen Vertretern der kubanischen Insurgenten brachte, vor allem mit Mr. Palma, dem Haupt der kubanischen Junta in Neuyork. Die kubanischen Revolutionäre brauchten damals nichts so nötig als Waffen und abermals Waffen und wiederum Waffen. Nur von Amerika konnte ihr Kriegsbedarf kommen. Da sie aber nicht als kriegführende Partei anerkannt wurden, so war für ihre Waffenfrachten nach der Insel der Wasserweg nicht nur durch die Kriegsschiffe Spaniens versperrt, sondern auch durch die Kriegsschiffe der Vereinigten Staaten, die nach internationalem Gebrauch den Waffenschmuggel verhüten mußten. Ein Kapitän, der den Insurgenten Waffen zuführte, lief also doppelte Gefahr: Mit Mann und Maus von einem spanischen Kreuzer in Grund und Boden geschossen zu werden, oder aber von einem amerikanischen Kreuzer beschlagnahmt, was für den Kapitän lange Zuchthausjahre bedeuten konnte. Der abenteuerliche Neuyorker Lotse nun war der rechte Mann für die abenteuerliche Aufgabe. Mit unerhörter Schlauheit verstand er es, bald in dem Hafen von Neuyork, bald in dem Hafen von Jacksonville in Florida, die Kriminalbeamten – die spanische Regierung hatte die Pinkertons, die berühmte amerikanische Detektivagentur zur Verhütung des Waffenschmuggels engagiert – und die Hafenpolizei immer wieder hinters Licht zu führen, in dunkler Nacht heimlich zu laden, und in sausender Fahrt mit seinem schnellen Hochseeschlepper nach irgend einem Rendezvousort an der kubanischen Küste zu jagen. Dort warteten Revolutionäre, und die gefährliche Ladung wurde in rasender Eile gelandet, konnte doch jeden Augenblick ein spanisches Kriegsschiff der Küstenpatrouille auftauchen. Ueber die Fahrten des abenteuerlichen Kapitäns wurde stets in der amerikanischen Presse berichtet, aber es gelang den Behörden der Vereinigten Staaten niemals, ihn vor den Gerichten zu überführen, oder gar sein Schiff und ihn *in flagranti* zu fangen, obgleich Hunderttausende für seine Überwachung ausgegeben wurden. Nichts schreckte den Dynamit-Kapitän ab. Dutzendemal feuerten spanische Kriegsschiffe auf sein Schiff, und immer wieder entrann er mit knapper Not. Seinen Beinamen erhielt er durch ein charakteristisches Vorkommnis. Der » *Dauntless*«, sein Hochseeschlepper, hatte Dynamit für Kuba geladen. Die gefährlichen gelben Stangen waren in dickwandige Holzkisten verpackt, die Patronenlisten sehr ähnlich sahen. Niemand auf dem Schiff war das bekannt. Als bei der Landung an der kubanischen Küste die Insurgenten an Bord kamen, um zu löschen, hatten sie es begreiflicherweise sehr eilig, sich mit Patronen zu versehen, und schickten sich schleunigst an, eine große Kiste zu erbrechen. Emsig schlug ein Kubano mit einem schweren Beil auf den Deckel los. O'Brian oben auf der Kommandobrücke regte sich nicht im mindesten auf.

»Señor!« sagte er nur, »wenn Sie noch lange auf die alte Kiste loshämmern, fliegen Sie auf direktem Wege zu Ihrer Jungfrau Maria in den Himmel! Es ist nämlich Dynamit drin!!«

Unten aber auf Deck ertönte ein gellender Schrei, ein zweiter, und im nächsten Augenblick waren die Insurgenten samt drei amerikanischen Matrosen über Bord in das flache Wasser gehopst und strampelten wie wahnsinnig küstenwärts. Der tollkühne Kapitän mußte viel über die angebliche Harmlosigkeit von Dynamit zusammenlügen, bis er sie endlich zum Löschen der Ladung überredete.

Das war *Dynamite-Johnny*.

»Also.« sagte Frederick Haveland, »– *Dynamite-Johnny* kennst du. Ich bin zweimal mit Kapitän O'Brian in geschäftlicher und persönlicher Verbindung gestanden. Im Jahre 1897 machte ich eine ziemlich kitzliche Fahrt nach Aguadores mit und später einen kleinen Abstecher mit Waffen nach der Haitischen Küste. Er ist übrigens jetzt Hafenkapitän von Havana, und der friedlichste kleine Irländer geworden, den man sich nur denken kann. *Well* – der Dynamit-Kapitän ist also eine hübsche Brücke zu gewissen allgemeinen Begriffen. Er soll dir als Parallele dienen, und deshalb erwähnte ich ihn. Da du ihn und seine kleine Abenteuer kennst, so brauche ich über Allgemeines nicht so viel zu reden. – Bilde dir mal ein, ich wäre *Dynamite-Johnny!*«

Ich warf meine Zigarre weg und setzte mich aufrecht hin.

»Was ist das, Haveland?«

Diesmal grinste Frederick Haveland nicht. »Es ist ein einfacher Geschäftsvorschlag,« sagte er leise. »Von Mann zu Mann. Las gestern deine Kirchhofssache in der *Dispatch*. Erinnerte mich an dich.

Jung und enthusiastisch. Erfuhr auf der Zentrale, daß du im *Palace* stopptest. Sagte mir: den schluck' ich über. Schlage dir vor, gemeinsam mit mir eine kleine Reise nach, sagen wir im allgemeinen, nach Venezuela zu machen. Dauer unbestimmt, aber länger als fünf Wochen unwahrscheinlich. Sache nicht gerade gefährlich, aber auch nicht ungefährlich. Sämtliche Kosten trage ich. Du würdest unter meinen Orders stehen. Veröffentlicht darf ohne meine Zustimmung nichts werden. Was für dich dabei herausspringt, ist Risikosache. Wie denkst du darüber?«

»Abgemacht!« keuchte ich.

Mir war, als stünde mir das Herz still.

Dröhnend hämmerte der Blutschlag gegen meine Schläfen. Ich fühlte, wie sich die Luft in meinen Lungen staute. Mein Atem kam und ging in kurzen leise pfeifenden Stößen. Großer Gott, hatte mir da der Zufall endlich, ach endlich, die Wirklichkeit der Sehnsuchtsträume in den Schoß geworfen: das große Ereignis! Nicht eine Sekunde der Ueberlegung bedurfte ich. Nur der einzige Gedanke war in mir: Zugreifen! Zupacken! Nur nicht tüfteln und deuteln, nur nicht klug sein wollen. Denn in der Ferne schimmerte das große Ereignis, das Abenteuer.

»Das dachte ich mir!« sagte Haveland, und etwas eigentümlich Warmes war in seiner Stimme und in seinen Augen. »Aber – weshalb hast du augenblicklich ja gesagt?«

»Weil ich, nun, weil ich einmal so bin, und weil der mir bekannte Mr. Haveland den Vorschlag macht und nicht ein x-beliebiger Mr. Smith oder Mr. Meyer. Das ist klar.«

»Auch das hoffte ich.«

»Weshalb aber hast du gerade mir den Vorschlag gemacht?«

»Zufall, wie ich sagte. Zerbrach mir seit drei Tagen den Kopf, wo ich einen geeigneten Partner hernehmen sollte. Einen Partner aber mußte ich aus bestimmten Gründen haben. Hm ja.« Er sah auf seine Uhr. »10 Uhr 53. Ich darf den 12 Uhr Expreß nach Chicago nicht versäumen – muß dort mit einem Mann sprechen. Ich treffe dich am Montag in Galveston, Texas, im *Planter Hotel*. Ich werde dir einen

Scheck über fünfhundert Dollars für Auslagen ausstellen – einen Augenblick!«

Er holte ein Scheckbuch hervor und schrieb. Diese absolute Wortkargheit, diese eiserne Ruhe war mir zuviel, denn am liebsten hätte ich ja gebrüllt vor Aufregung.

»Ich muß doch etwas wissen, Haveland!« stieß ich hervor.

»Hm, fünfzehn Minuten habe ich noch. Was weißt du über Venezuela?«

»Das Uebliche. Aktuelle.«

»Natürlich. Ich darf noch nicht viel reden, mein Junge. Kannst du dir denken. Wir wollen aber von der Voraussetzung ausgehen, daß in einem Staat wie Venezuela, dessen politische und wirtschaftliche Verhältnisse augenblicklich unstabil sind und den Amerikanern, die seinen Handel betreiben, ein unerhörtes Risiko aufnötigen, der wirtschaftliche Kampf des Kaufmannes sich dann und wann in primitiven und brutalen Formen abspielen muß. Wir wollen auch nicht vergessen, daß der Amerikaner durch den anstrengenden Aufenthalt in den Tropen nicht gerade energischer wird. Angenommen nun, daß sich gewaltige amerikanische Geldinteressen auf Asphaltgewinnung in Venezuela konzentrieren – angenommen, daß zwischen der betreffenden Gesellschaft und der bestehenden Regierung Differenzen entstanden sind, die eine Regelung mit Hilfe der offiziellen Diplomatie nicht vertragen, *peccatur intra muros et extra* – angenommen des weiteren, daß einerseits eine im Gang befindliche revolutionäre Bewegung der Gesellschaft Vorteile verspricht, und andererseits die bestehende Regierung den kranken Leiter der betreffenden Interessen durch Gewaltmaßregeln eingeschüchtert hat – all dies angenommen, so ist es sehr begreiflich, wenn die erwähnten Interessen eine unauffällige Persönlichkeit an Ort und Stelle senden, um Abmachungen zu treffen und den Gang der Dinge zu beschleunigen. Vielleicht muß dabei auch ein bißchen geschossen werden. Nicht viel. Nur gerad, was nötig ... Hm ja. Wir sprechen noch über Einzelheiten. Meine Zeit ist um. Da ist der Scheck. Auf Wiedersehen im *Planters Hotel* in Galveston, lieber Junge!«

Und in wackelndem, schwerem Krähengang schritt Frederick Haveland der Drehtüre zu. Er sah ungemein solide und höchst wohlhabend aus, wie einer, der sich bürgerlichen Erfolges und geregelter Verhältnisse erfreut.

Ich sah ihm starr nach.

Wie ich Flibustier wurde

In Galveston. – »Na, immer noch nicht gehenkt?« – Die undurchsichtige Venezuela-Transaktion. – Ich lasse mich auf ein »Geschäft ohne Reden« ein. – Flibustier. – Das Werben der Rekruten. – Jack, der Nevadamann, – »Wenn ich heute Haveland erwischen könnte!« – Wir schmuggeln uns auf den Dampfer. – unterwegs nach Venezuela. – Die » *City of Hartford.*« – Klarierte Ladung mit Nebenzwecken. – Ein kleiner Namenwechsel auf hoher See.

Der tolle Streich, der im Restaurant des *Palace Hotels* in St. Louis mit ein wenig Geplauder und einem völlig unmotivierten Scheck begann, sollte mein letzter werden im Lande der Unruhe, und sechs kunterbunte, zappelige, grell ereignisreiche Wanderjahre nett symbolisch beschließen. Aber hübsch der Reihe nach –

Es war in Galveston:

»Jawohl, Herr – Eis-Tee!« sagte der Negerkellner, rollte die Augen, wie alle Neger es aus unerfindlichen Gründen tun, und grinste, wie alle Neger ohne besondere Ursache grinsen. Es war drückend heiß. Ich fühlte, wie mein Kragen sich langsam in seinen ungestärkten Urzustand zurückverwandelte, und wunderte mich, ob es wohl der Mühe wert sein würde, wenn ich die ungeheure Energie aufwendete, eine Treppe hoch zu meinem Zimmer zu steigen und einen neuen umzubinden. Mit unendlicher Faulheit, beschleunigte doch jede Bewegung das Erweichen des Kragens, sah ich mich um. Einige Herren in weißem Leinen oder gelber Rohseide sahen in den Korbstühlen des Rauchzimmers, Fliegen kletterten an dem elektrischen Kronleuchter des *Planters Hotel* hinauf und hinab, ein trotz allen Drahtgitterschutzes eingedrungener Moskito jagte vergnügt surrend nach Blutbeute. Da waren vortrefflich gedeihende Palmen, reiner gelber Sand auf dem Boden, aber schmutzige Fenster, rauchgraue Vorhänge, zerbrochene Rückenlehnen der Stühle als Symbole der zeitgeheiligten Schlamperei des amerikanischen Südens. In mir war keine Mißbilligung. »Der Teufel mag energisch sein in dieser Hitze!« dachte ich mir nur und träumte von der Farm hundert Meilen weit weg und den Baumwollfeldern und dem kleinen Texasstädtchen und den alten lieben Menschen. Wie hoch ich über dem Erleben vor sechs Jahren stand! Wie alt ich jetzt war und weise!

Wie anders würde ich das heute anfangen, und doch, wie schön war es gewesen – – ein Zusammenfahren, ein blitzschnelles Zuschlagen der Hand – da hatte Freund Moskito eingestochen. Genüßlich schlürfte ich den eisigen Tee.

Und mit einemmal war mir zumute, als säße ich auf den Knien einer Gottheit und wartete still des schicksalbestimmenden Willens.

»Na, immer noch nicht gehenkt?« sagte eine sonore Stimme.

Und ich fuhr empor wie aus der Pistole geschossen, weil tief innen in mir gewaltige Erregung war, und stotterte ein idiotisches » *How d' you do, Haveland;* sehr erfreut, dich zu sehen ...«

»Guten Tag, lieber Junge!« sagte Frederick Haveland und grinste. »Heiß, nicht wahr? Nun, auf der Karibischen See wird es noch viel heißer sein. Wir wollen aus dem Eistee einen Whisky und Soda machen, wenn es dir gefällig ist, und uns mit Geschäften befassen. Zeit drängt ziemlich. Ich habe mit einem Mann in Chicago geredet und meine letzten Informationen erhalten. Danach sehen die Dinge so aus, wie ich es befürchtet hatte. Unser Mann sitzt in einem Landhaus – was man so ein Landhaus nennt in Venezuela – nicht weit von La Guayra, was wiederum nicht weit von Caracas ist, verkonsumiert ungeheure Mengen Chinin und hat sich verrechnet. Es ist eine lange Geschichte, die ich dir ganz gewiß nicht erzählen werde. Nur soviel: Unser Mann glaubt, daß Cipriano Castro im Fallen ist, spekuliert auf politische Baisse mit einer halben Million Schatzscheine der Vereinigten Staaten, die anderen Leuten gehören, pflegt schlechten Umgang und ist eigensinnig; mir aber wissen seit vierundzwanzig Stunden, daß Präsident Castro trotz aller internationaler Verwicklungen fest im Sattel sitzt, und haben entsprechende Schritte getan. Teils übers Kabel, teils durch einen Mann, der jetzt auf dem Neuorleaner Postdampfer wohl schon unterwegs ist. Ich für meinen Teil habe nun die nette Aufgabe, unseren Mann, der viel weiß, sehr große Verdienste hat und einen ganz eigenen Kopf, eines Besseren zu belehren und ihn aus den Händen von Leuten zu befreien, die das Verbrechen begehen, die verlierende Seite darzustellen.«

»Daraus soll der Teufel klug werden,« sagte ich ärgerlich. »Wofür hältst du mich eigentlich?«

»Glaubtest du etwa, ich würde dir Informationen auf den Tisch legen, deren Wert nicht zu ermessen ist?« fragte er eisig kalt. »Geschäft ist Geschäft. Dies ist ein Geschäft ohne Reden. Möglich ist, daß eine Zeitungssache ersten Ranges daraus wird, die ich dir überlasse: sicher ist, daß deine Ausgaben überreichlich gedeckt werden. Großer Gott! Ich dachte, du seist ein Praktikus *und* ein Draufgänger!«

»Ich habe nachgedacht,« sagte ich.

»Und was ist das Resultat?« sagte Haveland scharf.

»Eine Frage: Weshalb brauchst gerade du gerade mich?«

»Deswegen: Weil Enthusiasten, die auf Kirchhöfen herumkriechen, entweder nicht gerade häufig sind oder aber gefährlich – weil ich Leute mitnehmen muß, so zwanzig Mann – weil ich mit der Sorte nicht umgehen kann, denn mich würden sie wahrscheinlich totschlagen – weil ich glaube, daß du der rechte Mann bist – und weil ich für junge Menschen etwas übrig habe ...«

»Abgemacht!« sagte ich kurz.

Ich sehe die Szene vor mir, den Raum. Seine Korbstühle, seine kleinen Tischchen mit Kupferplatten, die Gläser auf ihnen, seine gleichgültigen Menschen, die stumpf rauchten, die Hüte im Nacken, oder flüsternd miteinander sprachen. Den Mann. Sein hartgeschnittenes Gesicht mit dem ewigen Lächeln, seinen schönen Mund mit dem eckigen Härtezug um die Winkel, seine lässige Haltung, sein Selbstbewußtsein, das beherrschte und überzeugte ohne viel Worte, als ob Energiefunken übersprängen von einem Menschen auf den andern. Und ein Lächeln stiehlt sich über mich. Wenn mir Haveland damals gesagt hätte, er gedenke, sich zum Präsidenten von Venezuela zu machen und mich zu seinem Kriegsminister, so würde ich das eine höchst verständige und ungemein begeisternde Proposition gefunden haben...

»Ich bin gebunden,« fuhr er fort. »Ich werde dir sagen, was und wieviel ich sagen kann.«

Da fragte ich nichts mehr.

*

Eine Stunde später war ich Flibustier geworden und befand mich in scharfem Konflikt mit den Gesetzen der Vereinigten Staaten.

Denn ich warb Männer für eine bewaffnete Expedition nach einem fremden Land. Nichts anderes war es im Grunde. Mir freilich bedeutete es nicht mehr als einen tollen Streich so ganz nach meinem Herzen, der durch das lockende große Ereignis nicht nur völlig gerechtfertigt wurde, sondern einen großartigen Zug annahm, heroischen Charakter. Herrgott, was waren das für Zeiten! Das vererbte Soldatenblut regte sich. Frau Phantasie und Herr Leichtsinn, ständige und getreue Mitarbeiter eines der größeren Gemächer im Lausbubengehirn, müssen seine Tage gehabt haben. Ich hatte mich außer im Planters Hotel augenblicklich noch in einem zweiten, billigen Hotel eingemietet, unter dem schönen Namen eines Mr. John Smith aus Chicago, und ein billiges Köfferchen mitgebracht, nagelneu, in dem ein nagelneuer fertiggekaufter Anzug verborgen war: ein Anzug, wie ihn ein beliebiger Galvestoner der einfacheren Klassen getragen haben würde. Für die Maskerade und das ständige Wechseln vom einfachen Hotel zum *Planter's House* und zurück – ich war bald da, bald dort – sprachen gute Gründe: es sollte der Neugier nicht so leicht werden, festzustellen, wer ich war.

Heidi, wie schlau ich mich dünkte! Wie vorsichtig und gewitzigt ich mir vorkam! Nun trug wirklich, so schien es mir, das Erleben in den Wanderjahren auf dem Schienenstrang seine praktischen Früchte. Ich, *ego, moi même*, ich und nur ich, das Ich mit einem großen Wir von Gottes Gnaden geschrieben, war doch ein ganz verteufelter Kerl, denn ich wußte, wo man die Männer zum Abenteuern herbekam und wie man mit ihnen redete und auf welche Weise solch' eine kitzliche Angelegenheit eingeleitet werden mußte!

Wo Kohlenhaufen am Frachtbahnhofende ein gutes Versteck boten für Eisenbahnwanderer, wo leere Frachtwagen bei den Lokomotivenschuppen urbilliges Obdach anzeigten, wo in den Sträßchen dicht am Schienenstrang in kleinen Wirtschaften billiges Bier verkauft wurde, da waren die Männer zu finden, die man für Venezuela brauchte. Die Richtigen ließen sich leicht unterscheiden von den Falschen. Drückt doch das harte Trampleben dem Eisenbahnwanderer bald einen leicht lesbaren Stempel auf. Der Lebensschwache verludert, wird scheu, hat etwas Unterwürfiges, während der richtige Bruder Sausewind klare Augen und lustigen Sinn sich bewahrt.

So einen fand ich in der ersten Viertelstunde.

Er hopste gerade aus einem leeren Frachtwagen eines langsam einfahrenden Zuges. Brennend rotes Haar hatte er, das vergnügt unter der Mütze hervorguckte, ein lustiges Gesicht, und eine sechs Fuß hohe Gestalt. Hosen und Rock waren ganz ordentlich.

»Hier! Jack!« rief ich.

Der Mann drehte sich um. »Schon wieder einer!« sagte er gedehnt im weichen Englisch der Weststaaten. »'s scheint mir, als ob's 'n bißchen zu viel Eisenbahnpolizei gäbe in dieser Höllengegend, für meinen bescheidenen Geschmack wenigstens. *Well, and that's allright*. Kann's nicht ändern. Wieviel brummen sie einem auf für das bißchen Spazierenfahren in eurem verdammten Loch von der Stadt?«

»Weiß ich nicht,« grinste ich. »Trinken wir ein Glas Bier?«

»Trinken wir – *well*, ich will Methodistenpfarrer werden, wenn das nich' komisch ist! Wie heißt das Spiel? Heilsarmee?«

»Nein.«

»Hm, die operieren auch nicht mit Bier. Na, Polizei sind Sie keinesfalls. Also her mit dem Bier!« – Da waren wir schon in dem kleinen *saloon* gegenüber. »Meinen Respekt!« sagte der Mann mit den roten Haaren.

»So!« sagte ich. »Können Sie Arbeit gebrauchen?«

»Was für Arbeit?«

»Etwas ungewöhnliche Arbeit.«

»Das hört sich fischig an,« sagte der Rote gemütlich. »Einbrechen is nich'! Jemand umbringen is nich'! Jemand hauen is nich' – das mach' ich nur zum Vergnügen. Aber das Bier ist gut! Weiter!«

Und er lachte mich seelenvergnügt an.

Ich entschied rasch, daß mein Mann einer von der richtigen Sorte war, und entschloß mich augenblicklich, nicht mehr lange auf dem Busch herumzuklopfen. Ueberdies drängte die Zeit.

»Es mag etwas für Sie sein,« sagte ich, »und es mag nicht etwas für Sie sein, aber ich habe viele Leute vom Schienenstrang gekannt, und wenn Sie mir in drei Worten sagen, was Sie treiben, so will ich Geschäft mit Ihnen reden.«

Nun ging es blitzschnell:

»Nevada-Mann,« sagte er. »Carson City. Silberminen gearbeitet – verdammter Narr gewesen und mit dem bißchen Ersparten auf Silber prospektet – Kuhtreiber dann – wieder Silberminen – Kuba mit Rauhen Reitern ...«

»Was!« ruf ich.

»Roosevelt – Rauhe Reiter – hab' mein Entlassungspapier als Korporal übrigens in der Tasche, 'rumgewurstelt – setz' mir in den Kopf, daß ich den sonnigen Süden 'mal sehen will, is aber eine Saugegend. Das war' alles.«

» *Allright,*« sagte ich. »Zeitungsmann – Zeitungssache an Hand, – handelt sich um eine Geschichte, die mit einer Dampferfahrt anfängt, irgendwohin, und vielleicht damit endigt, daß man sich seiner Haut ein bißchen wehren muß, und zwar gegen Niggers – dazu brauche ich ein Dutzend Männer, auf die man sich verlassen kann – Sache dauert etwa fünf Wochen – fünfundzwanzig Dollars per Woche – und nach meinem besten Wissen tragen ich und mein Freund das wirkliche Risiko und nicht die Männer mit uns. Das wäre so ungefähr die Idee. Jawohl und hier sind fünf Dollars, damit Sie den Mund halten. Habe ich darin falsch kalkuliert?«

»Nee!« sagte der Rothaarige. »Das nenn' ich reden. Stell' mir vor, daß es so'n bißchen Waffenschmuggel ist nach Haiti oder Südamerika, was der Sohn meines Vaters nich' sündhaft findet. Und – für fünfundzwanzig Dollars in der Woche rutsch' ich augenblicklich nach der Hölle und wieder zurück, immer vorausgesetzt, daß ich nicht 'n Spitzbube sein muß dabei! Danke schön und willkommen – *das nenn' ich Geschäft reden!*«

So fand ich den ersten richtigen Mann.

Jack – einen anderen Namen hat er nie genannt, und ich habe nie einen anderen wissen wollen – ging mit Feuereifer ins Zeug. Er redete wenig und fragte nichts. Aber er war es, der in einer Nacht und einem halben Tag den Fremdenverkehr Galvestones, soweit er aus Männern ohne Hab und Gut bestand, so gründlich durchsiebte, daß mir wenig mehr zu tun übrig blieb, als Ja und Amen zu sagen. Wir trafen uns alle zwei oder drei Stunden in verschiedenen kleinen Wirtschaften oder abgelegenen Winkeln des Frachtbahnhofs, und jedesmal brachte Jack Rekruten mit. Da waren drei frühere Reguläre, ein Sergeant darunter, – zwei Irländer, die sich schmunzelnd die Lippen leckten, als sie erfuhren, daß die Aussichten auf eine Rauferei nicht schlecht seien: zwei verwitterte alte Gesellen, die vor undenklichen Zeiten Vorarbeiter im Panamakanal gewesen waren: ein paar Cowboys, und etliche junge Menschen ohne Gepräge, aber stark, jung, gesund, und weltweise in der Art des amerikanischen Westens – sechzehn Mann.

»Nette Bande!« sagte Haveland, als ich ihm erzählte.

»Mir gefallen sie ausgezeichnet!« sagte ich. »Daß man dir für deine doch etwas abseits des Hergebrachten liegenden Zwecke brave Sonntagsschüler mit glänzenden Charakterzeugnissen zur Verfügung stellt, kannst du übrigens nicht verlangen!«

»N–no!« meinte er grinsend. »Halte sie aber lieber im Zügel von allem Anfang an!«

»Selbstverständlich!« antwortete ich kalt.

Denn da mit dem Amt zwar nicht immer der Verstand, aber ganz bestimmt die Anmaßung kommt, so bestand für mich gar kein Zweifel darüber, daß meine sechzehn Mann gutwillig oder böswillig nach meiner Pfeife zu tanzen hatten ...

Jack war prima! Ganz von selber hatte er sich zu einer Art Adjutanten gemacht, schafherdete die Gesellschaft, verteilte sie auf Einlogierhäuser, zahlmeisterte halbdollarweise Amüsiergeld, hielt alles in gutem Humor, und log wie Ananias, wenn er mit Fragen geplagt wurde. Ich selber hatte in diesen verrückten drei Tagen die Hände so voll Arbeit, daß ich kaum zur Besinnung kam, und war so seelenvergnügt dabei, daß ich mich um alle Welt nicht zur reinen Vernunft hätte zwingen können. Halb Zeitungsmann sein, halb Glückssoldat, halb praktisch deichseln, halb nebelhaft ins Unbekannte hineinträumen – das war so die richtige Mischung für mein Ich von Anno dazumal. Da sollte man wägen, fragen, zaudern? Nein, Tropenanzüge für die Bande mußte man vorsichtig zusammenkaufen: Wäsche, Kautabak, Pfeifentabak, Revolver, gute starke Messer, vernünftigen Proviant und weiß Gott was alles. Oh, es war sehr schön!

Ich gäbe so manchen Tausendmarkschein darum, wenn ich noch ein einzigesmal genau so jung, genau so töricht und genau so absolut glücklich und zufrieden sein könnte - - -

*

Haveland arbeitete mit subtileren Mitteln.

Da war immer »ein Mann, den er kannte«, und Arrangements, die längst verabredet waren, und gewichtige Schecks, die Wunder wirkten, und über allem seinem Tun lag ein geheimnisvoller Schleier. Es ist mir die lustigste Erinnerung, die sich an diesen verrückten Streich knüpft, daß ich so kindlich bescheiden, so herzerquickend simpel mit den mageren Aufklärungen zufrieden war, die Mr. Geheimnistuer Haveland gütigst zu machen geruhte. Oh, ich wußte gar nichts! Ich weiß heute noch nicht viel, denn die Ereignisse sorgten dafür, daß die Zusammenhänge mir verborgen blieben. Ich wußte nicht, wer alles die Hände im Spiel hatte; ich wußte nicht, was das Endziel eigentlich war: die Gefahr, den Zweck, das Objekt – ich kannte sie nicht. Scherte mich auch den Kuckuck darum. Kann man doch wie betrunken werden von Abenteuerlichkeiten. Man sieht unklar, träumt im Wachen. Ich fand durchaus nichts besonderes darin, daß Haveland kaum zwanzig Worte auf die Mitteilung verwendete, wir würden heute nacht *pull out*, 'rausrutschen: ich wagte nicht, Fragen darüber zu stellen, wie es kam, daß ein Dampfer fix und fertig für uns dalag: ich war nur sonnenvergnügt, völlig zufrieden damit, das Meinige, das Naheliegende zu tun, als getreuer Vasall, und irgend etwas Unerhörtes zu erwarten.

Freilich, wenn ich heute Haveland erwischen könnte –

Aber immer hübsch der Reihe nach.

Nachts um elf Uhr begaben wir uns auf den Galvestoner Frachtbahnhof und zwar auf krummen Wegen. Hinten herum. Wir kletterten über Zäune und stolperten über Kohlenhaufen. Jack fanden wir an der Stelle, die ich verabredet hatte, und ein leiser Pfiff brachte hinter Frachtwagen und Böschungen hervor meine Leute zusammen. Vorsichtig schlichen wir dem roten Licht zu, das am

Frachtbahnhofende vom Hauptgeleise leuchtete, stiegen rasch in den leeren Wagen – ein kurzes »Abdampfen, Jimmy!« des *conductors* – und der Zug setzte sich in Bewegung. Er bestand aus einer Lokomotive und zwei Frachtwagen; in dem ersten Wagen war unser Gepäck, im zweiten hockten wir. Wie Haveland das gemacht hatte, inwiefern die Eisenbahngesellschaft beteiligt war, das wußte ich nicht. Aber der Trick war kindlich einfach.

Nach zehn Minuten Fahrt hielten wir in einem Hafenschuppen am Wasserrand. Die Lokomotive koppelte ab, dampfte zurück, woher sie gekommen war, und die Tore wurden sofort geschlossen. In einer halben Stunde waren die Kisten und die Säcke an Bord des kleinen Dampfers gebracht, der am Wassertor des Schuppens lag, und wir selbst alle miteinander in einem Winkel des Laderaums höchst ungemütlich verstaut, ohne daß irgend jemand draußen auch nur hätte ahnen können, was in dem Schuppen und dem Dampfer vorging – worauf wir und insbesondere Haveland einiges Gewicht legten. Gesellschaftliche Beziehungen zur Hafenpolizei waren uns augenblicklich sehr unerwünscht! Die Nachtstunden in dem übelriechenden Loch wären langweilig gewesen, wenn nicht Jack, das Juwel, immerwährend Geschichten von Pferdedieben und Richter Lynch und Minenkönigen Nevadas erzählt hätte, die uns die leise bestehende Verstimmung vergessen ließen. Ich hatte nämlich verschiedene Whiskyflaschen konfiszieren müssen. Und so etwas nimmt ein Glückssoldat leicht übel ...

Schrille Glockentöne erklangen lärmend – ding – ding, ding – ding, ding, ding.

»'s geht los!« sagte Haveland, die Mundwinkel nervös zusammenziehend.

Wir saßen da, mit einemmal stille geworden. Gedröhne, Gepolter, Geräusche. Die Schiffswände erzitterten, die Schraube begann zu arbeiten, die Glocken klingelten, und langsam wurde aus dem Wirrwarr von Geräuschen der stete Arbeitstakt des Schiffes. Eine Stunde mochte vergangen sein, als durch die Luke herab eine knarrende Stimme rief:

»Sie mögen an Deck kommen, meine Herren!«

Wir kletterten die Leiter hinauf.

»Der Bootsmann wird Ihren Leuten die Quartiere zeigen, Mr. Haveland,« sagte ein kleiner Mann mit fuchsigem Spitzbart, schlichten knappsitzenden blauen Kleidern, kecker Mütze. »Darf ich die Herren in den Kartenraum bitten? Steward, drei Gläser, eine Flasche und einen Syphon!«

»Jack, sieh zu, daß alles in Ordnung ist,« warf ich hin.

»Kapitän Boardmann – mein Freund und Partner Carlé,« stellte Haveland vor.

»*Well,*« sagte der Kapitän, »sehr erfreut, Mr. – was ist es – Carley? Wir trinken, wenn es Ihnen beliebt, meine Herren, auf glatte Fahrt und einsamen Weg. Ich muß auf die Brücke. Ich habe die Steuermannskabinen für die Herren zurechtmachen lassen – dies ist sozusagen kein Passagierschiff. Steuermann haust beim Ingenieur – auf'm Boden – Matratze – nee, ein Passagierschiff ist dies nicht. Sonst alles in Ordnung, *sir*« (zu Haveland). »Gu–uten Morgen!«

Der Kartenraum war ein Loch.

»Dreckiger, alter Kasten,« sagte ich.

»N'n' ja,« grinste Haveland. »Boardmann, der alte Spitzbube – er ist Kapitän und Eigentümer zugleich – beabsichtigt auch gar nicht, an Schönheitskonkurrenzen für Trampdampfer teilzunehmen. Aber seine Maschinen sind tadellos in Ordnung. Sie kosten ihm ein Drittel der Profite. Schnellstes Schiff in der Gegend. Wir haben forcierten Kesselzug und Hilfs-Oelfeuerung und doppeltes Maschinenpersonal, in Summa sechzehn Seemeilen die Stunde, was kein Mensch ahnt. Dja. Für Anstrich jedoch gibt er keinen Pfennig aus. Wir sind 'n prima Kern in dreckiger Schale, mein Sohn!«

»Was meint er mit dem einsamen Weg?«

»Hm. Na, können ja darüber reden. Wir haben eine Ladung für Caracas, Schnellfeuergeschütze *und* Mausers *und* Patronen für die venezolanische Regierung, was ganz rechtmäßig ist... Unsere Papiere sind völlig in Ordnung.«

Ich pfiff grell durch die Zähne und fiel beinahe auf den Rücken vor Erstaunen.

»Aber,« fuhr Haveland fort, »unter Umständen können auch – hm – andere Leute unsere Maxims und die Patronen und so weiter kriegen. Ist Gefühlssache. Na, und wir möchten gern niemand begegnen, weil wir vorher, vor unserer eventuellen Ankunft in La Guayra, das ist nämlich der Hafen von Caracas, gänzlich inoffiziell unseren kleinen Abstecher zu unserem bewußten Mann machen, was wir uns bei unserer Geschwindigkeit erlauben können. Dja – es ist kompliziert. Halte um Gotteswillen deine Leute in Ordnung. Hast du einen Revolver in der Tasche?«

»Zwei!« sagte ich vergnügt. »Und unsere Route?«

»Gott! Karibische See! Sieh' doch auf die Karte!«

Und kein Wort mehr brachte ich aus ihm heraus, war so recht Haveland.

Stampfe – stampfe – ging das Schiff seinen unerbittlichen Weg. Im steten Dahinfliegen von Dampfern liegt etwas wie die Unabänderlichkeit des Schicksals. Immer gerade aus. Immer vorwärts. Es war gelbnebelig draußen, und drückend heiß schon, trotzdem die Sonne kaum aufgegangen war. Ich stolperte über das unordentliche Deck hin und sah mich nach meinen Leuten um. Sie lagen, vorne neben dem Matrosenlogis, in winzigen Kojen in einem dumpfen Raum, der wohl für Geräte bestimmt war, und schliefen. Mißbilligend stellte ich fest, daß es nach Whisky roch.

»Ein zweitesmal gelingt euch das nicht, Jungens!« dachte ich mir vergnügt.

Als ich die schmale Leiter wieder hinaufkroch, sah ich auf dem Deck bei der Donkeymaschine einen verwitterten Graubart knien, der auf ein langes Stück schwarzgestrichener Leinwand emsig große weiße Buchstaben pinselte. S – T – A – –. Neugierig trat ich näher, aber der alte Kerl nahm nicht die geringste Notiz von mir. Da berührte mich eine Hand an der Schulter, und Haveland stand neben mir, eine Zigarre im Mund, grinsend wie immer.

»Im bürgerlichen Seeleben heißen wir *City of Hartford*, sagte er. »Hübscher Name. Und sehr respektabel. Da wir aber in dringenden Privatgeschäften reisen, und unterwegs nicht gesehen und nicht gemeldet zu werden wünschen, so nehmen wir einen Fetzen Leinwand, malen Buchstaben darauf, nageln den neuen Namen über Heck und Bug, und sind – presto – auf einmal der Dampfer *State of New York*. Der existiert wirklich, sieht uns ungemein ähnlich, und fährt auch irgendwo hier herum. Im Jamaikageschäft. Wie verblüffend einfach es doch ist, ein bißchen zu schwindeln!«

So fuhren wir also auf einem falschnamigen, mit Geschützen vollgepfropften, verdächtig schnellen, richtig klarierten, aber doch wieder krummwegigen Dampfer gen Venezuela. Zu was nun eigentlich? Dja, das war mir wahrhaftig völlig gleichgültig!

Je geheimnisvoller das Ereignis – desto großartiger!

In Venezuela

Auf dem Karibischen Meer. – Das Erschlaffende der Tropenfahrt. – An Ort und Stelle. – Die geheime Landung. – Der Fußpfad im Urwald. – » *Santa madre de Dios***«. – Das einsame Haus. – Der kranke Mann darin. – Wie Percy F. Matthews und Fred Haveland sich einigten. – Zurück zum Dampfer. – Wir werden beschossen. – Geplänkel im Urwald. – Die Raketen. – Weiter, weiter!**

Stampfe – stampfe ...

Und mit den Seemeilen rollten die unerträglichen Tage dahin, gefolgt von den unerträglicheren Nächten. Dann und wann tauchten, wie frei schwebend in der Luft, im glasigen Himmel Inseln und Landstrecken auf, undeutlich, nebelhaft, wolkenartig, oder ein Schiff in der Ferne wie eine vorbeihuschende Erscheinung – aber immer da waren die Unbarmherzigkeit der Glutsonne des Karibischen Meeres und die Schlaflosigkeit der feuchtschwülen Nächte. Ein wüster Traum der Trägheit schien das Leben und ein zu hassender Feind die ewig glatte Wassermasse: ekles Einerlei ihre ewig gleiche Bläue. Man schwankte auf Deck des Morgens nach fiebriger Schwitznacht, berührte eine glühendheiße Reeling, ließ sich stöhnend in den Dampferstuhl fallen, dessen Brettchen so heiß waren wie die Lagerstätten eines türkischen Bades: man rauchte, man trank gierig eisgekühlte Getränke, fast nichts essend, man verträumte im Halbschlaf den Tag im Dampferstuhl. Ungeheuerliche Willenskraft gehörte dazu, zu sprechen, ohne dem Menschen, mit dem man sprach, eine Beleidigung ins Gesicht zu schleudern; übermenschliche Anstrengung erforderte es, die Pflichten des Bemutterns den sechzehn Männern gegenüber zu erfüllen, die vorne am Bug auf Decken und Matratzen herumlagen, spielend, sich zankend, knurrig wie Hunde. Ich ließ aus Revolvern auf die zierlichen Delphine schießen, die um das Schraubenwasser spielten und die farbenglitzernden Leiber mit Blitzesschnelle umherschleuderten, aber es war träger Sport und schlechter Sport, und den Fischen geschah kein Leid; ich ließ die Leute sich gegenseitig mit Seewasser übergießen und machte Scherze dabei, über die weder ich selbst noch irgend jemand anders lachte; ich verteilte Kleider, ließ Waffen probieren, hielt Besprechungen ab, schlichtete Streitigkeiten, erzählte Geschichten – und tat das alles wie im Halbschlaf; wie eine Maschine, wie eine Uhr, die ihre aufgezogene Federkraft abschnurrt.

Das änderte sich mit einem Schlag.

Wir saßen abends im Kartenraum; Boardmann, Haveland, ich. Schweigend. Rauchten grüne Jamaikazigarren. Der Kapitän zeichnete den Kurs des Tages in die Karte ein.

» *Well*, meine Herren,« sagte er plötzlich in seiner wortkargen Art, »wir schaffen's bis vier Uhr früh; sagen wir viereinhalb Uhr!«

»Gottseidank!« schrie Haveland, aufspringend. »Besondere Orders?« fragte der Kapitän.

»Nein. Wie verabredet. Andampfen, sofort landen, zurück aus Sicht, und warten. Das Signal ist eine Rakete.«

» *Very good*,« sagte Boardmann und verschwand.

»Das weitere kommt auf die Umstände an,« erklärte mir Haveland. »Ich kenne hier jeden Steg. Wir entscheiden von Schritt zu Schritt. Im voraus beraten, ist Unsinn. Oh, ich vergaß.« Er holte eine Kassette aus der Kajüte. »Steck' dir diese englischen Sovereigns ein« – eine Handvoll Gold war es –. »Sie sind das beste Geld hierzulande.«

» *Allright*,« nickte ich. »Aber –«

»Nicht reden, bitte,« stieß Haveland hervor. Er sah müde und alt aus.

Mir aber war zumute, als sei ich durch einen elektrischen Impuls urplötzlich wieder frisch, lebendig, stark geworden. Es war ertötend schwül. Ich jedoch glaubte wirklich, einen frischen belebenden Luftzug zu verspüren – ich war ein anderer mit einemmal – ich hätte jubeln können ...

»Gut Glück!« rief ich lachend. »Gut Glück. Haveland!«

»Dummes Zeug, dummes Zeug,« brummte er. »Schlafe lieber noch.«

Und er warf sich auf das Banksofa rechts, ich auf das Banksofa links. Kurz nach drei Uhr morgens weckte ich Jack und sagte ihm in wenigen Worten, es sei soweit. Dann holten wir die anderen aus den Kojen. Die elektrischen Glühbirnen hatten wir angedreht, vorher aber eine Decke über die Türe gehängt, denn das Schiff fuhr ohne Lichter. Alles lag gebrauchsfertig da; die Revolver, die Patronenschachteln, die sackartigen Feldtaschen mit Zwieback, Konserven, Zitronensaft in Zinnbüchsen gefüllt, die Feldflaschen mit einer Mischung von Tee, Rotwein, Eis, vom Steward zurechtgemacht. Auf dem schwingenden Tisch standen Gläser, eine Kanne mit starkem Kaffee, Teller mit Brot. Fleisch, Aepfeln, eine Flasche Whisky, und – etwas sehr Wichtiges – ein Medizinfläschchen mit Chininpillen.

»Essen!« sagte ich kurz. »Drei Finger Whisky für jeden Mann und eine Chininpille. Wir landen in einer halben Stunde. Es wird nicht gesprochen. Befehle werden nur von mir gegeben, und nichts wird ohne Befehl getan. Verstanden?«

» *Yes, sir – yes, sir – yes, sir – –* « rieselte es um den Tisch.

»Eure Revolver habt ihr nur zu dekorativen Zwecken. Dies ist ein Picknick. Wer ohne Order schießt – verstanden?«

» *Yes, sir – yes, sir –* « rieselte es wieder.

»Hat irgend jemand irgend etwas zu sagen?«

» *Hu–rräh!* « begann Jack, aber ich hob rasch die Hand. Dies war nicht die richtige Zeit, zu lärmen –

Die Schiffsschraube hörte zu arbeiten auf. Ich drehte das Licht ab. und wir stiegen an Deck. Das große Boot hing ausgeschwungen in den Davits. Haveland stand neben dem Kapitän auf der Brücke und starrte durch ein Nachtglas zu der dunklen Nebelmasse hinüber, die von Minute zu Minute schärfer in ihren Umrissen wurde und bald Hügellinien und schwarze Wälderflecke erkennen ließ. Dann wurde es in fast grellem Uebergang lichter. Wenige hundert Meter vor uns lag einsamer sandiger Strand, von dem jäh steile Hügel aufstiegen.

»Gut!« sagte Haveland. »Alles korrekt. Richtiger Platz. Geben Sie den Befehl. Boardmann!«

Das Boot glitt rasch der knallgelben Strandlinie zu. Haveland, der neben mir im Heck saß, nahm das Glas kaum von den Augen.

»Siehst du den Einschnitt bei dem Gestrüpp dort?« flüsterte er. »Die braune Linie? Das ist unser Weg. Früher waren hier Baracken der Küstenwachen. Sind jetzt verlegt. Die dunklen Punkte dort, ganz weit rechts. War schon dreimal hier. Waffen gelandet. Der Fußpfad führt fast schnurgerade hügelan, durch Urwald, drei Meilen weit, bis zu einer Rodung, die vor fünfzehn Jahren ein verrückter Kalifornier anlegte, um sich da ein einsames Haus zu bauen. Haus ist noch da, *allright*. Dort sitzt unser Mann. Gegend ist im übrigen nicht zu gebrauchen, weil oben auf dem Plateau sumpfig, aber uralter Rendezvousort für Revolutionäre. Augenblicklich auch – was der Haken ist. Kannst du irgend etwas Menschliches sehen?« Er gab mir das Glas. »N–nein.«

» *No! Please God, no*!!«

Und leise knirschte der Bootkiel auf Sand, und wir wateten ein Stück weit in seichtem Wasser und sprangen mit langen Sätzen dem schützenden Gestrüpp zu. Vom Meer her leuchtete der Feuerball der Morgensonne. Gelbe Nebelfetzen umhuschten uns, qualmig nun, dann urplötzlich verschwunden, in leichten Dunst zerlöst, und aus den Bodennebeln wuchsen schreiende Farben von grünen Riesenranken und geil wucherndem Blattzeug, gelb und grün und braun, und ungeheuren Bäumen mit schreiendgrünen Blättern, und das alles begrenzte wie eine Mauer den dünnen brandigroten Pfad, und aus der Mauer kam schwülheißer verpesteter Odem. Irgendwo in der Nähe zeterten schrille Vogelstimmen. Ich war an Ranken gestreift und – stand stockstill, in maßlosem Ekel meinen Hals abstreifend, meine Hände, meine Aermel, denn ich war bedeckt mit kleinem Getier, mit winzigen Spinnen, langbeinigen kleinen Käfern, mit roten, braunen, grünen lebendigen Punkten – alles wimmelte.

»Hölle! Was ist das?« schrie Leggy – das war einer der Cowboys – »Ameisen? Skorpione?«

»Harmlos, ganz harmlos!« keuchte Haveland. »Vorwärts!«

Springend, laufend, ging es hügelan, dem zerrissenen, hartverkrusteten Pfad nach, der immer wieder von dornigen Ranken überwuchert wurde und dann zwischen riesenhaft aufragenden Palmen führte. Wir mußten uns durchdrängen, die Gesichter schützen, uns vor den tiefen Rinnen im Boden hüten ... So verging eine Stunde härtester Anstrengung. Man kam gar nicht zur Besinnung. Plötzlich blieb Haveland stehen.

»Hundert Schritt weiter, und wir sind da.« sagte er leise, mich abseits ziehend. »Ich kann natürlich nicht wissen, ob Matthews – Percy F. Matthews, das ist unser Mann – ob Matthews da ist und ob er allein ist oder ob seine verdammten Freunde in der Nähe sind.«

Die wuchernden Wände öffneten sich.

Eine weite ebene Fläche lag vor uns, eingebettet zwischen starren Waldwällen, mit hohem Gras, breitblättrigen Pflanzen, rotschimmernden Bodenflecken. Aus der Mitte leuchtete ein niedriges weißes Holzhaus, verwahrlost aussehend, flach, verandenumgeben, verlassen anscheinend. Daneben zwei Hütten. Dicht beim Haus ein Brunnen –

»Nieder!« sagte ich scharf.

Denn aus dem Haus trat ein Mann. Die Gestalt in schmutziger Leinenhose, offener Jacke, breitrandigem Strohhut schlenderte ziellos umher, eine Zigarette paffend, guckte zum Himmel empor, sah gen Westen zum Wald hinüber, kam immer näher. Ich gab Jack einen Wink, und er kroch lautlos vorwärts, um im Bogen hinter den Mann zu kommen. Nun war der Venezolaner uns bis auf zehn oder fünfzehn Schritte nahe. Haveland sprang auf, höflich den Hut ziehend.

» *Santa madre de Dios*...« kreischte der Mann, wandte sich – und starrte Jack an...

Haveland, immer Hut in der Hand, redete in raschfließendem, klingendem, sonorem Spanisch auf ihn ein, ließ Goldstücke blitzen, lauschte auf Antwort, gab Gegenrede. »Matthews' Diener!« sagte er dann leise zu mir. »Matthews ist drinnen. General Morales – das ist der Rebellenführer, um den sich alles dreht, – steht mit fünfhundert Mann eine englische Meile von hier. Matthews erwartet ihn heute nachmittag. Wir müssen also sofort mit Matthews reden.«

» *Allright*,« antwortete ich. »Jack, behalte den Mann hier. Geht näher an das Haus heran, laßt euch nicht sehen, haltet nach allen Richtungen Ausguck, und meldet sofort, wenn jemand kommt. Verstanden, Jack?«

» *Yes, sir*«

Frederick Haveland aber und ich schritten eilig, hochaufgerichtet, ohne den Versuch zu machen, uns zu verbergen, über den hitzesprühenden Boden dem Häuschen zu. Es war einmal weiß angestrichen gewesen; jetzt klafften an den Wänden große graue und braune Schmutzflecken. Auf der Veranda war zwischen Pfosten und Rückwand eine sonderbare Hängematte gespannt, ein Tierfell anscheinend. Wir stießen die Türe auf. Das eine Fenster war zerbrochen, das andere schmutzig, ein eiserner Kochofen stand an der linken Wand, leere Konservenbüchsen und Flaschen lagen umher. Nächste Tür – nächstes Zimmer. Und ich blieb an der Tür stehen. Auf einem einfachen eisernen Feldbett in der Mitte des Zimmers lag ein Mann, im schneeweißen Leinenanzug, und das Gesicht dieses Mannes war schreiend kupfergelb, zwischen Gelb und Rot, kupfrig.

Er hatte sich auf den einen Arm gestützt, wie aus dem Schlaf aufgeschreckt, und seine Rechte hielt einen Revolver. Die Augen leuchteten wie Lichter. Ich sah gleichzeitig den Mann, die Augen, die Waffe, die Kleinigkeiten des Zimmers – die schönen Felle am Boden. die eiserne Kassette vor dem Bett, den schlichten Waschtisch, die Fläschchen und Büchsen auf einem kleinen Tisch, den Winchester-Repetierer an der Wand. Dann konzentrierte sich mein Blick auf die Waffe in des anderen Hand. Sie blieb gesenkt.

»Hoho – Haveland ist's!« sagte der Mann mit dem Kupfergesicht dünnstimmig.

»Guten Morgen, Matthews,« preßte Haveland hervor. »Du siehst krank aus.«

»Bin ich auch, Freund. Leber! Aber mein Stimmchen sagt mir, daß Mi–ü–üster Haveland nicht gekommen ist, um sich nach meiner verdammten Gesundheit zu erkundigen. Reden wir also Geschäft. Haveland. Aber ich warne dich« – sonderbar, wie stählern hart die dünne Stimme klang – »daß du zu spät kommst, mein Lieber. Ich habe gewissen Leuten viel Geld verdient, und ich gedenke nicht, mir irgend welche Vorschriften machen zu lassen, wenn ich den Weg klar vor mir sehe, für diese Leute und für mich endlich so etwas wie Millionen fingern zu können. Du hast das geschickt gemacht, Haveland – Privatdampfer, direkt, was? – aber du kommst zu spät. Wer ist der Mann da?«

»Freund; kommandiert sechzehn Amerikaner, die draußen warten.« »Sechzehn – das ist aber unangenehm,« sagte die dünne Stimme ruhig. »Dann wollen wir das Dings da« – er ließ den Revolver fallen – »weglegen. Rede Geschäft, Haveland!«

»Matthews – du kennst mich?« fragte Frederick Haveland, sich auf einen Stuhl setzend.

»J–ja. Ich kenne dich.«

»Du weißt, daß ich – hm, fast immer auf der richtigen Seite bin?«

»Diesmal nicht.«

»Willst du mir einige Fragen beantworten? Aber richtig!«

»J-ja. Lügen hat in unserem Fall keinen Zweck.«

»Gut! Du unterstützt Morales?«

»Jawohl.«

»Wieviel Geld hast du ihm gegeben?«

»Rund sechzigtausend Gold.«

»Und die halbe Million?«

»Noch nicht.«

»Gottseidank! – Gottseidank! – Wo ist das Geld?«

»Englische Bank, Jamaika. Andere Leute wissen auch mit praktischen kleinen Privatdampfern umzugehen, mein Lieber,« piepste die dünne Stimme. »Und nun hör' zu, Haveland. Über dieses Geld verfüge ich, vielleicht auch noch der liebe Gott, aber sonst ganz bestimmt niemand – Leber oder keine Leber! Ich kenne dieses Land und ich weiß, daß der ehemalige Ochsentreiber Castro, der sich jetzt Präsident schimpfen läßt, die längste Zeit mißgewirtschaftet hat. Morales steht hier mit 500 Mann, in Caracas warten seine Anhänger nur auf ihn, in den Provinzen ist seit vielen Monaten alles vorbereitet. Es wird ein einziger Schlag sein in einer schönen Nacht – Caracas ist nicht weit von hier, mein Lieber – und – aus – damit. Früher wurde der Fehler begangen, diese Dinge in entfernten Provinzen anzuzetteln, mir aber schlagen nach dem Herzen und schlagen schnell.«

»Und die Kompensationen, Matthews?«

»Darüber rede ich nicht.«

»Gut!« sagte Haveland. »Das kann ich verstehen, Matthews! Die Männer, für die ich spreche, geben keinen roten Heller für Castro. Keinen roten Heller für Morales. Und sehr wenig – entschuldige! – für Percy F. Matthews. Es ist alles nur pures Geschäft. Wir wissen – « hart, scharf, schnell kamen die Worte – »daß seit dreizehn Tagen der Standort deines Morales in Caracas bekannt ist: wir wissen, daß alle gefährdeten Punkte schärfstens bewacht werden; wir wissen, daß Castro seiner Leute sicher ist, denn europäisches Geld ist ihm beigesprungen, das er richtig verwendet hat – und wir wissen endlich, daß die Vereinigten Staaten unsere Ansprüche nicht unterstützen werden, wenn wir uns an Anschlägen auf die bestehende Regierung beteiligen. Verstehen Sie mich jetzt, Mr. Percy F. Matthews?«

»Großer Gott!« sagte unser Mann, schwer keuchend. »Gib mir mal die silberne Spritze dort, Haveland – und das Fläschchen; nein, das kleine, blaue – 's ist nur Kokain – so! Danke!« Er stach am Oberarm ein und richtete sich dann langsam auf.

»Ich muß Morales warnen,« sagte er langsam.

»Wie du willst. Ich mache dich aber darauf aufmerksam, daß es meiner Ansicht nach nur einen einzigen gangbaren Weg gibt, aus dieser Affäre herauszukommen. Wir müssen augenblicklich fort. Mein Dampfer wartet. Du darfst mit dieser Sache nichts mehr zu tun haben. Hat Morales etwas Schriftliches von dir oder irgend jemand?«

»N–ein.«

»Gut. Unser Ziel ist Caracas, und wieviel Geld es uns kosten wird – –«

Er hielt inne, die Augen weit aufgerissen. Ich war in die Höhe geschnellt.

Geisterig ertönte Geknatter.

Unregelmäßig, rollend, fern, aber klar und deutlich.

Haveland sah mich an.

»Infanteriefeuer!« sagte ich kurz.

»Hell! Morales wird angegriffen! Schnell. Matthews!«

»Ihr müßt mich tragen –«

»Höll' und Teufel! Schnell, schnell, Matthews hol deine Leute, Ed – –«

Wir rissen die eisernen Füße vom Feldbett, fieberhaft arbeitend, denn das Feuern kam rasend schnell näher, und hatten rasch eine halbwegs praktische Tragbahre konstruiert. Dann ging es im Laufschritt dem Pfad zu, vier Mann mit dem Kranken voraus. Matthews fluchte fürchterliche Flüche dabei, direkt unanständig, und hielt krampfhaft seine eiserne Kassette fest, die er mit auf die Bahre genommen hatte. Befehle zu erteilen, war durchaus unnötig; die Leute hatten augenblicklich begriffen, auf was es ankam – Eile, schnellste Eile, Blitzeseile, und sie mochten ahnen, daß es um Haut und Kragen ging. Haveland, Jack und ich bildeten die Nachhut. Als wir den Waldrand eben erreicht hatten – die Bahre war voraus – tauchte drüben ein Reiter auf, gefolgt von undeutlichen Gestalten, die Gewehre schwangen. Im nächsten Augenblick knallten Schüsse, und hoch über unseren Köpfen zischten Kugeln.

»Das geht nicht,« sagte ich. »Vorwärts, da vorne! Ihr könnt euch nachher drei Wochen lang ausruhen! Rasch! Noch schneller! Wer ist das, Haveland?«

»Weiß nicht,« war die keuchende Antwort. »Wir müssen den Dampfer erreichen und – allein erreichen. Sie würden uns niederschießen wie Hunde, ob's nun Revolutionäre sind oder Regierungstruppen!«

»Versprengte Revolutionäre, wahrscheinlich,« erwiderte ich, rasch nachdenkend. »Sie haben auf uns geschossen – das macht die Sache einfach – Jack, auf das Pferd, – niedrig halten, um Gotteswillen – Leggy, komm' her – das Pferd dort ...«

Mein Colt knallte als erster, und vor dem Pferd spritzten Erdfetzen auf. Fast gleichzeitig mit meinem zweiten Schuß dröhnte es links und rechts neben mir. Pferd und Reiter wälzten sich auf dem Boden.

»Hoffe, er hat sich den Hals gebrochen –« schrie Jack jubelnd. »Gutes Schießen! Das waren fünfhundert Schritt, kalkulier' ich!«

Und wieder schlugen Kugeln um uns ein.

»Weiter!« brüllte ich. »Sie wissen nicht, wer wir sind und wie viele wir sind! Hier, Leute! Feuert in die Luft – schnell – alle sechs Schüsse – wollen ihnen Angst einjagen – so – soo–!«

Geknalle, Gedröhne –

Weiter!!

Und ein wahnsinniges Rennen begann: ein Springen, ein Hetzen, ein blindes Vorwärtsstürmen, ein Vorwärtsschleppen der Bahre, ein Aufbieten der letzten Kräfte, und Schüsse knallten hinten, und Geschosse umzischten uns, und ich ließ aufs Geratewohl feuern. Dann wurde es still.

» *Das Signal!*« keuchte Haveland.

In zehn Sekunden war ein Stock geschnitten. Das Feuergeschoß zischte mit scharfem Knall schnurgerade in die Höhe, aber die Flammengarbe hatte in der dünnen grellbesonnten Luft nur mäßige Leuchtkraft. Es blieb still. Nach zweihundert Schritten feuerten wir eine zweite Rakete; dann in kurzen Zwischenräumen eine dritte, vierte, fünfte. Es blieb immer noch still.

»In zwanzig Minuten haben wir's!« stieß Haveland hervor.

Weiter – weiter!

Der Schweiß lief in Strömen von mir herab und vor den Augen tanzten mir glühende Sterne und mein Atem kam und ging mit pumpenden keuchenden Stößen. Neben mir rannten Menschen, keuchend, stolpernd, fluchend – weit vorne schwankte die Bahre hart auf und ab. Der Mann mit der kranken Leber büßte in dieser Stunde seine sämtlichen Sünden. Ich blieb einen Augenblick lang stehen, den Colt wieder ladend. Fast versagten mir die Füße den Dienst.

Weiter!

Das Ende des letzten Streichs

Endlich am Strand. – Der Dampfer wartet. – Das überfüllte Boot. – Jack und ich bleiben zurück. – Der Dampfer läßt uns im Stich. – Das Kriegsschiff der Vereinigten Staaten. – Wir geben Raketensignale, und ein Boot holt uns ab. – Der Marinekadett verhaftet uns. – Ein altes Gesicht. – Eine kleine Ohnmacht. – Der Wahnsinn der Wirklichkeit. – Wie durch Billys Hilfe sich alles in Wohlgefallen auflöste. – Das Nebelhaft ... – Wie schön es ist, etwas nicht zu wissen –

Die Anwandlung von Schwäche war im Augenblick geschwunden.

Denn da weitete sich der Pfad, und wir waren im niederen Gestrüpp, und der Strand lag knallgelb da, und er war einsam, und greifbar nahe fast schaukelte der Dampfer in leichtem blauen Wellengang, und dicht bei der Strandlinie wartete das Boot. Ein brüllendes Hurra! donnerte durch die Luft.

»Ruhe!« schrie ich. »Ihr könnt auf dem Dampfer brüllen! Schnell!!«

In wenigen Minuten war die Bahre mit dem Kranken durch's seichte Wasser getragen, ins Boot gehoben – Männer wateten hinterdrein – kletterten über Sitze ...

»Halt!« rief der Bootsmann. »Höchstens noch einer!«

Haveland, der am nächsten war, wurde ins Boot gezogen. Jack und ich blieben zurück. –

Das alles spielte sich blitzschnell ab.

»Wir holen euch in zwanzig Minuten.« rief Haveland noch.

*

Ich hockte mich in den Sand hin und starrte gleichgültig dem abfahrenden Boot nach, denn mir war schwach und elend zumute. Kein weißer Mann kann in einem Tropenklima seine Kräfte bis aufs äußerste anstrengen, ohne sehr bald zum Ende zu gelangen. Die Luft flimmerte und zitterte. Die Sonne brannte erbarmungslos. Mein einziger Gedanke war: »Wenn ich nur schlafen dürfte ...«

Plötzlich pfiff Jack schrill durch die Zähne.

Ich sah auf. Das Boot war halbwegs zwischen Strand und Dampfer. Aus dem Schornstein der *City of Hartford* qualmten auf einmal schwere schwarze Rauchwolken – und – dort am Horizont kräuselte über einem hellen Fleck eine zweite Rauchwolke empor. Der helle Fleck wurde zusehends größer, die Rauchwolke deutlicher, schwärzer ...

»Noch 'n alter Dampfer!« murmelte ich schläfrig.

Mechanisch suchte ich die Strandlinie nach links und nach rechts mit den Augen ab, denn ich fürchtete die Küstenwachen, die eigentlich durch unsere Raketen alarmiert sein mußten. Nein; da war niemand. Der helle Fleck wurde weiß; zeigte die schlanken Linien eines Schiffes. Im gleichen Augenblick schien es mir, als ob die Lage der *City of Hartford* sich verschiebe, und zwanzig Sekunden später konnte ich nicht daran zweifeln, daß der Dampfer in voller Fahrt nach Norden abdampfte.

» *They've left, us!*« schrie Jack, wütend aufspringend. »Diese hündischen Söhne von Feiglingen lassen uns im Stich!«

» *Exactly!*« sagte ich ganz ruhig – in meinem Kopf war wohl etwas nicht völlig in Ordnung – »und es tut mir nur leid, daß wir keine Winchesters haben. Die Colts tragen nicht so weit. Hätte ich meinen Winchester, so würde ich die Herrschaften auf der Brücke dort sehr krank machen.« – Mühsam spähte ich durchs Glas nach dem näherkommenden weißen Fleck. – »Sei ein guter Junge, Jack, und schneide mir zwei Stöcke für Raketen. Die Sterne und Streifen habe ich deutlich gesehen – weiß ist das Dings auch – ich müßte mich sehr irren, wenn das nicht ein Kanonenboot der Vereinigten Staaten ist – deshalb sind die Hunde auch ausgekniffen – und ich will's lieber mit Onkel Sam zu tun haben als mit der dreckigen Gesellschaft, die uns jeden Augenblick über den Hals kommen kann – wir wollen zwei Raketen feuern, mein Junge!«

Eine fürchterliche halbe Stunde des Wartens.

Nun war er da, der schlanke weiße Dampfer. Eine Meile weit ungefähr draußen. Mit zitternder Hand zündete ich die Lunten an, und die Feuergarben sprühten in die Höhe ... Wir waren wohl beide ein bißchen toll, denn wir rannten wie Verrückte am Strand auf und

ab, und knallten Schüsse in die Luft, so schnell wir laden konnten –
und brüllten wie besessen, denn vom Schiff löste sich ein dunkler
Fleck – kam schnell auf uns zu …

»Amerikaner! Dachten wir uns!« krähte eine Kinderstimme –

»Was war das für 'n verdammter Dampfer, der da wegfuhr?« –

»Was für 'n Höllengeschäft habt ihr hier?« –

»'rein ins Boot!« –

»Sie sind unter Arrest!« –

»Her mit den Revolvern!« –

»Wir werden Sie schon fixen!«

– Es ging alles sehr schnell. »Sie sind unter Arrest!« kreischte zum
drittenmal der kindergesichtige Marinekadett, der das Boot kommandierte.

»Das ist mir ver–verdammt an–angenehm …« stotterte ich totmü-
de, und doch grinsend. »B–besten Dank!– –«

Und dann waren wir auf einmal an einer weißen Schiffsseite, und
irgend jemand half mir die Stufen einer Kriegsschifftreppe empor,
und da standen, höchst undeutlich für mein Auge, Herren in Uniformen und insbesondere eine Gestalt in weißem Flanell, mit einem
Gesicht, das mir außerordentlich bekannt vorkam, einem lieben
alten Gesicht –

»Guter Gott! Bist du's!« rief es aus dem alten Gesicht.

»Der Kerl sieht wie Billy aus,« stammelte ich, sehr hörbar. »Jawohl, ich bin es! Ich – der blödsinnigste verdammte Narr seit Er-
schaffung dieser verrückten Welt – – –«

»Amen!« sagte eine alte, liebe Stimme.

Hierauf – sonderbar – bin ich wohl zusammengebrochen…

*

Oh ja, die Wirklichkeit ist immer etwas Wahnsinniges.

Das Schiff war der Vereinigte-Staaten-Zollkreuzer »Albatros«
(sagen wir) – das Schiff heißt *nicht* »Albatros«, und Haveland heißt
durchaus nicht Haveland, und Matthews hat einen *ganz anderen* Na-

men als Matthews; aber was bedeutet schließlich ein Name? – und, wie verrückt doch die Märchen der Wirklichkeit sind! Mein alter Billy vom Schienenstrang, mein lieber Rauher Reiterleutnant, war – neuernannter Konsul der Vereinigten Staaten für Belize, einem verdammten Hafennest des britischen Honduras, und gondelte vorher im Karibischen Meer noch ein bißchen herum, weil ein amerikanischer Konsul eine Respektsperson ist und besonders weil der Kapitän des Zollkutters der Mann seiner Schwester war! Die Wirklichkeit ist wahrhaft verrückt.

O, es löste sich alles in Frieden und Wohlgefallen auf.

Ich erzählte Billy haarklein, wie sich das alles zugetragen hatte (wenn der Teufel Haveland zu holen gedachte, so hatte er entschieden meinen Segen!) und der Rest war ein großes Gelächter.

»Offiziell weiß ich von nichts!« sagte Kapitän – nun, wenn ich einen Namen nennen wollte, müßte ich doch lügen.

»Ich garantiere, daß er den Mund hält!« warf Billy ein.

Und ich nickte, und so wurde die Sache als Zeitungswert auch noch versaut ...

Muß ich erwähnen, daß Billy und ich uns Geschichten erzählten, die siebenundzwanzig dicke Bände gefüllt hätten? Muß ich angeben, daß Jack einen saftigen Anteil von den englischen Sovereigns des guten Haveland erhielt? Ist es nicht selbstverständlich, daß das Schiff uns in Port Kingston, Jamaika absetzte, und daß wir am gleichen Tag Plätze auf dem Postdampfer nach Neuorleans belegten?

*

So endete die Expedition ins Nebelhafte.

Sie ist hingeschrieben worden nach dem Erinnern der Wirklichkeit, wie die Bilder eines Films aus der Wirklichkeit aufgenommen werden. Es fehlt nur der erklärende Verbindungstext der Lichtspielbühne ...

Und damit hat es seine Bewandtnis.

Vor einigen Monaten war ich auf dem Sprung, nach London zu fahren und aus den ausgezeichneten amerikanischen Zeitungsregistraturen des Britischen Museums die Wechselwirkung zwischen venezolanischen Verhältnissen und Maßnahmen des interessierten amerikanischen Kapitals zu der genauen Zeit meines letzten lustigen Streichs festzustellen. Vielleicht hätte sich dann nach Wochen mühseligen Suchens ein Anhaltspunkt ergeben. Diese oder jene Tatsächlichkeit, die eine erklärende Kombination ermöglicht haben würde... Ohne Zweifel standen hinter dem Mann, den ich Haveland nenne, bedeutende Geldinteressen, denn unsere Flibustierfahrt muh Unsummen gekostet haben. Feststeht ferner, daß der wirkliche Interessent die Amerikanische Asphalt-Kompagnie war. Obendrein spielte sich unsere Fahrt kurz vor den internationalen Verwicklungen mit Venezuela ab, über deren einzelne Gründe Belege existieren –

O ja, man hätte kombinieren können!

Aber am Ende erschien es mir häßlich, die lustige Romantik der Wirklichkeit mit grauer Theorie und öden Erklärungsversuchen zu belasten. Das Geschehen muß für sich selbst reden. Ich fuhr nicht nach London. Ich bin es zufrieden, mir lachend zu sagen, daß ein kleines Geheimnis doch viel schöner ist als nüchternes Wissen – in diesem besonderen Fall! Ich habe für einen klugen und gerissenen Mann die Kastanien aus dem Feuer geholt – leichtfertigst meinen Hals riskiert (wofür ich heute noch eine gewisse Vorliebe habe!) – mich um das Naheliegende, Selbstverständliche, Praktische überhaupt nicht gekümmert – einem grotesken Abenteuer in die Zähne gelacht – und ich möchte, daß mir die Erinnerung so bleibt, wie sie ist. Echt! Unverwässert! Ich will gar nicht wissen, was mit der *City of Hartford* geschah – und ob Castro die bestechenden Schnellfeuergeschütze wirklich bekam – und wie dieser Spitzbube von Haveland sich endgültig aus der Affäre zog ...

Denn es ist manchmal sehr schön – etwas nicht zu wissen!

Fahrwohl, Amerika!

Neuorleans ist eine außergewöhnlich interessante Stadt, und es scheint mir eine beschämende Erinnerung, daß ich all' das Interessante – die Mississippi-Levée, den sonderbaren Mischmasch von französischer Grazie und amerikanischer Grellheit, die wundersamen berühmten Bauten der alten Stadtviertel – so ziemlich verträumte, verschlief, übersah. In einem Mischmasch von Lachen und Mürrischsein ...

»O – du! – du! –« (so sprach ich zu meinem Spiegelbild, und das Sprechen ermangelte keineswegs der allergrößten Deutlichkeit) – »Du! Geh' doch wieder auf eine Farm und pflücke Baumwolle mit schwarzen Negern um die Wette! Dazu taugst du! Da hast du ja dein großes Ereignis gehabt – nettes Ereignis – vier Stunden und fünfzig Minuten hat es gedauert – reizend, reizend – o du ...«

»Den Mund mußt du auch noch halten – o, o!«

»Niedlich – diese Einfalt, mit der du hinter Haveland hergelaufen bist – o, o, o,...!«

Aber auf einmal meldete sich ein inneres Stimmchen kichernd:

»Lieber Junge – es war ja – jawohl, es war doch wunderschön...« Und da lachte ich laut und verspürte heißglühende Luft und sah knallgelben Sandstrand und schüttelte den Kopf und wunderte mich, was Haveland jetzt wohl trieb, und ich, der Quecksilberige, ich spielte *solitaire* im einsamen Hotelzimmer, was auf gut Deutsch *patience* heißt – eine wundervoll beruhigende Beschäftigung – der Kuckuck mag wissen, wie sie aus den Boudoirs Ludwigs des Vierzehnten nach dem modernen Amerika gekommen ist, wo jedermann *patience* legt – und grübelte und war ein bißchen krank.

Meine Post kam.

Ich hatte sie mir aus Neuyork, St. Louis, Galveston herbeitelegraphiert. Und es begab sich, daß unter den Briefen zwei deutsche waren, von meiner Mutter, mit trüben Nachrichten von Sorgen und veränderten Verhältnissen, und einmal hieß es – »hätten wir dich nur hier!« Aber es war hingeschrieben, wie man von etwas Unmöglichem schreibt.

Da sann ich und sann verstimmt.

Und urplötzlich packte mich ein Gedanke, der mir so ungeheuerlich schien, so furchtbar, daß ich entsetzt aufsprang und jäh im Zimmer auf und ab rannte. Der Gedanke fraß sich tiefer ein – Bilder kamen, Vorstellungen, Sehnen, Wünschen – wunderliche Pläne huschten durchs Hirn – ich sah ein altes liebes Gesicht – ich wandelte in alten Straßen – und der Gedanke war zum Entschluß geworden ...

»Der Wanderweg führt heimwärts!« flüsterte ein zittriges Stimmchen.

»Heiho – heidi – etwas Neues!« jubelte der gute, alte, liebe Leichtsinnsteufel. »Hurra – etwas ganz Neues! Etwas wundervoll Neues!! Rasch nur, rasch, rasch, rasch ...«

Ich bestellte telegraphisch in Neuyork eine Kabine auf dem nächsten Europadampfer.

Ich reiste binnen zwei Stunden von Neuorleans ab.

Und schwamm binnen drei Tagen auf dem großen Wasser.

In mir war keine Wehmut, kein Zögern, kein Grübeln. Vorwärts, Neuem entgegen!

Fahrwohl, Amerika!

*

Ein Mann, der wirklich kein Lausbub mehr genannt werden könnte, wenn er auch jung bleiben möchte und fröhlich in die Welt gucken trotz erschrecklich starken Haarschwunds, und, liebe gute Götter, ein wenig leichtsinnig auch, sitzt im Schreibstuhl und schreibt und starrt dann wieder in die Ecke, wo die Bilder huschen, von den alten amerikanischen Zeiten träumend, in denen er ein Lausbub war.

Wie rasend schnell sie sich abrollten, die Jahre! Wie es sich jagte und überpurzelte, das Erleben, das Verändern, das Schauen, das Lernenmüssen! O, wie sie huschten, die bunten, tollen, wirren, grellen Bilder – gleich – gleich den lebendigen und doch so märchenhaften Schatten, die uns weißes Licht aus einem Film an eine Wand wirft ...

Nein! Häßlicher Gedanke – Sie sind ja da, die kleinen hübschen Bildchen, und sie sind möglichst nett gezeichnet worden nach bestem Können, und die dummen Streiche wurden ja allerdings nicht klug und taktvoll verschwiegen, und schließlich könnte man wohl auch sagen, daß all das Zeug ein kleines amerikanisches Kulturbildchen ist – aber hinter den Bilderchen und den dummen Streichen und all dem Abenteuerlichen steckt ein Gedanke. Ein heißes Wünschen. Stümperhaftigkeit nur war es, die uns das Wollen so viel leichter macht als das Können – *strange, how desire does outrun performance!* sagt Shakespeare! – wenn die Buchstabenbilder den Gedanken nicht scharf ausprägten.

Ich singe keine hohen Lieder des Leichtsinns.

Leichtsinn –

Es kommt in dieser sehr schönen Welt im letzten Ende darauf an, auf eigenen Füßen zu stehen und seines eigenen Glückes Schmied zu sein, so altmodisch das auch klingen mag. Laßt sie doch schmieden, die Männer und die Frauen! Laßt sie hämmern! Mann, Mensch, du mußt ja für das alles bar bezahlen an jeder Wegkreuzung des Lebens – du mußt bezahlen mit harter Münze, mit nagendem Jammer, mit Lebensjahren – du mußt ganz unweigerlich bezahlen – und wenn du nur ein ganzer Mann, ein ganzer Mensch bist, der das frißt, was er gekocht hat, das erleidet, was er verschuldete, so magst du den Kopf hochhalten und den Pharisäer verlachen, sei er großer Herr oder kleiner Knecht, der dich schief anblickt.

Deine Kraft ist in dir und nur in dir. Niemand kann dir wirklich schaden; niemand dir wirklich nützen. Du allein bist der Herr deiner Welt. Und es ist etwas Großes, Herr zu sein –

Laßt sie doch in die Sonne lachen, die Menschen!

Seid frohsinnig!

Vertraut auf euch selber!

Seid stark! Tragt doch grinsend eure Bürden und arbeitet, arbeitet – dann nur und nur dann dürft ihr leichtsinnig gewesen sein ...

So sind frohe Lebensbejahung und starker Glaube an die Kraft des einzelnen Menschen Paten gestanden bei dem Geborenwerden dieser vielen Tausende von Zeilen.

*

Und war ich einmal und war ich oft verzweifelt und schwach, so habe ich, mit glänzendem Erfolg, gesucht, das schleunigst und für immer zu vergessen. Wie bitterhart es war und wie sonnenlustig, das neue Leben, wie wirr, wie bunt, wie verrückt, und doch wie wunderschön folgerichtig – wie endlos oft und wie steinig der Weg – das ist jetzt eine fröhliche Erinnerung!

Rückblick

Neulich besuchte mich ein amerikanischer Freund.

Ich saß hungrig da und lauschte gierig auf sein Erzählen. Es war, als hätten nebelhafte Märchengebilde der Erinnerung auf einmal wieder die festen klaren Formen der Wirklichkeit angenommen; eines romantischen aber wahren Lebens, das doch weit und unwiederbringlich zurückzuliegen schien. Der Mann, ein erfolgreicher Ingenieur, sprang von Stadt zu Stadt über in seinem Schildern; von Staat zu Staat, von Land zu Land – von Texas zu Kuba, von New York zu San Franzisko, von Zuckerplantagennegern zu New Yorker Milliardären...

Und ich lauschte und lauschte, und eine Spanne Zeit lang kam es mir vor, als sei ich Aermlicher nun wirklich wie ein Gefangener an die Scholle gebunden. Als könne ich das weite Feld von dereinst gar nicht mehr überblicken. Jedes Wort rief mit grausamer Deutlichkeit alte Erinnerungen wach. Zu locken schienen sie, zu schmeicheln, zu liebkosen, die alten Ausdrücke und Wortwendungen des Amerikaners, die in drei kurzen Strichen eine Sache, einen Menschen haarscharf umrissen. Wie das Ueberspringen eines elektrischen Funkens war es, wie die Nähe einer lieben Frau. Auf einmal jedoch schien sich etwas Fremdes einzuschieben. Ich empfand, daß mich von diesem Mann, von seinen Vorstellungen, von seinem Sein eine breite Kluft trennte. Eine andere Kultur. Verändertes Schauen. Neues Erleben.

Und als der Mann, der mir große Freude und tiefes Enttäuschtsein zugleich ins Haus gebracht hatte, gegangen war, legte ich mir eine Frage vor, die mich eigentlich niemals in so klarer Form beschäftigt hatte:

Was ist mir Amerika?

Ein weiches, zärtliches Gefühl kam über mich, als gedenke ich eines lieben Menschen, von dem ich getrennt sein mußte. Die Traumbilder kamen. In ungeheurer Wucht stiegen gigantische Städte auf. Lebendige Steinmassen ragten gen Himmel. Von allen Seiten und nach allen Seiten wälzte sich ein schwarzer, bienenemsiger Menschenstrom. Dumpfes Getöse erdröhnte. In den dichtgedrängten

Massen brauste es wie Kampfgetümmel, und still lagen die Leiber der Gestürzten da wie ruhiges Inselwasser im rauschenden Strom. Schwarze Punkte stießen andere schwarze Punkte nieder, kletterten über sie hinweg, schwangen sich auf fremden Rücken empor...

Dort, wohin alle drängten, rieselte aus bleigrauem Himmel gelb und gleißend ein Goldstrom. Getrieben, gepeitscht, gelenkt von furchtbaren, sausenden Maschinen. Gespenstisch große und starre Riesengestalten von Menschen standen kalt und drohend an den Hebeln. Aus dem Wirrwarr hinaus schossen, wie Granaten aus Geschützen, dampfende Eisenbahnzüge nach allen Richtungen, sich aus der schwarzen Masse wühlend, ungeheuren Fernen zu. Länderstrecken leuchteten da voll goldgelben Weizens, und Millionen von Rindern grasten auf unendlicher Prärie, und während dort Schneeberge drohten, brannte hier glühende Tropensonne über undurchdringlichen Urwäldern. Wie feines, dichtmaschiges Fischernetz spannen sich überallhin die Telegraphendrähte, und schrill wie Trompetenklang erdröhnte hoch über allem das stete Gebrause der Arbeit: jener Arbeit, die ein Gott dem Menschen gegeben hat, damit er sich stark fühle wie die Götter ...

Welch ein Land!

Es wird ständig genährt von einem Menschenstrom aus allen Teilen der Erde, der niemals versiegt. Es ist so riesenhaft groß und es birgt so fabelhafte Schätze, daß man sich nur beklemmten Herzens wie ein unwissendes Kind in törichter Undeutlichkeit vorstellen kann, ob in hundert Jahren ein Paradies aus ihm geworden sein wird oder eine Hölle. Es ist so mächtig, daß die Welt erzittern müßte in Furcht vor ihm.

Ah, welch ein Land!!

Traumhaft schön ist es und furchtbar häßlich zugleich. Freier ist es als irgend ein Teil der Welt, wo Menschen sich regieren, und doch geknechteter wiederum als ärgstes Sklaventum. Es hat eine Regierungsform geschaffen, die fast die ideale Grenze erreicht, und – hat diese Regierungsform so lästerlich mißbraucht, daß ihre Schönheit zu einem jämmerlichen Zerrbild zerstört worden ist. Es züchtet menschliches Herdenvieh, das geschlagen, mißhandelt und zu Tode gearbeitet wird in unsäglicher Rohoit und es bringt starke, freie Männer hervor, die der Welt einen Stempel aufdrücken, nicht nur ihrer heißen Arbeit, sondern ihrer großen Menschlichkeit. Es ist ein Land, in dem eine Welle großer und edler Begeisterung alles, was da Mensch ist, so urplötzlich und gewaltig erfassen kann wie kaum irgendwo auf der Erde – und es ist ein Land, in dem blinde Leidenschaft und wahnsinniges, gemeinsames Tun verheerend wüten können, wie eine epidemische Krankheit. Es ist ein Land voll der unlöslichsten Widersprüche. Es ermangelt aller Einheitlichkeit.

Und gerade darum vielleicht stellt es ein vollendet wahres Abbild des menschlichen Lebens unserer Zeit dar.

Wer in diesem Gewühl von Arbeit, in diesem Wirrwarr der Widersprüche von lebenden und toten Dingen sechs Wanderjahre aufnahmefähiger Jugend verbringen durfte, dem ist wenig Menschliches mehr fremd ...

Und wieder kommt das Träumen. Sonnenfrohe Augen sind es, aus denen ich auf die Lehrjahre im Riesenreich des Dollars zurückblicke. Kein häßliches Erinnern trübt das Bild. Keine Lebenswunde wurde mir geschlagen in diesen Jahren; nicht eine einzige Schramme wurde dem jungen Menschen von damals zur Narbe. Darin liegt unzweifelhaft etwas sehr Sonderbares. Wenn ich mir heute vorstelle, welche Ungeheuerlichkeit es war, von einem jungen Menschen, der bis zum Alter von achtzehn Jahren nichts getan hatte als Schulbänke zu drücken und sein Taschengeld in möglichst unsinniger Weise auszugeben, auf einmal praktischen Lebenskampf unter allerschwersten Bedingungen zu verlangen, so will es mir scheinen, als müsse das Gelingen des Experiments einen tieferen Grund haben als die bloße Widerstandskraft starker Jugend. Und aus den Erinnerungsträumen von jagenden Eisenbahnzügen, von Riesenstädten und ungeheuren Menschenmassen, von buntem Hin und Her und anscheinend so planloser Arbeit ersteht ein klarer Begriff; erklärt sich das wirkliche Wesen von tausend kleinen Dingen:

Die Bürger des Reiches Amerika besitzen eine Errungenschaft, die wir uns erst lange Zeit nach ihnen erkämpft haben und noch Schritt für Schritt weiter erkämpfen. Sie haben als Ideal in das tägliche Leben hineingetragen, was einst der Mann von Korsika meinte, als er erklärte, jeder seiner Soldaten trüge den Marschallstab im Tornister! In all seinem rohen, brutalen Kampf um den Dollar, bei all seinem mörderischen Riesenverbrauch von Menschen, achtet der Amerikaner die Persönlichkeit des Einzelnen auf das höchste. Es ist eine seiner schönsten und größten Lehren, wenn er anscheinend so unfreundlich und gleichgültig sagt und immer wieder sagt: hilf dir selber!

Wie ein tönendes Leitmotiv klingen die winzigen drei Worte fortwährend über das Riesenland hin. Sie geben Stärke. Sie verleihen Kraft. Sie bedeuten Freiheit. Sie schenken dem Mann in noch jungen Jahren den Selbstrespekt und das Selbstbewußtsein, die in den Ländern der alten Welt in dieser bestimmten Form erst mit dem Beginnen des wirklichen Lebenserfolgs zu kommen pflegen. Wenn ich den Lausbub von damals sehe und mich lächelnd und schier verwundert erinnere, wie fröhlich und unbekümmert er nach den ersten kurzen Zeiten des Verblüfftseins in die amerikanische Welt hinausgetrampelt ist, so weiß ich, daß das bitterharte Land über dem Atlantischen Ozean seinen jungen Menschen den ganz großen Begriff der Männlichkeit zu schenken vermag. Etwas Urprimitives sicherlich. Einen Kraftbegriff, wie er etwa dem Urwaldpionier nötig war. Aber ein wundervolles Geschenk für den Lebensgang. Eine starke Stütze des Rückgrats, wenn Menschen und Dinge auf die Schultern drücken.

Und jetzt glaube ich, die Frage beantworten zu können.

Die sonderbare amerikanische Luft, in der es von Arbeit rauscht und von der Wichtigkeit des Einzelmenschen tönt, hat Bruder Leichtfuß mit der alten Lebensweisheit durchtränkt, daß keine Werte geschenkt werden ohne Gegenwerte, und daß der allein frei ist und der allein tüchtig, der sich selber hilft!

Das war mir Amerika!

Und wieder huschen die Träume und wechseln die Bilder. Ueber dem einen Großen, das sich so aus vielen Schalen herausschälte als errungenes Wertkörnchen, gaukeln in sonniger Farbenpracht die frohen Tage, die ich erleben durfte. Es ist ja nicht wahr, daß das Leben grau und trübe ist. Denn in jenen Tagen, die den meisten Leuten mit schwerer Arbeit und hartem Ringen angefüllt scheinen würden, war immerdar – und das in dem härtesten Land der Erde – Güte von Menschen und Frohsinn im Kampf. Und eine Romantik des täglichen Lebens, deren Erlebendürfen ein Göttergeschenk war.

Ach, was waren das für schöne Zeiten!

Aber der Besuch meines amerikanischen Freundes schenkte mir noch ein anderes Erkennen. Auf einmal spann sich in die alten Träume hinein ein jubelnder Glücksbegriff:

Welch wundervolle Zeiten sind das heute!

Rings um den Mann liegt neue Schönheit und immer neues Erleben, größer noch, als es dem Jüngling geschenkt wurde. Die Welt und die Menschen und die Dinge sind überall Märchenwunder. Wir werden freier von Tag zu Tag. Um uns braust das tätige Leben. Heut brauchen unsere jungen Menschen nicht mehr nach Amerika zu gehen, um zu lernen:

Sei stark!
Sei frei!
Hilf dir selbst!

Ende des dritten Teils.

Über tredition

Eigenes Buch veröffentlichen

tredition wurde 2006 in Hamburg gegründet und hat seither mehrere tausend Buchtitel veröffentlicht. Autoren veröffentlichen in wenigen leichten Schritten gedruckte Bücher, e-Books und audio-Books. tredition hat das Ziel, die beste und fairste Veröffentlichungsmöglichkeit für Autoren zu bieten.

tredition wurde mit der Erkenntnis gegründet, dass nur etwa jedes 200. bei Verlagen eingereichte Manuskript veröffentlicht wird. Dabei hat jedes Buch seinen Markt, also seine Leser. tredition sorgt dafür, dass für jedes Buch die Leserschaft auch erreicht wird.

Im einzigartigen Literatur-Netzwerk von tredition bieten zahlreiche Literatur-Partner (das sind Lektoren, Übersetzer, Hörbuchsprecher und Illustratoren) ihre Dienstleistung an, um Manuskripte zu verbessern oder die Vielfalt zu erhöhen. Autoren vereinbaren direkt mit den Literatur-Partnern die Konditionen ihrer Zusammenarbeit und partizipieren gemeinsam am Erfolg des Buches.

Das gesamte Verlagsprogramm von tredition ist bei allen stationären Buchhandlungen und Online-Buchhändlern wie z. B. Amazon erhältlich. e-Books stehen bei den führenden Online-Portalen (z. B. iBookstore von Apple oder Kindle von Amazon) zum Verkauf.

Einfach leicht ein Buch veröffentlichen: **www.tredition.de**

Eigene Buchreihe oder eigenen Verlag gründen

Seit 2009 bietet tredition sein Verlagskonzept auch als sogenanntes "White-Label" an. Das bedeutet, dass andere Unternehmen, Institutionen und Personen risikofrei und unkompliziert selbst zum Herausgeber von Büchern und Buchreihen unter eigener Marke werden können. tredition übernimmt dabei das komplette Herstellungs- und Distributionsrisiko.

Zahlreiche Zeitschriften-, Zeitungs- und Buchverlage, Universitäten, Forschungseinrichtungen u.v.m. nutzen diese Dienstleistung von tredition, um unter eigener Marke ohne Risiko Bücher zu verlegen.

Alle Informationen im Internet: **www.tredition.de/fuer-verlage**

tredition wurde mit mehreren Innovationspreisen ausgezeichnet, u. a. mit dem Webfuture Award und dem Innovationspreis der Buch Digitale.

tredition ist Mitglied im Börsenverein des Deutschen Buchhandels.

Dieses Werk elektronisch lesen

Dieses Werk ist Teil der Gutenberg-DE Edition DVD. Diese enthält das komplette Archiv des Projekt Gutenberg-DE. Die DVD ist im Internet erhältlich auf **http://gutenbergshop.abc.de**

3321897R00132

Printed in Germany
by Amazon Distribution
GmbH, Leipzig